A GRAÇA DE FALAR DO PT
E outras histórias

Livros do autor publicados pela L&PM EDITORES:

Canibais – paixão e morte na Rua do Arvoredo (2004)
Mulheres! (2005)
Jogo de damas (2007)
Pistoleiros também mandam flores (2007)
Cris, a fera (2008)
Meu guri (2008)
A cantada infalível (2009)
A graça de falar do PT e outras histórias
A história dos Grenais – com Nico Noronha, Mário Marcos de Souza e Carlos André Moreira (2009)
Jô na estrada – com ilustrações de Gilmar Fraga (2010)
Um trem para a Suíça (2011)
Uma história do mundo (2012)
As velhinhas de Copacabana (2013)

David Coimbra

A GRAÇA DE FALAR DO PT
E outras histórias

Texto de acordo com a nova ortografia.

As crônicas deste volume foram anteriormente publicadas no jornal *Zero Hora* entre dezembro de 2013 e agosto de 2015.

Capa: Marco Cena
Revisão: Marianne Scholze

CIP-Brasil. Catalogação na publicação
Sindicato Nacional dos Editores de Livros, RJ

C633g

Coimbra, David, 1962-
  A graça de falar do PT: e outras histórias / David Coimbra. – 1. ed. – Porto Alegre, RS: L&PM, 2015.
  296 p. ; 21 cm.

  ISBN 978-85-254-3304-6

  1. Crônica brasileira. I. Título.

15-26305
CDD: 869.98
CDU: 821.134.3(81)-8

© David Coimbra, 2015

Todos os direitos desta edição reservados a L&PM Editores
Rua Comendador Coruja, 314, loja 9 – Floresta – 90.220-180
Porto Alegre – RS – Brasil / Fone: 51.3225.5777 – Fax: 51.3221.5380

PEDIDOS & DEPTO. COMERCIAL: vendas@lpm.com.br
FALE CONOSCO: info@lpm.com.br
www.lpm.com.br

Impresso no Brasil
Primavera de 2015

Tempo de muda

No Natal de 2013, data da primeira crônica deste livro, meu filho tinha 6 anos de idade. Ele queria largar o bico. Não conseguiu.

Oito meses depois, quando nos mudamos para os Estados Unidos, no primeiro dia em sua nova casa, ele me estendeu o bico:

– Não vou usar mais.

E nunca mais usou. Meu menino havia amadurecido, naquele breve espaço de tempo. Um ano mais se passou e ele viveu muitas coisas novas. Eu também. E também o Brasil. Mudamos todos, neste período tão agitado, tão nervoso, tão alucinado.

Tive dificuldades para escolher essas crônicas, porque fiquei dançando entre a atemporalidade e o registro factual. Optei por ambos. O leitor encontrará textos do Natal de 2013 até agosto de 2015, tempo em que vi e escrevi sobre o Brasil e os Estados Unidos, sobre a Copa do Mundo, sobre as eleições mais belicosas da história do país, sobre futebol e política e prosaicas ocorrências do cotidiano.

No centro dessa paisagem esteve, muitas vezes, o PT. Não porque o PT é o PT, mas porque o PT está no poder desde o começo do século, no Brasil. Em uma década e meia, o PT se transformou do partido mais importante da história da política brasileira, do partido da esperança de um país mais justo num partido submerso em críticas acerca da sua competência e da sua honestidade. O PT, obviamente, caiu. Conseguirá se reerguer? Ou é chegado o fim? Espero que estejamos vivos para ver. E para escrever.

Sumário

Me ensina a esquecer 11
O jornalismo engajado 13
Para sempre, nunca mais 15
O pé 17
Aconteceu no verão 19
Chuvas de verão 20
Ela veio do mar 22
Tudo que quero da vida é tudo que quero 24
Deu pra ti, anos 70 26
O que penso sobre quem quer a volta da ditadura 29
O pior negócio do mundo 30
Viva Zapata! 31
O sal da terra 34
Esquerda e direita 37
O traidor do Rio 39
A dama não dá voltas 41
Morando nos Estados Unidos 43
Ao entardecer de Boston 46
De saco cheio 48
Mídia maldita 51
Cuidado com a divisão Panzer 54
Uma goleada preocupante 56
A última frase do poeta 58
Com o Brasil sobre os ombros 60
A superação de Messi 62
Onde começou o 7 a 1 64
O pesadelo da Seleção Brasileira 67
Um homem, uma mulher e dois labradores 69

Não tome chimarrão nos Estados Unidos 71
O menino e a árvore 74
Era só um pardal 76
Não faz diferença 79
Em você eu não voto 82
A eleição antipetista 85
A moça da República Dominicana 87
Os derrotados da eleição 89
As consequências da eleição de Dilma 91
A divisão do Brasil e as eleições 92
Getúlio, o pior. Itamar, o melhor 96
A guardinha 99
O velhinho 102
O riso 105
Os negros da América 107
O Dia de Ação de Graças 110
Uma mulher se olhando no espelho 113
O deus de duas faces 115
Não era bem isso que eu queria dizer 118
É bom ser da imprensa burguesa 120
O Homem-Aranha não voa 123
Comida italiana é boa para labradores 126
Como é a vida 19 graus abaixo de zero 128
Boas ideias e maus sentimentos 131
Às vezes sonho que jogo futebol 133
Saída do primeiro ano 135
Uma casa de madeira 137
No Brasil tem pastel 139
Ser pouco adulto 141
Ideias que matam – Como aprender línguas 143
Ideias que matam – Como ficar rico 146
Ideias que matam – Como ser breve 149
O Carnaval de Arnaldo 152
Por que estás tão triste? 157
O PT acabou 159

Querência Amada 161
Contra o impeachment 163
A comovente história do cavalo Farrapo 165
O galo cinza das neves 168
Os horrores da natureza 170
Eu amo os meus clientes 172
A receita da felicidade 174
Se essa rua fosse minha 177
O russo e a holandesa 179
O raciocínio petista 181
A graça de falar do PT 183
O presidente que faz piu 185
A sabedoria dos cachorros do Brasil 187
Salvando o Brasil ao amanhecer 190
Negros americanos e negros brasileiros 192
O Estado são eles 194
O cachorro Vírgula 197
Café da manhã 204
A lição do nosso primeiro inimigo 206
O melhor que foi feito foi o pior 209
Reeleger Dilma foi um erro 211
O chinês que só usa marrom 213
Todas as galinhas do mundo 215
O Rio 217
Sobre meninos e cães 219
Tudo está no seu lugar 221
A segunda rua mais bonita do mundo 223
O que falta a Maria Casadevall 225
Coisas a fazer 227
O dia do anjo 229
O chapéu negro de Heisenberg 232
Pelo Facebook 235
A bolinha de gude 238
Depois da feijoada de sábado 240
O avião de papel 242

A calçada de plástico 244
O lado selvagem 246
Seja assassinado corretamente 248
O campeão dos campeões 250
O jardim de Helene 252
O Brasil que não existe mais 254
O milagre 256
Filhos, melhor tê-los 258
Como é realmente o Brasil 260
O verdadeiro amor 262
O Cleo não usa guarda-chuva 264
Os patos na calçada 267
Como viver cem anos 269
Como ler essa página até o fim 271
O piano 273
Batman x Super-Homem 275
Houve uma vez um verão 277
Tudo acabou 279
O que fazer depois de morto 281
Quem é a elite perversa de Lula 283
Uma conversa com Jorge Furtado 285
Pesadelo vivo 287
O Gre-Nal de dois séculos 294

Me ensina a esquecer

Meu filho já deveria ter largado o bico. Seis anos de idade, francamente. Ele sabe disso, tanto que, neste ano, decidiu que entregaria o bico para o Papai Noel. Desde novembro vem falando:
— No Natal, vou dar o bico para o Papai Noel. Eu vou.
Bem. Contratei um Papai Noel. Um ótimo Papai Noel. Eu mesmo quase acreditei que fosse o próprio, vindo direto do Polo Norte com seu trenó voador. Quando ele chegou à porta, batendo sino, meu guri saiu correndo pela casa:
— O bico! Tenho que achar o bico!
De fato, mal o Papai Noel entrou, ele lhe estendeu o bico:
— Ó.
Depois, encheu o Papai Noel de perguntas. Sobre o clima da Lapônia, sobre a velocidade das renas, sobre o salário dos duendes que trabalham na fábrica de brinquedos. A festa prosseguiu, depois que o Papai Noel se foi, e o meu guri se distraiu com os brinquedos novos, sobretudo com um mínion, ele adora os mínions.
Então, chegou a hora de dormir. A hora do bico. Nesse momento, acometeu-o uma violenta síndrome de abstinência.
— O bico! — implorava, aos prantos. — Quero o bico! Liga pro Papai Noel! Liga pro celular dele!
Tentei consolá-lo sugerindo que pensasse nos brinquedos que havia recebido. Que tentasse esquecer do bico.
— Mas eu não consigo esquecer! — ele gritava. — Não consigo esquecer!
E, olhando para mim com os olhos rasos d'água, pediu:
— Pai, me ensina a esquecer!
Me ensina a esquecer.

Suspirei. Disse que ia tentar. Que aprender a esquecer talvez seja o mais importante da vida, porque a vida é feita de perdas. Que, às vezes, é fundamental deixar de lutar, aceitar a derrota e seguir em frente, porque lá adiante tudo será novo e diferente e, decerto, melhor.

— Em certas ocasiões, a gente tem que desistir, meu filho. Simplesmente desistir. Porque, depois que a gente desiste, começa a esquecer, e vai esquecendo, vai esquecendo, até que um dia aquilo não faz mais falta e a gente olha e nem quer mais.

Ele esfregou os olhos. Aprumou-se na cama:

— Eu vou desistir do bico, pai.

— Isso. Isso...

— Porque é bom esquecer.

Eis a verdade. É bom esquecer.

O jornalismo engajado

Eu acredito no jornalismo. Falo do jornalismo ortodoxo, clássico, o jornalismo dos repórteres que salvam o Brasil na mesa do bar, o que tem por maior objetivo a busca da isenção e daquela entidade vaga e impalpável, a Verdade com vê maiúsculo.

Alguém dirá que cada um tem a sua verdade, que não existe uma única verdade.

Certíssimo. O mesmo fato é visto de formas diferentes por pessoas diferentes. É por isso que não existe imparcialidade. O jornalista é parcial porque ele enxerga o fato do seu ponto de vista, da sua parte. Mas ele pode, e deve, sim, tentar relatar o fato com isenção. Mesmo a opinião deve ser isenta, embora jamais seja, nem deva ser imparcial. Quer dizer: você dá a sua opinião com honestidade intelectual. Não há segundas intenções no que você diz achar. Você acha mesmo, é o seu pensamento, fruto de reflexão, não de pré-conceitos ou de, o horror!, interesses escusos.

Por isso, não acredito no jornalismo engajado, defendido por pensadores respeitáveis, como o Verissimo. Nem no jornalismo engajado da revista *Veja*, nem no da Mídia Ninja. Não acredito no jornalismo engajado com boas nem com más intenções. O jornalismo engajado até pode ser sincero, mas não é honesto, porque não tem mais nenhuma ambição de isenção.

Alguém, aquela mesma pessoa que disse que cada um tem sua verdade, alguém dirá que num veículo que se anuncia isento o patrão tem sua posição, e que o patrão é mais forte do que o repórter.

Certíssimo de novo. Mas, se o patrão preza o seu negócio, se ele quer ganhar dinheiro com jornalismo, ele terá de preservar sua principal mercadoria, que é a credibilidade. Então, ainda que ele odeie e discorde do que um reporterzinho mixuruca escreveu ou falou, ele terá pruridos de se imiscuir na notícia, porque ele tem de preservar pelo menos a aparência de isenção. Um dono de jornal que quer ganhar dinheiro com jornal não pode admitir a censura ou a manipulação, e se ele censura e manipula será escamoteando, será com vergonha daquele reporterzinho mixuruca que mora num quarto e sala na Azenha. Hipocrisia. É o que salva o jornalismo, os casamentos e a civilização. Um repórter de mídia engajada não é um repórter; é um assessor de imprensa. Ele pode ter a convicção de que é um paladino dos oprimidos ou pode se contentar em ser um mercenário da informação, não importa: ele é um assessor de imprensa. Porque ele tem de ser de esquerda ou de direita, isso ou aquilo, ou não trabalhará no veículo engajado. E o repórter, acredite, sagaz leitor, o repórter é a estrutura óssea do jornalismo.

Enquanto existirem repórteres que saem à rua com a única intenção de ver, ouvir e apurar para, depois, relatarem exatamente o que viram, ouviram e apuraram, enquanto houver repórteres com esse espírito, repórteres de verdade, de bloco e caneta na mão, que passam o dia com o olho alerta para a grande pauta, que passam a noite lavando a poeira da garganta com cerveja e salvando o Brasil na mesa do bar, repórteres esfaimados, chatos, atrevidos e compassivos, enquanto houver repórteres assim, haverá jornalismo livre, e o jornalismo livre é a estrutura óssea da democracia.

Hipocrisia, sagaz leitor. Hipocrisia. A sinceridade rasga e fere. A sinceridade mata. A hipocrisia constrói.

Para sempre, nunca mais

Estou nos Estados Unidos. Uma civilização calórica, definitivamente. Todo aquele bacon no café da manhã. Mas não podia ser de outra forma. Aqui na cidade em que ora me repoltreio, Boston, aqui faz um frio... Acho graça quando os gaúchos dizem que no Rio Grande do Sul faz frio. No Rio Grande do Sul não faz frio; sente-se frio. No Norte-Nordeste americano, sim, faz muito frio, mas você só sente frio se cometer temeridades como a que cometi outra noite. Tinha de ir a um lugar a cinco minutos de caminhada do hotel em que me hospedo. Antes de sair, olhei para um par de ceroulas que dormem na minha mala. Não sou homem de usar ceroulas, ah, não, mas, lá fora, a cidade estava branca de neve. Capitulei, que às vezes o mais sábio é capitular. Vesti as ceroulas e, sobre elas, calças jeans. Mais uma camiseta dessas de esquiador, bem quente, sobreposta por um ainda mais quente blusão de esquiador e, por que não?, uma jaqueta quentíssima de esquiador. Uma meia. Duas meias. Botas que comprei na Argentina, feitas de couro de orgulhoso boi portenho. Luvas. E um gorro, obviamente de esquiador.

Mirei-me no espelho. Parecia um mendigo, mas me sentia protegido. Ilusão. No primeiro dos cinco minutos a pé, estava prestes a congelar. Dei uma corridinha, cheguei aonde tinha de chegar em uns três minutos de dor. Duas horas depois, noite já fechada, empreendi o caminho de volta. Cristo! Aqueles cinco minutos eram cinco horas. Meu nariz começou a petrificar. Li em algum lugar que, sob temperaturas excessivamente baixas, o nariz pode congelar e quebrar como um picolé espacial. Não queria que meu nariz quebrasse. Isso não, oh, Deus! O ar gelado entrava-me pelos pulmões e esfriava-me os ossos, a alma e o coração.

Talvez fosse bom eu, finalmente, possuir um coração de gelo... Quando encontrei um bar, refugiei-me no ar aquecido, sentei-me ao balcão e pedi um Bourbon. Caubói, é claro. Olhei para os lados e vi os americanos comendo frituras, ingerindo calorias, engordando debaixo de suas peles tatuadas, mas quentes. Senti saudade do calor porto-alegrense, das mulheres de saias diáfanas, do chope cremoso. Senti saudade também da saborosa comida brasileira e de ouvir o som poético da última flor do Lácio, inculta e bela. Saudade, ora, ora, e estou há tão pouco tempo aqui.

Se morasse nessas distâncias, quanta saudade não sentiria? Por coincidência, quando vagava nesses pensamentos, minha amiga Mariana Bertolucci mandou-me uma mensagem do outro lado do Atlântico: "Que saudade da nossa antiga turma do Liliput". Lembrei-me então de que, naquela época, em algum momento em que, por algum motivo, ela nos negligenciou, eu lhe disse: "Mais tarde, vamos nos separar para sempre, e tu vais sentir saudades".

Tantos anos depois, e minha profecia daquela noite se cumpriu. Nos separamos para sempre, e ela sente saudade. Para sempre. Nunca mais. As pessoas não acreditam, mas a vida é cheia de para sempre e de nunca mais. Se morasse aqui, quantos para sempre e nunca mais acrescentaria na minha vida? Quantos estou acrescentando nesse instante, mesmo sem morar aqui? Pessoas que vou perder e que vão me perder para sempre. Sentimentos que nunca mais voltarão. Pensar nisso me deu certa melancolia. Olhei a neve lá fora. Estremeci. Pedi outro Bourbon. Caubói, é claro.

O pé

Vi que ele olhava para os pés dela. Para um pé, na verdade. O direito.
    Olhei-o também. Bom pé. Pé magro, de aparência macia, com dedos em harmoniosa escadinha subindo do mingo frágil ao dedão encorpado, mas jamais rombudo.
    Isso de pé. Não sou dos fanáticos por pé. Aprecio belos pés, claro, mas os desgraciosos não são eliminatórios para mim. Dizem que a Naomi Campbell tem pés horríveis, e isso não me impede de admirar o trabalho dela. E a Xuxa, há quem garanta que ela só usa botas por vergonha dos pés. Será? Tenho pensado nisso, volta e meia.
    De qualquer forma, eu e ele olhávamos agora para o pé direito dela. Estávamos à espera de mesas num restaurantezinho da orla catarinense, eu num canto, eles noutro. Eles formavam um casal de namorados, supus. Ele mais velho, ela na glória de seus vinte e poucos anos. Ela estava numa cadeira mais alta, ele ao lado, num banquinho humilde. Ela havia cruzado as pernas, a direita por cima da esquerda, e por isso seu pé direito balançava com indolência no ar.
    Ele, não o namorado, o pé, ele estava calçado com uma sandália baixa, amarrada ao tornozelo. Subia e descia, subia e descia devagar, até que ele, o namorado, não pé, até que ele o colheu.
    Com delicadeza, o namorado interrompeu o voo suave do pé direito da namorada. Tomou-o com as duas mãos, pela sola da sandália e pela base da canela. A namorada, do alto, olhou sem muito interesse. O namorado, então, levou aquele pé aos lábios, como se fosse um cálice de vinho consagrado, e o beijou. Beijou-o profundamente, com os olhos fechados de

devoção, aspirando-lhe o perfume, e depois o depositou de volta ao ponto de repouso. O namorado ficou ainda fitando o pé adorado, satisfeito, e ela, a namorada, encheu os pulmões de ar e sorriu, iluminada, sentindo-se uma deusa, sentindo-se uma rainha, e eu, do meu canto, pensei que, das coisas que um homem pode fazer na vida, raras são tão belas, tão poderosas, tão grandiosas do que fazer uma mulher sentir-se uma deusa, uma rainha, porque, naquele momento, ela estará se sentindo, inteira, o que de melhor ela é: uma mulher.

Aconteceu no verão

Sua mesa era pequena, mesa para dois, colada à parede do bar. Ela bebia um copo de cerveja e, às vezes, num gesto casual, espetava com um palito azeitonas pretas ou cubos de queijo amontoados num pires.

Era terça-feira. Noite de tango no Odeon.

O bandoneonista, o velho Rafael, pequeno e encurvado debaixo de seus cabelos totalmente brancos, parecia remoçado, parecia um adolescente, agora que se deleitava ao tocar seu instrumento e ao ouvir os aplausos dos poucos clientes do bar. E Dionara, a pianista, Dionara se transformava em uma diva do Prata quando os dedos corriam sobre as teclas brancas e pretas.

Ela, a moça da mesa ao lado, ouvia a música, sozinha e calada, e bebia sem pressa a sua cerveja. Tinha um rosto bonito, os cabelos presos num coque amarrado na nuca e vestia-se como se estivesse em casa: uma camiseta larga sobre as calças jeans. Depois de alguns minutos, colheu o copo da mesa, levantou-se e caminhou até a porta. Parou na calçada. Encostou-se à parede do bar. Apoiou o copo numa espécie de guarda da porta e acendeu um cigarro. Ficou olhando os músicos, ouvindo o tango, fumando. O vento lhe desalinhava os cabelos, e ela vez ou outra enchia os pulmões com o ar da noite. Em meio a um tango mais triste, entre tantos tangos tristes, ela entreabriu os lábios e seu rosto enrubesceu de leve. Então, vi. Seus olhos ficaram rasos d'água. Não chegou a chorar. Quase. Mas não chegou a chorar. Terminado o tango, ela voltou à mesa colada à parede, pediu a conta, pagou e saiu em silêncio, carregando, devagar, o peso da sua nostalgia.

Chuvas de verão

Quando os trovões rolavam detrás do Morro do Alim Pedro, ribombando por toda a Zona Norte como se fossem os tambores da banda do Colégio São João, quando as nuvens cinza-chumbo começavam a avançar da lomba da Plínio em direção à Assis Brasil como um esquadrão de bruxas voadoras, quando o ar denso de fevereiro se tornava fino e agitado, e a gente sabia que, em minutos, desabaria uma redentora chuva de verão, quando isso acontecia, todos nós gritávamos:

– Vamos pro campo! Vamos pro campinho!

Porque um dos prazeres do verão é jogar bola na chuva. E então tínhamos surpreendente facilidade de encontrar bola, porque bola era coisa cara na época. Mas, para jogar na chuva, qualquer bola servia, e nós íamos para o campo carregando uma já bem gasta, bem velhinha, pendurada por um gomo solto, feito um lóbulo de orelha. O jogo na chuva era jogo diferente. Não era jogo para ganhar, nem para jogar o jogo jogado, era jogo de dividida, de bola no meio da poça, de vinte guris num único lance.

Naquele tempo eu amava a Alice. Ah, eu a amava profundamente e sabia que seria para sempre e que nos casaríamos e teríamos filhos. Nosso amor não ter durado para sempre e não nos casarmos nem termos filhos é uma das derrotas da minha vida. Por que, Alice? Por quê? Alice. Fazia tudo por ela. Mas, se Alice me chamasse num dia de chuva de verão, se ela me chamasse naquele momento em que estávamos marchando para o campinho, eu balançava a cabeça:

– Não vai dar, Alice.

Ela que se contentasse com amor eterno, mas quem diz que mulheres se contentam com amor eterno? Há certos prazeres nossos que elas jamais entenderão. O prazer de rir com os amigos, de contar histórias, de sacanear o outro e rir e rir e chutar uma bola que tranca na lama e correr para dividir a bola com seu amigo que vem bufando do lado de lá, feroz como um zagueiro do Guarany de Bagé, e fazer a água subir como um chafariz de barro e respingar e tudo ficar enegrecido e só a bola continuar no mesmo lugar e rir e rir e, depois que o tempo amainar, voltar para casa preto e sorridente da cabeça aos pés, feliz, feliz, feliz. Como elas vão saber disso? Como elas vão compreender o deleite que é jogar bola em meio a chuvas de verão?

Ela veio do mar

Fazia anos que não a via, justamente aquela mulher que, entre todas, foi a que mais amei. Nem nas redes sociais a procurava, deletei seu nome da agenda telefônica, evitava falar o nome dela, que ela me fez sofrer.

Deu certo.

Aos poucos, sua imagem, seu cheiro e seu gosto foram desaparecendo da minha cabeça e da minha alma, até que um dia abri os olhos de manhã e, Hosana nas alturas!, meu coração estava leve outra vez.

Ficou tudo bem na minha vida, ficou tudo certo.

Então ela reapareceu.

Foi algo muito improvável. Eu passava uma semana de verão no Rio, eu e minha namorada da época, uma menina de quem gostava um tanto, não demais. Era domingo, e minha namorada, por algum motivo, teve de voltar a Porto Alegre. Meu voo estava marcado para terça-feira de manhã, tinha ainda dois dias cariocas de dolce far niente. Caminhava com indolência pelo Calçadão de Ipanema, que no Calçadão de Ipanema só se deve caminhar com indolência, e ela surgiu, vinda do mar.

Ela surgiu vinda do mar. Como é que não faço uma poesia com isso?

O fato é que ela veio do mar, pisando na areia com aqueles pequenos pés que um dia beijei, eu que não sou de beijar pés, que nunca beijei um pé, exceto os dela, os pés dela me comoviam, tudo nela me comovia, até ter descoberto que não a comovia tanto assim.

Mas o fato é que seus pés a trouxeram, luminosa e sorridente, até mim, saída da espuma do mar feito uma Afrodite, o cabelo molhado, detrás de óculos escuros, o biquíni sumário, mas não mínimo. Não havia mudado nada, aproximou-se com naturalidade, murmurou meu nome e me beijou no rosto. Fiquei ali, perplexo dentro das bermudas, querendo dizer algo importante, mas apenas olhando para ela, olhando, olhando.

Em minutos, havia dois chopes entre nós, numa mesa de bar. Ela perguntou de mim, eu menti um pouco. Perguntei sobre ela, e sei que ela mentiu muito. Depois, levemente emocionada, ela falou que sempre pensava em mim e que, de alguma forma, me amava, mas sei que também isso era mentira. Mesmo assim, me deixei comover, estiquei o braço sobre a mesa e tomei sua mão e disse, com olhos marejados, que ainda a amava, que nunca havia deixado de amá-la, e, isso sim, era verdade.

A certa altura da noite, fomos para meu quarto de hotel. Nos amamos como se nunca tivéssemos deixado de nos amar. Eu sussurrava as dores do meu amor no seu ouvido, ela me iludia dizendo que era minha. Adormeci embalado por aquele som mais embriagante e mais relaxante do que o vaivém das ondas do mar, que ouvia ao longe: eu sou tua, eu sou tua.

Na segunda-feira pela manhã, quando abri os olhos, ela não estava mais lá. Não havia deixado um bilhete, não riscara o espelho com batom, não enviara uma mensagem por celular. Nunca mais a vi. E hoje, sempre que chega o verão, penso no ronronar das ondas do mar, indo e vindo, sempre a repetir, falsamente, docemente: eu sou tua, eu sou tua.

Tudo que quero da vida é tudo que quero

Se tivesse conseguido tudo o que queria na vida, teria me dado muito mal.
Sei disso agora, olhando em retrospectiva. Houve coisas pelas quais lutei, lutei, lutei como um tigre, e perdi. Fiquei frustrado com a derrota, custei a me conformar, mas acabei aceitando, segui outro caminho e aí, surpresa!, aquele caminho que não pretendia seguir levou-me ao remanso de um oásis, a uma clareira verdejante de paz e felicidade e realização.
Certo.
Depois disso, lá vou eu de novo, tocando a vida. E então surge-me um projeto, um plano para o futuro, e penso: é isso que quero! E-xa-ta-men-te isso! E começo a trabalhar para que o projeto seja bem-sucedido e me esforço e sonho e tenho certeza: agora vai!
Não vai.
Por algum motivo, apesar de todo o meu empenho, o troço não funciona.
Fico angustiado, me debato, tento, insisto, mas, quanto mais esperneio, mais afundo, como na areia movediça.
Mas que PRITZKLERKLWOLFREMBAERSON@!"@# $#KLIMBEST!!!
Nesse momento, lembro-me dos chineses, que dizem, do alto de seus 5 mil anos de sofrimento: "Às vezes, você não deve agir, não deve decidir, nem pensar; deve apenas deixar que a correnteza do rio o leve para onde ela quiser".
Sabedoria chinesa. Muito bem. É o que faço. Fico quietinho, vou para onde sou empurrado e, passado algum tempo, olho para meus encarquilhados projetos e digo para mim mesmo: Cristo!, como é que eu queria tanto aquilo???

O que é isso? É o Destino tomando as decisões por mim? A vida, estranha vida? Deus e Seus desígnios inescrutáveis? Ou simplesmente a sorte, o acaso e a coincidência?

Não, não acredito em Destino. Se houvesse Destino e eu fosse o herói da história, tudo daria certo, mesmo que tomasse decisões erradas. Mas, não. Vez em quando, tomo uma decisão errada e me dou mal. Dias atrás mesmo, tinha de tomar uma decisão. Ponderei. Refleti. Consultei outras pessoas.

Tomei a decisão.

E errei.

Logo percebi que errei e, quando erro, reconheço nem que seja só para mim mesmo, não fico dizendo "não me arrependo de nada". Erro e me arrependo, sim. Maldição.

Isso significa que meu percentual de erro é muito grande. Quando acerto e sigo o caminho que queria, posso ter pego o caminho errado. Quando não acerto, pago pelo erro cometido.

É uma sacanagem. Estão de sacanagem comigo. Quem? A vida? O Destino? Deus? A sorte? O acaso? O que eles pretendem com isso? Querem que aprenda algo com meus erros? Para quê? O que vou fazer com toda essa sabedoria? Não sou um chinês. Não dá pra eu aprender com os acertos?

Chega! Quero as coisas que quero! Não quero que a vida me leve, quero levar a vida. Chineses? Seguir a correnteza? Não! Quero subir em uma lancha, ligar o motor e tocar contra a correnteza.

Vida, estranha vida. Desígnios insondáveis. Trapaças da sorte. Deixem-me em paz! Parem de me empurrar para o caminho certo.

Deu pra ti, anos 70

Eu vi a prisão do Marcos Klassmann. Ele era barbudo e cabeludo como um urso, e seus captores carregavam-no por braços e pernas, e ele se debatia com fúria de fera.
Cena forte.
Agora me ocorre: será que foi assim mesmo? Será que foi exatamente como lembro? Faz tanto tempo, eu era um guri e a memória nos engana. A memória é um prédio erguido depois do fato ocorrido, e sua matéria-prima são sentimentos e ressentimentos, crenças e ilusões. Já vi mulheres que amei me transformando em um edifício torto na memória delas. Não sou tão ruim assim, queria gritar, e parar a construção. Não adiantava, os tijolos de desprezo já estavam sendo cimentados.

E eu, eu fiz de algumas mulheres rainhas, semideusas do amor e, mais tarde, quando o tempo me afastou delas e delas só restou a imagem, reencontrei-as e percebi, com desalento, que aquele monumento ao ser humano só existia dentro de mim, que ali, na minha frente, havia só uma mulher... igual a todas as outras. Triste. Um homem precisa acreditar que a vida pode ser especial.

Então, não sei se foi bem da forma como contei que se deu a detenção do Marcos Klassmann pelos esbirros da repressão. O que tenho certeza foi do que pensamos sobre os alegados motivos para que o arrastassem de seu apartamento no IAPI: sua agressiva campanha a vereador de Porto Alegre. Imagine que o slogan do Marcos Klassmann era o seguinte:
"Vote contra o governo".
Quer dizer: Marcos Klassmann estava sugerindo que as pessoas deviam ser contra o governo. Uma afronta. Todos

sabiam, nos anos 70, que ninguém podia ser contra o governo, que ser contra o governo era ser contra o Estado, contra o país. Vote contra o governo, no raciocínio de quem estava no governo, equivalia a dizer: vote contra o Brasil. Traição, traição. Ame-o ou deixe-o.

* * *

Vote contra o governo. Tão revolucionário na época, tão pueril hoje. A vida se sofisticou, desde então.

Em 79, uma pichação se espalhou por muros e paredes de Porto Alegre:

"Deu pra ti, anos 70".

No ano seguinte, o Giba Assis Brasil lançou um filme com esse título, mas tenho quase certeza de que as pichações não eram marketing, não antecipavam o filme. Aquilo era de fato a expressão de quem tinha sofrido nos anos 70, como o Marcos Klassmann.

Nós, não. Nós não tínhamos sofrido. Éramos guris, e só o que queríamos era correr atrás da bola durante o dia e das meninas durante a noite. Quando o Marcos Klassmann foi arrancado de casa e levado para algum calabouço sombrio do regime, nenhum de nós ficou escandalizado. Assustados, sim; penalizados, certamente; escandalizados, não. Aquilo era normal. Para nós, funcionava assim mesmo. Nós só conhecíamos a ditadura.

* * *

Para nós, não havia nada de estranho, por exemplo, na figura do "pistolão". O pistolão era um protetor, um homem que gozava de algum poder ou de alguma influência e que, graças a isso, resolvia os eventuais problemas que você poderia enfrentar no trato com o Estado, que, afinal, era quase absoluto. O Estado mandava em tudo e em tudo se infiltrava. O Estado, durante a ditadura militar, era muitíssimo parecido com um Estado comunista, o regime que os militares queriam desesperadamente evitar. O pistolão era o agente oficioso do Estado. Oficioso, sim; jamais clandestino. As pessoas se orgulhavam de contar com a bênção de um pistolão forte. Eram apontadas com inveja na rua:

– O pistolão daquele lá é um general.

Essa era a vida. Ninguém nunca tinha nos dito que poderia ser de outra maneira. Mas os anos 70 passaram e com eles passou o nosso tempo de guris, e começamos a ver que o mundo não precisava ser como estava posto, que havia um tipo de vida diferente em lugares diferentes. Mesmo que as coisas tivessem sido sempre daquela forma, não queria dizer que deveriam continuar a ser daquela forma.

Faz 50 anos que aquele regime foi implantado e 25 que deixou de existir. Hoje, uma geração inteira, como aquela nossa, não sabe o que é viver sob uma ditadura. Não sabe que, numa ditadura, um homem pode ser tirado à força de sua casa e atirado numa prisão só porque disse ser contra o governo. E os que sabem que isso aconteceu, mas que ainda assim se dizem saudosos daquele regime, esses são vítimas dos tais truques da memória. O velho regime, para eles, é como a minha antiga rainha, a semideusa que um dia amei: só existe na memória. Porque, na realidade, uma ditadura é... igual a todas as outras.

O que penso sobre quem quer a volta da ditadura

Você quer saber? Vou deixar bem claro: é uma imbecilidade isso de ter gente que diz sentir saudade da ditadura militar. Desculpem-me os que cultivam este sentimento repugnante, tenho certeza de que muitos de vocês não são idiotas, mas pensar algo desse jaez é uma rotunda idiotice.

Defender uma ditadura, qualquer ditadura, é uma rotunda idiotice, a não ser que o ditador seja você. Ou melhor: a não ser que o ditador seja eu. Você que, por favor, defenda a minha ditadura, ou mando prendê-lo, que é o que fazem os ditadores.

Agora tem o seguinte: enquanto eu não for o ditador, não fique defendendo outros. Sei que o país está num momento de radicalismos, mas está sendo noticiado de que há gente que quer repetir a Marcha da Família com Deus pela Liberdade, e que esse negócio vai acontecer neste sábado no Rio, em São Paulo e em outras cidades do Brasil.

Aí é demais.

É demais!

Marcha da Família com Deus pela Liberdade!

Espero não conhecer ninguém que vá nesse troço. Vamos fazer assim: eu não vou argumentar, não vou ficar gastando o meu tempo e o seu com ponderações. Só vou dizer uma coisa: quem quer a volta da ditadura militar e vai na rediviva Marcha da Família com Deus pela Liberdade talvez não seja estúpido, mas está querendo algo muito estúpido e fazendo algo muito estúpido. Então, se você não quer sair de estúpido, imbecil, idiota, paspalho, néscio, torpe, anta, abobado e burro por aí, não pense e faça essas coisas. Deixe para me apoiar, quando eu for ditador.

O pior negócio do mundo

A Petrobras comprou por US$ 1,2 bilhão uma refinaria em Pasadena que, no ano anterior, havia sido vendida por US$ 42 milhões. É como se você fosse pagar R$ 3 milhões por um JK na Azenha.

Próceres do governo garantiram que não houve desonestidade no caso, que foi apenas um mau negócio. Acredito, já disse que sou um crédulo. Mas eu, que não entendo uma única lhufa de refinarias e petróleos, eu que sou tão somente um modesto contribuinte e um perplexo cidadão, eu fico pensando que os seres humanos que fizeram essa negociação são os piores negociadores da História da Humanidade, desde que o primeiro *Homo sapiens* trocou um pernil de bisonte por um renque de bananas.

Se eles realmente são honestos e probos, se realmente são bem-intencionados, e devem ser, são também algumas das pessoas mais burras que já respiraram debaixo do sol.

Depois você se surpreende que as coisas deem errado nas obras da Copa do Mundo.

Viva Zapata!

A presidente Dilma indicou Gim Argello para ser ministro do Tribunal de Contas da União.

Poderia encerrar o texto com essa frase. Essa frase significa muito. Mas vá que você não saiba quem é Gim Argello. Neste caso, farei um breve resumo, que resumos devem ser breves: Gim Argello é um senador do PTB do Distrito Federal que está respondendo a um cacho de processos no STF. É suspeito de corrupção ativa, corrupção passiva, lavagem de dinheiro, peculato, falsidade ideológica, apropriação indébita, crimes contra o patrimônio público e crime contra a lei de licitações. Antes de ser eleito, Gim Argello era corretor de imóveis. Trata-se, provavelmente, do melhor corretor de imóveis do Brasil de todos os tempos, porque seu patrimônio, no começo da carreira, não chegava a R$ 100 mil. Hoje, segundo ele mesmo, está em R$ 1 bilhão.

Foi esse homem que a presidente Dilma indicou para ser ministro do Tribunal de Contas da União. O escândalo foi tamanho que, pressionado pela oposição, o próprio Gim Argello desistiu do cargo. Mas fica a informação trepidante: a presidente Dilma indicou Gim Argello para ser ministro do Tribunal de Contas da União.

Sei que Dilma é honesta. Desenvolvi essa convicção não apenas por conhecer sua história, mas baseado no meu julgamento, e tenho que confiar no meu julgamento. Por que então Dilma indicaria um político sobre o qual pesam tantas e tão densas denúncias para integrar um órgão que serve exatamente para fiscalizar as contas do Estado? Seria por aquilo que se chama de "governabilidade"? Por conveniência política?

Sim. Foi por isso. Claro que foi.

Eis algo importante. Porque estou falando de Dilma e do PT. Sei que o PT mudou. O poder produz mudanças. Há um episódio na História que ilustra essa verdade, vivido por um dos meus personagens favoritos, Emiliano Zapata. No começo do século XX, Zapata subiu do Sul do México à frente de seus camponeses gritando "tierra, tierra", e fazendo a revolução. Encontrou-se com Pancho Villa, que descia do Norte. Entraram na Cidade do México e tomaram o palácio presidencial. Há uma foto deste momento: Zapata e Villa no gabinete da presidência, cercados por seus homens. Villa sorridente, Zapata grave, a mão pousada no sombrero, o olhar de sampaku fitando a câmera sem qualquer luz de ilusão. Zapata passou um tempo na Capital, ocupando a presidência. Quando a política o pressionou, quando ele sentiu que estava negociando com as dores dos camponeses para se manter no poder, pegou o sombrero e voltou para o Sul, para sua pequena Morelos. O poder corrompe, concluiu. E pronunciou sua grande frase: "Um povo forte não precisa de um líder forte".

Zapata era mais do que um líder forte. Era reto e comportou-se como um homem reto. De homens e instituições retas você espera retidão. Não espero retidão e coerência dos partidos sucedâneos da Arena, nem da geleia do PMDB ou do fisiologismo do PTB. Do PT, sim. O PT se apresentou como um partido reto. Podia não ter um projeto claro para o país, mas mostrava-se reto. Logo, é do PT que se cobraria retidão.

Para chegar ao poder, o PT fez concessões. Não sou contra. Sou a favor da tolerância e sei que a política é a arte da convivência de opostos, mas para tudo há um limite. E, se não posso mais esperar limites para o PT como instituição, sei que posso esperar de alguns petistas dignos. Dilma entre eles. Dilma suportou a tortura na defesa de seus valores. Por que cederia agora? Alguém pode argumentar que outros torturados já cederam, mas nesses a ânsia pelo poder era maior do que a convicção. Dilma, não. Dilma nunca se mostrou tão vaidosa, tão gananciosa, tão sequiosa de poder. Mas agora comete essa indicação espúria e, mais do que espúria, terrivelmente simbólica, decerto influenciada por petistas com a moral mais maleável.

Mas há outros, há os retos. Destes esperava protestos, e até agora não ouvi protesto algum. Você pode não gostar de um Olívio Dutra, de um Raul Pont, de um Flávio Koutzii, de um Ronaldo Zulke, mas sabe que eles são retos. Homens como esses deveriam ter se erguido, e não esperado pela óbvia reação da oposição. Eles é que deveriam ter dito a Dilma o que disse Saramago: "Até aqui cheguei". Ou: daqui não passo. Basta. É o limite. Dilma precisa indicar Gim Argello para governar? Melhor não governar. Melhor apanhar o sombrero e voltar para o Sul. Um gesto como esse vale por todo um governo. Que agora, sabedores dos limites porosos deste governo, os homens retos se levantem. Que, ante a próxima ameaça, gritem: "Chega!". Com seu exemplo, fortalecerão o povo, e assim poderão descansar em paz, porque Zapata já ensinou: um povo forte não precisa de líderes fortes.

O sal da terra

"Vós sois o sal da terra", disse Jesus no Sermão da Montanha. "Vós sois a luz do mundo", enfatizou, e era para os seres humanos que falava. Para nós.
    Nós somos o sal da terra.
    Mas não vou em frente antes de falar do meu medo. Tenho medo de religiões e ideologias, porque umas e outras são matéria de fé. São dogma. No momento em que você se torna dogmático, você tem um lado e do seu lado está o Bem, enquanto o Mal está do lado de lá. Pessoas mataram e morreram, matam e morrem por causa de religiões e ideologias. Além do mais, aquelas certezas tantas e tão sólidas fazem com que as pessoas deixem de pensar. Não precisa, já está tudo pensado, basta seguir o prescrito e dividir o mundo em dois hemisférios, sem ponderações: aqui estão os certos, lá estão os errados.
    Dito isso, que fique claro: não estou falando do Jesus religioso, nesta Sexta-Feira Santa; não estou falando do Jesus cristão. Estou falando de um dos mais revolucionários filósofos morais da História e da peça central do seu pensamento, que foi aquele Sermão.
    A filosofia de Jesus é tão inovadora que nenhuma de suas igrejas compreendeu ou aplicou o seu principal ensinamento. Ninguém entendeu essa passagem:
    "Não oponhais resistência ao mau; se alguém te bater na face direita, oferece-lhe também a outra. E se alguém quiser pleitear contigo para te tirar a túnica dá-lhe também a capa. (…) Amai os vossos inimigos e orai pelos que vos perseguem".
    Olhando assim, você pode achar humilhante tamanha resignação. Mas Jesus não está sugerindo submissão. Ele se

põe acima disso. Está dizendo, simplesmente, que não vale a pena. Ou, como já disseram os Beatles, a vida é muito curta para perder tempo com brigas e confusões. Life is very short.

O Sermão da Montanha é surpreendente. O trecho do qual Erico Verissimo colheu o título de um de seus livros, "Olhai os lírios do campo", é de rara sabedoria e de construção preciosa. Jesus dizia que o homem não deve se preocupar com acumulação de riquezas. Não deve se preocupar nem com seu sustento: "A cada dia basta o seu cuidado". Que frase! O que ele queria dizer com isso? O mesmo que falou a respeito de brigas e confusões: que se preocupar não vale a pena. Ou, usando outro clássico dos Beatles, deixe estar. Let it be.

Mas não, não vou fazer uma exegese do Sermão da Montanha a partir dos Beatles. Não seria tão superficial. O Sermão da Montanha é profundo. Algumas nesgas dele você pode levar como regra. Como quando Jesus diz que cada um julga os outros com sua própria medida. Com essa sentença, ele diz o mais importante sobre a alma humana. Diz que o Mal é o que sai da boca do homem. E é.

Não são palavras santas. São palavras sábias. Mas, de todas elas, as que mais me intrigam foram as que citei lá atrás, na abertura do texto. Como o homem pode ser a luz do mundo, se há tanta crueldade, se há pais que matam filhos, como se suspeita acerca daquele pai de Três Passos?

Vinha pensando nisso, vinha intrigado com isso toda a semana, até que, na quinta-feira, minha mulher me contou um caso prosaico. Ela é arquiteta. Naquele dia, havia ligado para o eletricista com quem trabalha, um homem muito sério, muito compenetrado. Assim que atendeu, ele se desculpou: não poderia falar, porque seu filho tinha caído na escola, machucara a boca e precisava ser levado ao hospital. E então, antes que ela conseguisse perguntar como estava o menino, aquele homem sisudo começou a chorar.

Ela me relatou essa história por telefone. Eu estava na redação. Desliguei com o coração apertado, pensando naquele pai, no quanto ele deve amar seu filho e em como devia estar sofrendo com o sofrimento do menino. E, ainda na redação, fechei os olhos e roguei em silêncio para que o pequeno estivesse bem, para que em breve os dois estejam de novo sorrindo, e pensei que é por causa de pais como esse, por causa de amores como esse que, sim, vós sois a luz do mundo. Vós sois o sal da terra.

Esquerda e direita

Entre esquerda e direita, prefiro a esquerda. A esquerda faz uma ideia generosa da vida, de defesa do fraco contra o forte. Mas as pessoas de esquerda têm um defeito irritante: o hábito de julgar os outros por suas ideias. Para muitas pessoas de esquerda, quem não pensa como elas é desprezível.

Ideias têm alguma importância. Não muita. Conheço supremos canalhas que são esquerdistas perfeitos. O que torna um ser humano melhor não são suas ideias; são os seus sentimentos e o seu comportamento, sobretudo a forma como trata os outros seres humanos.

O Brasil é governado há meia geração por um partido de esquerda. O PT seria a nêmesis da ditadura militar, a direita mais renhida. Mas, olhando para um e outra, me espanto: como são parecidos! Hoje encontro gente agradecida ao PT pelos ótimos Bolsa Família, Minha Casa e Prouni, e lembro que só cursei minha faculdade graças ao Crédito Educativo e que minha mãe só comprou nosso apartamento graças ao BNH. Deveríamos ser agradecidos à ditadura? Os dois, PT e ditadura, tentaram diminuir as diferenças sociais por meio de programas, não com mudanças de sistema.

Ambos, PT e ditadura, são desenvolvimentistas, o PAC é o PND. A ditadura fez a ponte Rio-Niterói, a Transamazônica, a Free-Way, o Polo Petroquímico, a Usina de Itaipu. O PT quer fazer Belos Montes, compra usinas no Exterior, duplica a BR-101, planeja a segunda ponte do Guaíba, pretende terminar a transposição do São Francisco. Em Porto Alegre, a esquerda tem feroz apreço pelas um milhão e 400 mil árvores da cidade. Destas, um milhão e cem mil foram plantadas na gestão de Socias Villela, prefeito nomeado pela ditadura.

Na ditadura, a imprensa era censurada. O PT sonha com a censura disfarçada pelo "controle social da mídia". O PT e a ditadura são estatizantes, os dois apostaram na indústria automobilística como pilar de desenvolvimento e tiveram seus empresários-modelo, seja os financiadores da Oban nos anos 70, seja Eike e seus R$ 10 bilhões captados junto ao BNDES nos 2000.

Lula aproveitou o bom momento econômico internacional e fez o Brasil crescer até 7,5%. Semelhante a Médici, que levou o país a 10%. Depois de Médici, assim como depois de Lula, a economia virou. Seus sucessores, Geisel e Dilma, tiveram de enfrentar momentos delicados e um país em princípio de ruptura social. Sarney e Maluf, velhos próceres do PDS, o partido da ditadura, são eleitores entusiasmados do PT, embora Maluf reclame que o PT esteja à sua direita.

No Brasil, esquerda e direita são irmãs siamesas.

Mas nem a esquerda nem a direita aproveitaram seus bons momentos para fazer reformas estruturais. Quanto mais rico fica o Brasil, mais degenerado se torna como nação. Na ditadura e na gestão do PT o Brasil melhorou para milhões de indivíduos; piorou como país. Foram medidas analgésicas, não curativas. Não por má intenção, diga-se. Houve, sim, vontade de fazer o melhor. Por isso, não me agradam petistas que não enxergam decência fora do PT e não me agrada quem chama os petistas de petralhas. Melhor seria se compreendessem que tanto à esquerda quanto à direita há gente, muita gente, que quer o bem do Brasil. É este o sentimento mais importante. Porque na prática, como se vê, não faz muita diferença.

O traidor do Rio

Sou porto-alegrense do subúrbio, da Porto Alegre dura de concreto. Minha avenida de referência, quando guri, era a Assis Brasil, com sua capa de fumaça sobre os ombros dos edifícios, seu baixo comércio de miçangas de plástico, seus ônibus sempre atrasados e sempre apressados, seus trabalhadores de olheiras roxas e pele cinzenta.

Não havia amenidades silvestres na minha Porto Alegre. O rio era uma paisagem distante, uma massa d'água amarronzada que derramaram detrás do muro. Para mim e para meus amigos, não havia braço de Porto Alegre que se estendesse para além da Cidade Baixa. A Ponte de Pedra, que os escravos construíram para que Dom Pedro II conseguisse viajar da urbe pulsante para a bucólica Zona Sul, essa ponte de pedra Dom Pedro a atravessou, nós não. Nós, só em dia de jogo. Era a Borges, era a Padre Cacique, era o Beira-Rio, e fim. Porto Alegre acabava ali.

Por isso, o rio ainda me surpreende, como já me surpreenderam certas mulheres delicadas, mulheres que surgem quebradiças e que, no entanto, sabem ser suores, furores e tremores. O rio é assim. O rio Guaíba, que nem rio é.

Arrependo-me, porto-alegrense arraigado que sou, de não ter vivido mais o rio. Dias atrás, foi o que fiz. Passei um dia inteiro à beira do Guaíba, fui levado de barco rio adentro, vi ilhas intocadas pelo homem, ilhas de macacos e jaguatiricas, ilhas de mato virgem e cerrado, impossível de cruzar. Singrei por águas senão cristalinas, limpas de beber. Prossegui até a Lagoa dos Patos e me embasbaquei. Esteve sempre ali, ao meu lado, uma paisagem tão linda quanto as mais lindas de Santa Catarina. Fiquei pensando: quantos tesouros estavam junto a mim e os perdi por procurá-los em algum lugar distante?

Quando voltei para casa, sentia-me encantado e um pouco triste. Sentia-me traidor do rio. Traidor por omissão e também por desprezo. E ainda dentro do carro, ao avistar a última ponta visível de água, na Praia de Belas, prometi me redimir. Prometi que, de agora em diante, tudo será diferente. Serei mais interessado, mais atencioso, mais carinhoso com o rio da minha cidade. Que, mesmo negligenciado, sempre foi o meu rio.

A dama não dá voltas

"A dama não dá voltas!", rugiu Margaret Thatcher para os respeitosos parlamentares que a ouviam em um discurso do começo dos anos 80, na Velha Álbion.
 A dama não dá voltas. Falava dela própria, a "Dama de Ferro". Queria dizer que não voltaria atrás em sua política de moralidade pública implacável e feroz enxugamento dos gastos do Estado, como defendiam inclusive vários de seus correligionários.
 Thatcher continua sendo discutida com paixão. Quando morreu, no ano passado, alguns ainda a vilipendiavam. Pudera. Thatcher era uma espécie de anti-Lula. Lula baseou as ações do seu governo na gastança do dinheiro público. Recheou os quadros do funcionalismo com mais de 40 mil contratações amigas e distribuiu reais à mancheia para programas, doações, aquisições, o escambau.
 Lula repetiu Juscelino, autor daquela excrescência de pedra chamada Brasília. Imagine você, leitor que se espanta com os custos da Copa, que o Brasil levantou uma cidade no meio do nada do Planalto Central e para lá transferiu toda a máquina do governo federal, mais ou menos como Constantino fez nos anos 300, transformando Bizâncio em Constantinopla e tornando-a capital do Império Romano. Juscelino foi o nosso Queóps, que ergueu das areias do deserto a Grande Pirâmide. E Lula é o nosso Luís XIV, que sustentava os luxos da sua corte com o dinheiro dos impostos.
 Luís XIV foi chamado de Rei Sol. Não por acaso. O governante que é pródigo com o dinheiro do Estado em geral se torna popular. Lula, obviamente, é popular. Médici, a seu tempo, tempo do Brasil Grande, também era. Igualmente o já

citado Juscelino. Já economizar é chato. O cara tem que dizer não, não, não, e o bom é dizer sim, sim, sim.

Não sei se Margaret Thatcher estava certa ou errada. Analistas econômicos britânicos ainda debatem isso. Mas sei que a Inglaterra é o que é hoje graças a ela. Ou por causa dela, se você prefere. Ela tinha convicções e foi em frente. A dama não dava voltas.

Achei que Dilma seria uma espécie de Thatcher, quando foi eleita. Não que esperasse dela algum tipo de política de austeridade. Não. Dilma é uma desenvolvimentista aos moldes do que foram os militares nos anos 70. O PAC de Dilma é o PND de Reis Velloso. O que achei é que ela governaria com firmeza, e não, o governo não tem firmeza, dança ao sabor dos acontecimentos, cede a quaisquer pressões, vindas de onde vierem e é, mais do que tolerante, leniente.

O resultado é um país em que nada é garantido e tudo é permitido. Um país em que ninguém está feliz e todos se rebelam, alguns com causa clara, outros com causa obscura e muitos sem causa alguma, apenas para experimentar o inefável gosto da rebelião pela rebelião. Com a provável exceção dos grandes banqueiros, que não queimam ônibus nem fecham rua, não há uma única categoria satisfeita no Brasil. Não há quem não se revolte. Porque, no Brasil, as damas e os cavalheiros do governo dão voltas.

Morando nos Estados Unidos

Estou nos Estados Unidos. Vou ver a Copa daqui. A Copa, o Campeonato Brasileiro, as eleições e tudo mais. Na verdade, estou morando nos Estados Unidos, onde vou trabalhar para a RBS, fazer tratamento de saúde e experimentar o tal *american way of life* para contar para você. O Potter diz que quem fica mais de três semanas num lugar, morou naquele lugar. O Potter já morou em dezenas de lugares diferentes, do Canadá ao Alegrete. Um cidadão do mundo.

Bem. Ficarei bem mais do que três semanas. Mas meu critério é outro. Meu critério é o supermercado. Se você vai ao supermercado da cidade, você está morando na cidade. Aqui, ainda não fui, ainda estou me instalando, mas sei que irei, e muito.

Aliás, aí está algo de que o gaúcho pode realmente se orgulhar: da qualidade dos supermercados do Rio Grande Amado. Não somos os mais viris, nem os mais trabalhadores, nem os mais espertos, nem os mais bravos. Nossas mulheres são lindas, mas há muitas mulheres lindas no mundo, como as grandes russas, as insinuantes ucranianas, as suecas douradas, as holandesas esguias, as dinamarquesas longilíneas, as italianas opulentas e tantas mais que não continuarei enumerando para não me emocionar. Nossos times, Grêmio e Inter, são de primeira linha, já foram campeões do mundo, enfrentam qualquer adversário com garbo, mas outros 10 times do Brasil estão no mesmo nível.

Agora, em supermercado, ninguém nos ganha. Já estive em diversas cidades de toda parte do planeta e nunca encontrei supermercados como os de Porto Alegre. E em nenhum outro lugar você é atendido com tanta eficiência e encontra tanta qualidade em espaço tão bem dimensionado como nos nossos supermercados. Devia entrar no hino.

Sirvam nossos supermercados de modelo a toda terra. Do supermercado sentirei saudade. Do que mais? Erva-mate você encontra por aqui, tudo bem, o chimarrão matinal está garantido. Li o texto daquela alemã que faz estágio na *Zero Hora*, e ela contou que não existe leite condensado na Alemanha. Fiquei muito surpreso. Mas como é que num país tão avançado como a Alemanha não existe leite condensado??? Leite condensado é uma das delícias da existência. Você já fez leite condensado com limão? É fácil: derrame uma colher de sopa de limão em meia xícara de leite condensado, mexa até que tudo se transforme em um único creme de cor entre o branco e o âmbar, vá para a frente da TV, bote na Sessão da Tarde e, pronto, você é feliz.

Vou procurar leite condensado por aqui. Deve ter. O que não há, nos Estados Unidos, é a verdadeira linguiça. Sem piadinhas, por favor. No *Sala*, o Kenny Braga diria que estou sentindo falta da linguiça gaúcha. Não pense igual ao Kenny Braga, pense culinariamente – refiro-me à linguiça para se colocar no feijão.

Uma vez, estava em Oxford, na Inglaterra, e resolvi fazer uma feijoada, que sou bom em feijoadas. Mas onde encontrar os ingredientes? Disseram-me que ali perto havia uma loja de um chinês que vendia de tudo, inclusive linguiça. Comprei a linguiça do chinês, coloquei-a na feijoada. Cara, era uma linguiça doce! Doce, por Deus. Os brasileiros detestaram a minha feijoada, mas os ingleses adoraram. Ingleses gostam de comida estranha. Do chope cremoso e dourado sentirei falta, isso é certo. Mas por aqui há cerveja Samuel Adams. Boa cerveja, sobretudo para se tomar sentado ao balcão do bar, ouvindo um blues, vez em quando estalando os dedos.

O problema é que no Brasil eu juntava os chopes cremosos e dourados com os amigos. Como viver sem os amigos? Aí está... Sou feito dos meus amigos. Um dos grandes orgulhos da minha vida é de ter feito e cultivado amigos leais, amigos verdadeiros, amigos que amo e que, sei, me amam também. Meus amigos são parte de mim, eles e seu apoio, seu carinho, suas gargalhadas, suas sacanagens. Como vou viver sem meus amigos? Foi o que pensei e repensei, ao vir para os Estados Unidos. Mas então lembrei de algo sobre os amigos: eles são eternos.

Tudo na vida passa. A fama, a glória e a dor se vão. O poder se esfumaça. O dinheiro é roubado. Amores imortais acabam em uma temporada. Amigos, não. Amigos de verdade são para a vida toda. Amigos de verdade você pode negligenciar, você pode brigar com eles, pode xingar as mães deles, pode ficar seis meses sem falar com eles, pode não lhes retornar o telefonema, que eles estarão lá, à sua espera, prontos para beber de novo com você, rir de novo com você, brigar de novo com você, sem nenhum constrangimento, sem precisar de nenhuma adaptação, como se vocês tivessem estado juntos no dia anterior.

Então, ao pensar nisso enquanto sobrevoava o oceano Atlântico, sorri. Porque sabia, e sei, que não importa em que parte da Terra eu esteja, nunca estarei sozinho. Comigo estarão, para sempre, dentro do meu peito, os meus amigos.

Ao entardecer de Boston

Você envelhece, inexoravelmente envelhece, mas, em compensação, a experiência torna-o mais resistente. Você já viu tanta coisa, já sentiu tanta coisa, está preparado para qualquer contingência. Você é mais velho, sim, mas é menos tolo.

Em tese. A realidade não tem sido essa, pelo menos não a minha. Sinto-me mais sensível do que nunca com o inapelável passar dos anos, o que, confesso, me incomoda.

Bem, agora cá estou, vivendo nos Estados Unidos por essas surpresas da vida. Sabia que, nas primeiras semanas, seria duro. Tenho de me virar numa língua que não é a minha, num lugar desconhecido e estando totalmente sozinho – minha mulher e meu filho ainda levarão algumas pastosas semanas para vir.

No entanto, preparei-me para todas as dores físicas e anímicas. E estava me saindo bem, estava tudo dentro do planejado. Até que, dias atrás, saí para comer algo ao entardecer suave de Boston em junho. Caminhava pela Harvard Street admirando a paisagem, os grandes sobrados de madeira, as ruas arborizadas e floridas, e resolvi ligar para casa. Atendeu o meu filho. A felicidade aqueceu meu peito quando ouvi sua voz de menino pequeno. Começamos a conversar, conversamos bastante, só que, de repente, sem motivo aparente, ele rompeu em pranto. Não era choro de manha, era choro sentido, de soluços. Choro de tristeza. Perguntei por que ele chorava e ele respondia, resfolgando:

– Não sei, papai...

Pedi que parasse de chorar, e ele repetia:

– Não consigo, papai. Não consigo parar de chorar...

Compreendi que ele estava com saudade e não conseguia discernir o que sentia. A mesma saudade que me confrangia o coração a cada noite, antes de dormir. Demorei alguns minutos para consolá-lo. Consegui, enfim, e desliguei o telefone. Continuei caminhando pela Harvard Street sem saber exatamente o que pensar. E então, bem na minha frente, um menininho e seu pai saíram de dentro de uma loja, um café, sei lá. O menininho era pouco mais novo do que o meu filho. Estava uns dois passos na frente do pai. Fez menção de correr e gritou:

– Me pega, papai! Me pega!

E o pai riu, fazendo menção de correr atrás dele, e ambos riram. Fiquei olhando para a cena. Não havia motivo plausível, mas aquilo me deixou ligeiramente comovido. Uma bola de sentimento subiu-me pela garganta, interrompeu-me a respiração e aí, da forma mais idiota do mundo, meus olhos se encheram d'água. Comecei a chorar. Como meu filho, minutos antes, não conseguia parar de chorar. Chorei baixinho, caminhando pela Harvard Street, ao entardecer amarelo pálido de Boston, e pensei que a idade não me defende de nada. Deveria haver uma casca neste meu peito, deveria haver uma capa protetora sobre mim, feita com a costura de todos esses anos. Mas, não. Não. A idade não me defende de nada.

De saco cheio

Se os ônibus vão rodar durante a Copa ou se não vão, se o Brasil devia ou não ter construído estádios, se os black blocs vão ou não tocar fogo nas casas das mãezinhas deles, estou me lixando. Estou de saco cheio dessas discussões, se você quer saber. Façam o que quiserem, pensem o que quiserem, critiquem a grande mídia burguesa, o governo desonesto, a oposição oportunista, as avós de vocês; não estou nem aí. O que me interessa mesmo é o futebol e, se você não entende o que é o futebol, o jogo jogado, a bola no pé, vá amolar outro. Não quero conversar com você.

Quero conversar com quem sabe, por exemplo, quem foi Marinho Chagas, que morreu no fim de semana, aos 62 anos. Marinho foi o maior lateral-esquerdo que vi jogar. Melhor do que Roberto Carlos. Talvez estivesse no mesmo nível de Junior. Antes de Marinho, os laterais se preocupavam quase que exclusivamente com as tarefas defensivas. Carlos Alberto, o Capita, sabia atacar, fez até gol na Copa, mas sua primeira preocupação era a marcação. Marcava com tanta atenção que virou zagueiro em alguns times. Everaldo, a estrela dourada da bandeira do Grêmio, concentrou-se quase que só na marcação durante a Copa de 70. Ele recebeu uma função tática e a cumpriu à risca.

Mas Everaldo era um jogador de boa técnica, jogou inclusive de meio-campista em algumas oportunidades. Se quisesse, poderia funcionar como ala. Mas, não. Naquele tempo, lateral marcava ponta. Ponto.

Marinho mudou isso. Ele aparecia no ataque como um ponta-esquerda, marcava gols, driblava, surpreendia o adversário, era o cavalo de madeira no coração de Troia. Marcelo jogou assim na final da Liga dos Campeões, outro dia. Em 1976, Foguinho pediu a contratação de Marinho pelo Grêmio. Foguinho era um visionário. Antecipou o movimento de muitos laterais do futuro: seu sonho era tirar Marinho da lateral e engastá-lo no centro do gramado.

Queria montar um meio-campo com Andrade, do Flamengo, Tadeu Ricci, também do Flamengo, e Marinho. Dizia que com esse meio-campo poderia enfrentar o do Inter, que tinha Falcão, Carpegiani e Escurinho. Poderia? Isso nunca descobriremos, mas, em 77, quando Tadeu Ricci enfim veio para o Grêmio, seus colegas de meio-campo eram Victor Hugo e Iúra, e o Grêmio bateu com autoridade o timaço do Inter e foi campeão e Gilberto Gil, assistindo ao Gre-Nal decisivo, se declarou gremista, justificando:

– Sou gremista porque a lua é branca, o céu é azul e eu sou preto.

Foguinho sabia muito. Para minha felicidade, tive diversas chances de conversar e aprender com ele. Ele conhecia as minudências do futebol, antevia o sucesso ou o fracasso de um jogador apenas observando-o a caminhar pelo campo e não ficava perdendo tempo com essas xaropadas de hoje de FIFA e euros e não vai ter Copa o escambau. Aliás, dias atrás um filósofo francês deu uma palestra no Fronteiras do Pensamento e perguntou:

– Vocês acham que o Neymar tem que ganhar tanto e um professor tão pouco?

Agora me diga: como é que um sujeito que se denomina "filósofo" e recebe um belo cachê para atravessar o Atlântico e vir aqui deitar falação comete uma redução rasteira dessas? Chamaria isso de sofisma, se não fosse um raciocínio tão bobinho. Não merece ser chamado de sofisma. Nem merece que eu perca meu tempo escrevendo a respeito. Prefiro falar sobre o Cruyff.

No domingo, o Zini publicou uma bela entrevista com o Carpegiani acerca daquela partida em que o Carrossel

Holandês do Cruyff amassou o Brasil em 1974, já faz 40 anos isso. Carpegiani contou que dias atrás reviu de novo aquele jogo e de novo se entristeceu com a derrota. Acha que o Brasil não foi tão mal assim, como se disse depois e se diz ainda. Mas, no fim da entrevista, o Zini perguntou se o Brasil venceria, caso aquela partida fosse disputada de novo. Carpegiani ponderou:

– Com o Cruyff em campo?

O Zini disse que sim. Com o Cruyff em campo. E Carpegiani hesitou:

– Não sei se venceríamos...

Lindo. Carpegiani, naquele momento, rendeu preito a um dos deuses do futebol. Porque era lindo de ver Cruyff jogar, ele e aquela sua seleção imortal, assim como era lindo ver os algozes do Carrossel, os alemães de Beckenbauer. De Beckenbauer se dizia que ele não sabia qual era a cor da grama, porque jogava sempre de cabeça levantada. Algo parecido do que se dizia de Didi, chamado de "Príncipe Etíope" por Nelson Rodrigues. Didi era elegante, era um aristocrata de chuteiras e sempre se orgulhou de com elas, com suas chuteiras, jamais ter pisado na bola.

A bola que rola. A chuteira que chuta. A grama verde. A rede. O gol. É lindo isso. Fiquem com seus escândalos. Eu fico com o futebol.

Mídia maldita

Quem é contra a Copa acusa a "Mídia" de ser a favor porque a "Mídia" vai lucrar com a Copa. Os petistas, que são a favor da Copa, acusam a "Mídia" de ser contra porque a "Mídia" é golpista e quis criar um clima de terror para prejudicar o governo em ano de eleição. Já eu aqui sofri uma distensão na perna que está me consumindo em dores, maldita "Mídia".

Alguém tem que pagar por toda essa infelicidade brasileira, que o Brasil se tornou um país infeliz. O governo não há de. O governo do PT conseguiu criar em torno de si uma aura adhemarista, uma espécie de "rouba mas faz" do século XXI. Quando alguma nova corrupção é divulgada, os petistas reclamam: "E a corrupção do PSDB? Ninguém vai falar da corrupção do PSDB? Olha lá a corrupção do PSDB!". E em seguida ajuntam: "Pelo menos milhões mudaram de classe social no Brasil. Milhões!".

Então, o PT, de quem tantos esperavam tanto, inclusive o degas aqui, então o PT é como os outros. Quer dizer: não há saída. Os brasileiros tentaram de tudo: um presidente populista, um professor universitário de esquerda, um operário sindicalista profissional e uma técnica desconhecida, com eles o país melhorou aqui e ali, mas piorou lá e acolá, e o desconforto só aumentou, o país está a cada dia mais triste, violento e intolerante, todos reclamam, todos protestam.

No ano passado, os brasileiros tentaram fazer algo por eles próprios. Saíram às ruas, gritaram "sem partido, sem partido!". De que adiantou? De nada. As manifestações de junho não serviram para coisa alguma, a não ser para dar combustível aos radicaletes inconsequentes.

A imprensa americana faz matérias perplexas com o Brasil. "Por que o Brasil está assim?", perguntam. E todos nós perguntamos também: por quê? O que está errado? Só pode ser coisa do Bonner e aquela sua falsa naturalidade no *Jornal Nacional*, os muxoxos para a Poeta, as gracinhas desajeitadas. Só pode ser coisa da "Mídia". Será? O que não está funcionando?

O que não está funcionando é a essência. Existe uma crença à direita e à esquerda, um credo de petistas, tucanos, peemedebistas, ex-arenistas, um credo que diz que o dinheiro é a solução de todas as coisas. De fato, o dinheiro é a solução para algumas coisas, desde que se saiba o que fazer com ele. Não falta dinheiro ao Brasil. O Brasil tem dinheiro para levantar um estádio em Cuiabá, para comprar caças suecos, para investir em porto cubano. O governo brasileiro distribui dinheiro à população, no que faz muito bem. E consome outro tanto em escaninhos escusos, no que faz muito mal. O problema é que o dinheiro não compra o bem-estar.

Como se produz o bem-estar? Para começar, com união, não com desagregação.

Vou tomar um único ponto, um que é consensual: a Educação. O Brasil investe em universidades e cursos técnicos. Está errado. Nos últimos 20 anos, o Brasil deveria ter se concentrado com prioridade máxima, senão com exclusividade, em educação básica e fundamental. Qualificar escolas e professores, melhorar as estruturas e os salários, e cobrar duramente, mas duramente!, por resultados, é o que deveria ter sido feito.

Se a educação básica e fundamental fosse de alta qualidade, não seria preciso lançar mão de quotas, por exemplo, que são ações talvez justas, mas certamente desagregadoras. O aluno chegaria a um concurso público ou a um vestibular em pé de igualdade com quem fez escola privada.

Só que investir em Educação não é apenas jogar dinheiro na Educação. É preciso saber o que fazer, enfrentar corporações poderosas, preconceitos históricos, manhas sociais. Escolas públicas fortes, professores de alto nível intelectual e salarial, currículos inteligentes, nada disso é fácil de se fazer e nada disso rende voto rápido. O Brasil é um país cheio de demandas e cada qual acha que a sua é mais urgente.

A causa da tristeza do brasileiro é a desesperança. É a descoberta de que nada do que lhe é oferecido como remédio vai lhe tirar a dor, nem situação, nem oposição, nem a revolta pela revolta. Alguém tinha de dar um jeito nisso. Alguém tinha que fazer sarar essa minha perna. E o Bonner, miserável, fazendo carinha para a Poeta.

Cuidado com a divisão Panzer

Alguém anotou a placa do Panzer que passou por cima da seleção portuguesa ontem à tarde na Fonte Nova? É bom que esse blindado seja reconhecido, porque ele parece rodar soberano para a conquista do mundo nesta Copa de 2014.

Nenhuma surpresa. A Alemanha que fez 4 a 0 com naturalidade em Portugal, ontem, na Bahia, é uma seleção que vem sendo preparada meticulosamente desde 2002, quando a federação e o governo central espalharam escolas de futebol pelo país a fim de revelar talentos para Copas futuras.

Foi tudo calculado. Em 2006, quando sediaram a Copa, os alemães não ficaram tristes com o terceiro lugar. Ao contrário, festejaram – estava dentro do previsto. Em 2010, na África do Sul, o time já foi a sensação da competição, mas ainda era muito jovem.

Agora, a Alemanha vem para fazer o que fez na Bahia: vencer com autoridade. O jogo alemão é veloz e objetivo, mas com inteligência e habilidade. É um jogo de aproximação. Quando um jogador da Alemanha está no campo de ataque, outros quatro zanzam nas imediações, dando alternativas para o passe. Mas esses jogadores não ficam parados, eles se deslocam, trocam de posição, abrem espaços, tonteiam o adversário.

Portugal foi presa fácil dessa estratégia, até porque o time português não demonstrou nenhuma capacidade de indignação frente ao revés que começou a se desenhar logo cedo, aos 10 minutos, quando Thomas Müller converteu uma cobrança de pênalti e fez 1 a 0.

Cristiano Ronaldo, o astro vaidoso de peito depilado, que não consegue tirar os olhos do telão quando é focado,

Cristiano Ronaldo multicampeão do Real Madrid, Cristiano Ronaldo goleador europeu, Cristiano Ronaldo simplesmente parecia distraído em campo, mais preocupado em arrumar o pega-rapaz que a todo instante lhe caía rebelde na testa do que com a movimentação intensa do time alemão. A torcida, percebendo esse alheamento da prima donna portuguesa, passou a vaiá-la sempre que tocava na bola.

A Alemanha continuou atacando com força e sem pressa. Aos 30, Hummels aparou um escanteio de cabeça e marcou 2 a 0. Aos 36, Pepe derrubou Müller com o braço. O atacante alemão caiu com a mão no rosto. Pepe foi tirar satisfação, no melhor estilo do zagueiro brasileiro metido a xerifão. Müller ergueu-se de um único salto, furioso, como se gritasse em alemão rascante: "Então tu me agrides e ainda vens me xingar?". Talvez pela reação indignada do alemão, o árbitro expulsou o português. Aos 45, o mesmo Müller ampliou: 3 a 0.

No segundo tempo, com tal vantagem no placar e um jogador a mais, a Alemanha fez um jogo de segurança, trocando passes, arriscando-se apenas quando tinha certeza. Aos 33, Müller teve certeza e encerrou o placar: 4 a 0.

Poderia ter sido mais, se a Alemanha forçasse. Não forçou, a Alemanha é um time pragmático, que sabe que seu caminho na Copa deve ser longo e que, pelo jeito, pode se estender até o Maracanã, no segundo domingo de julho.

Uma goleada preocupante

Não venha cantando aquela musiquinha enjoativa propagandeando que você é brasileiro com muito orgulho, com muito amor. Não. A goleada sobre Camarões é enganosa. É daquelas goleadas de Grêmio e Inter no Gauchão. Esse Camarões é um dos piores times da Copa, senão o pior. Dias atrás, levou 4 a 0 da Croácia, e poderia ter levado 6.

Do Brasil também poderia ter levado 6? Ah, sim, poderia, mas poderia igualmente ter feito pelo menos mais um.

Camarões dá espaços para os adversários e, quando ataca, o faz irresponsavelmente, sem cuidar de quem fica atrás. Pior: os jogadores de Camarões não têm nem a força física e a velocidade dos de Gana, por exemplo.

Enfrentando a Seleção Brasileira, dentro do Brasil, o time de Camarões mostrou como joga sem a menor preocupação com o futuro próximo, aquele que chegará depois de uma hora e meia de partida. Ninguém, nem mesmo Neymar, foi objeto de uma marcação mais atenta. Deu no que deu.

Mas foi uma goleada... preocupante. Oscar, se você colocar o Batatinha a vigiá-lo, Oscar some do jogo. Hulk começou agressivo como ponta-direita, mas depois virou o Bruce Banner e não assustou mais ninguém. Daniel Alves é o mais fraco do time. Já disse: Pará deveria ter sido convocado em seu lugar. Marcelo aparece muito com todo aquele cabelo, mas produz pouco. O goleiro ainda não foi testado; tenho medo de quando for. Os dois zagueiros são bons, Thiago Silva bem melhor; David Luiz é becão de colônia, rebatedor, malvado – funciona. Os dois volantes são regulares. Sobra Neymar, esse, sim, jogador de Seleção Brasileira. Mas aquele seu jeitinho levemente arrogante de não cumprimentar o jogador africano que pediu desculpas por tê-lo derrubado, aquele exibicionismo de cabelo pintado, aquela manha de sair de campo gingando, aquilo tudo não é da seriedade de uma Copa do Mundo.

Talvez eu esteja sendo muito exigente com a Seleção Brasileira classificadíssima como está, primeira do grupo e tudo mais. Talvez. Mas os chilenos vêm aí, e vêm com um time bem ajustado, com Vargas e Aránguiz, que todos conhecemos, e um número 7 perigoso chamado Aléxis Sánchez. Cuidado com esse 7. Cuidado. Eu não ficaria tão tranquilo. Eu não sairia por aí entoando que sou brasileiro, com muito orgulho, com muito amor...

A última frase do poeta

A minha pátria é a língua portuguesa, escreveu Fernando Pessoa, e depois Caetano Veloso nele se inspirou para tecer uma bela canção. Interessante que a última frase dita por Fernando Pessoa não foi em português, foi em inglês. No leito de morte, um segundo antes do último suspiro, ele balbuciou: "I know not what tomorrow will bring". Eu não sei o que trará o amanhã.

Ou seja: Fernando Pessoa morreu no exílio.

Fernando Pessoa falava e escrevia com fluência em inglês. Aprendeu quando morou em Durban, na África do Sul. Ao passar por Durban, durante a Copa de 2010, visitei o colégio em que ele estudou. Estava fechado, era tempo de férias, mas, depois de alguma argumentação, o zelador abriu o portão para que eu entrasse e fosse fazer reverência a um busto em bronze do poeta, plantado no pátio da escola.

Deu certo trabalho convencer o zelador, mas valeu a pena. Tudo vale a pena, quando... Você sabe.

Tenho pensado muito nisso que Fernando Pessoa disse, "a língua é minha pátria", agora que estou vivendo em inglês. Porque as sutilezas da língua fazem toda a diferença. Por mais que você se esforce para compreender tudo o que está sendo dito e para dizer tudo o que pretende de forma correta, por mais que você estude e preste atenção, há sempre alguma pequena minúcia que lhe escapa, e é essa minúcia que dá a chave para o pensamento e o sentimento do interlocutor.

Estou vivendo numa cidade linda, agradável e acolhedora. Um bostoniano me disse, outro dia, que quem vive em Boston é de Boston. A cidade adota todos os que querem nela viver. Gentileza do bostoniano. Boston pode até me querer e eu posso até querê-la, mas, por mais distante que esteja, por melhor que me sinta em outro lugar, o verbo me acorrenta ao Brasil.

O Brasil é tantas vezes injusto, os brasileiros são mais agressivos, tristes e rancorosos do que imaginam, as grandes cidades brasileiras são selvagens, são lugares onde as pessoas vivem tensas, onde o Mal espreita em cada esquina, tudo isso é verdade, mas quem teve a cabeça forjada pela língua portuguesa tem a alma forjada pela língua portuguesa. Tanto quanto Fernando Pessoa, eu não sei o que trará o amanhã. Nem para mim, nem para esse país convulsionado que é o Brasil. Mas sei que meu coração sempre estará aí. Sempre estará enterrado numa curva do Rio Guaíba.

Com o Brasil sobre os ombros

Um dia antes da minha primeira prova no vestibular para Jornalismo, passei na sapataria do meu avô. Finquei os cotovelos no balcão e ficamos conversando por algumas horas. Falamos sobre tudo, sobre futebol, política, tudo, mas ele nunca desenvolvia a conversa quando eu falava das provas. Parecia desinteressado. Achei estranho... Na hora de ir embora, já estava me virando para sair, quando ele me chamou:
— David...
Parei:
— Que é, vô?
E ele disse devagar, os olhos amarelos faiscando:
— Não tem tanta importância, se tu não passar nesse vestibular. Vai haver muitos outros. A vida continua.
Sorri:
— Tá bem, vô. Tchau.
— Tchau.
Saí dali leve. Porque entendi o que ele pretendia: pretendia exatamente aquilo: tirar-me o peso dos ombros, diminuir a minha responsabilidade, dar-me leveza para enfrentar com naturalidade as dificuldades que me esperavam. Lembrei disso ao pensar nesses meninos do Brasil que hoje passarão por uma dura prova.

Tempos atrás, o técnico ainda era Luxemburgo, entrevistei essa psicóloga Regina Brandão que hoje tenta fazer com os jogadores do Brasil antes da decisão o que meu avô fez comigo antes do vestibular. Lembro que ela, falando sobre os jogadores, fez um gesto abrangente com os braços e disse:
— Todos os que estão aqui são vencedores. Ou não estariam aqui.

De fato, o jogador de futebol, no Brasil, em geral vem de família pobre, passa por duríssimo regime de concentrações e privações justamente durante a idade em que menos se quer concentrações e privações, sofre pressão constante de torcedores, imprensa, treinadores, dirigentes e colegas, e muitas vezes emigra para um país desconhecido, do qual ele não conhece a cultura nem a língua.

Há que ter têmpera de aço para resistir a isso tudo e, ainda assim, vencer.

Eles são, pois, vencedores.

Mas agora os jogadores do Brasil estão suportando uma pressão a mais, e uma pressão terrível: estão disputando uma Copa dentro do seu país, um país conturbado, cheio de divisões, em que a realização da própria Copa foi, e é, objeto de furiosa polêmica.

Imagino como estejam sofrendo esses rapazes, sabendo que suas famílias, seus amigos, seus conhecidos, que seu país inteiro está olhando para eles e esperando que vençam sem apelação. Simplesmente isso: vitória sem apelação.

A Seleção Brasileira tem muitos defeitos, não vem se apresentado bem, eu mesmo critiquei-a acerbamente, mas, hoje, quero me compadecer desses jovens que estão carregando o peso do Brasil nos ombros. Gostaria que eles pudessem ouvir algo semelhante ao que ouvi do meu avô, tantos anos atrás. Gostaria que alguém lhes dissesse:

– Não tem tanta importância, se vocês não vencerem hoje. Vai haver muitos outros jogos.

Gostaria que eles acreditassem nisso. Que ficassem mais leves. Que entrassem em campo simplesmente para jogar bola, porque o futebol é, de fato, só isso: só um jogo de bola. A vida continua.

A superação de Messi

Messi vomita antes de cada partida. Às vezes vomita no intervalo.

Pelé às vezes dormia antes de cada partida. Ou tirava uma soneca de 10 minutos no intervalo.

Isso não demonstra que Pelé era melhor do que Messi (e era). Isso demonstra a diferença da carga de pressão que um tinha e que outro tem de suportar.

Messi cresceu sob pressão. Literalmente. Todos sabem do problema hormonal que tinha, impedindo seu desenvolvimento – passou quatro anos tomando injeções diárias que ele mesmo aplicava, os clubes argentinos negaram-se a pagar-lhe o tratamento por ser muito caro e ele e a família acabaram se mudando para Barcelona. Lá, dos 12 aos 18 anos, Messi cresceu 29 centímetros, ficou com 1m69cm de altura e transformou-se no maior jogador do planeta.

Essas histórias de sacrifício e superação são encantadoras para quem as ouve ou lê, não para quem as enfrenta. A tensão acumulada, que Messi não demonstra em campo ou no dia a dia, ele a expele pela boca antes de cada prova. Porque, sim, Messi ama o futebol e sabe jogar como ninguém, mas sabe, também, que cada vez que calça um par de chuteiras está prestes a ser visto, analisado e avaliado pelo planeta inteiro. É uma prova por jogo.

Pelé viveu em outra época. Uma época em que ele ganhava menos, é certo, mas em que não precisava fazer propaganda de xampu contra caspa, não era xingado nas redes sociais e nem vigiado eternamente por câmeras de telefones celulares. Além disso, Pelé viveu sempre no seu país, cercado de sua gente, jogando no seu clube do coração. Pelé teve condições de, apenas, concentrar-se em exercer sua genialidade.

Pelé viveu em um ambiente parecido com o que vivem hoje os jogadores da seleção alemã.

Na Alemanha, os jovens jogadores têm do Estado o apoio que Messi teve do Barcelona. O Estado investiu mais de 1 bilhão de euros em centenas de centros de treinamentos para crianças espalhados pelo país. Os talentos alemães são cultivados nesses centros como flores em estufas. Desabrocham, vão para os clubes e transformam o Campeonato Alemão em um fenômeno de público, com média superior a 40 mil pessoas por partida.

Como Pelé nos anos 50, os meninos alemães não precisam se superar. Estão cercados de proteção e de condições propícias para vicejar. O produto da política alemã estará neste domingo no Maracanã: uma seleção formada, na sua maioria, por jovens jogadores com grande capacidade técnica, compreensão do jogo e disciplina tática. A seleção alemã é uma equipe de futebol. A seleção alemã é o trabalho, o planejamento e o cérebro.

Do outro lado está o coração.

A Argentina é a típica seleção latina moderna, formada por jogadores que se tornaram europeus na maneira de jogar, enriquecida por um fenômeno que conseguiu preservar sua habilidade inata. Não há um Riquelme na seleção argentina. Não. Como a Seleção Brasileira, a Argentina mudou de perfil. Mas existe um sobrevivente. Um único, que encontrou ambiente para se desenvolver. É ele, é Messi que vai desafiar a inteligência alemã. Só ele. Ninguém mais poderia. Messi pode. Existe um sofrimento acumulado que o sustenta. Existe uma dor que o move. E Messi sentirá esse sofrimento antes de pisar no campo santo do Maracanã, sentirá os efeitos dessa dor antiga. Mas depois, com a bola nos pés, esquecerá de tudo o mais. E saberá que, sim, sim, sim: ele pode.

Onde começou o 7 a 1

Como se fosse um filme, como se fosse um romance, os 1 a 7 de Belo Horizonte são o desfecho de uma trama que começou em outro encontro desses dois protagonistas, 12 anos atrás. Naquele ano de 2002, Brasil e Alemanha decidiram a Copa do Oriente Longínquo e, como se sabe, o Brasil venceu. Mas, silenciosamente, as mudanças nos dois lados já haviam começado a acontecer no ano anterior.

A Alemanha dera início ao processo de reformulação do seu futebol, com escolinhas espalhadas por todo o país e leis que tentaram assegurar a saúde financeira dos clubes. Em pouco tempo, o futebol alemão começou a revelar talentos e o campeonato nacional transformou-se num fenômeno, com média de público nos estádios superior a 40 mil pessoas por partida, a maior do mundo.

No Brasil, o Estado agiu na direção oposta: os clubes foram fustigados pela Lei Pelé, uma legislação liberalizante, que pretendia "alforriar" os jogadores. Na verdade, os grandes (e poucos) jogadores que sempre ganharam bem continuaram ganhando bem, e os pequenos (e muitos) que sempre ganharam mal passaram a não ganhar nada: os clubes do interior fazem com eles contratos de três ou quatro meses, para os campeonatos regionais, e depois os dispensam.

Quem ganhou com a Lei Pelé foram os empresários e os clubes europeus, que, desde 2001, não precisam mais passar pelo incômodo de negociar com outros clubes: simplesmente mandam representantes ao Brasil, que colhem os jogadores na fonte, isto é: nas salas de suas casas, fazendo contratos diretamente com os pais ou com atravessadores espertalhões.

Isso transformou (para pior) o futebol brasileiro. Não é por acaso que muitos dos jogadores da atual Seleção nunca jogaram em grandes clubes brasileiros ou, se jogaram, foi até os 18, 19 anos de idade. Em geral, acontece com os talentos do Brasil o que aconteceu com Alexandre Pato, que voltou da Europa cheio de músculos e sem nenhum futebol.

A Lei Pelé destroçou os clubes brasileiros, mas os 12 grandes do Brasil são fortes demais. Eles têm cem anos de história e cem milhões de torcedores, resistiram a todos os assaques e achaques e sobreviveram com uma pujança que nenhuma outra empresa privada teria. Eles fazem o que podem. Hoje, o Brasileirão é um certame de enjeitados, disputado por jogadores veteranos que estão raspando o fundo do tacho financeiro de suas carreiras, medianos que a Europa desdenha e sul-americanos atraídos pelos salários mais altos pagos no Brasil. É pouco? É o suficiente para empolgar torcidas que estão há mais de 10 anos sem ver craques de verdade nos seus estádios.

A Seleção Brasileira é o produto mais refinado dessa situação. Quem mais Felipão poderia convocar? Neymar, o único craque do Brasil, é obra de um esforço amazônico do Santos, que o segurou no país por mais tempo do que o comum, para um jogador do seu quilate. Os outros, Ronaldinho, Ronaldo, Rivaldo, Roberto Carlos, Cafu, Romário, esses estão no passado, no tempo da Lei do Passe.

Por ironia, de todos os citados acima só continua jogando aquele que foi o símbolo da mudança catastrófica feita no Brasil: Ronaldinho. Em 2001, ele foi o primeiro a se aproveitar da Lei Pelé e, na prática, fugiu do Grêmio, o clube que dizia amar desde que nasceu.

Os clubes brasileiros, na verdade, dependem disso: de amores. De torcedores fiéis e generosos, que os mantêm, apesar dos prejuízos. E os clubes são o núcleo do futebol. Os clubes são a razão de ser do futebol. A Lei Pelé golpeou duramente os clubes. A Lei Pelé não libertou os jogadores; liberou o tráfico e a pirataria empreendida por empresários e potências europeias. Com a Lei Pelé começou a história dos 1 a 7 do Mineirão. Enquanto isso, do outro lado do oceano, os alemães fizeram o caminho oposto dos brasileiros: valorizaram seus clubes, a ponto de dois deles disputarem a finalíssima da Liga dos Campeões da Europa.

Os alemães até podem não ganhar a Copa, mas hoje a Alemanha é o país do futebol. E tudo começou lá atrás, no Oriente Longínquo, naquele encontro dos dois protagonistas que tanto têm em comum, mas que agora são tão diferentes, quase incompatíveis. Como num filme. Como num romance.

O pesadelo da Seleção Brasileira

Não, seu juiz. Não, não, não, não, não e não.
Não.
O senhor não precisava dar cinco minutos de tempo adicional, nesse jogo. Não precisava dar nem um minuto. Um segundo, que fosse, era completamente dispensável. Até porque, seu juiz, veja o que aconteceu 40 segundos depois do tempo normal: a Holanda marcou outro gol, seu juiz! Três a zero, seu juiz! Precisava isso?
Não, não, não.
Não.
O que aconteceu, então, nesses cinco minutos a mais que o senhor decidiu conceder à dolorosa participação do Brasil nesta Copa brasileira, o que aconteceu? A torcida ficou vaiando, seu juiz. Vaiando a Seleção Brasileira.
Por acaso, seu juiz, o senhor sabe o que vai acontecer daqui a alguns dias, em 21 de julho, o senhor sabe, seu juiz?
A Seleção Brasileira vai completar cem anos. Cem anos!
O senhor sabe como começou a história da Seleção Brasileira? Sabe? Com vitória de 2 a 0 sobre o Exeter, da Inglaterra, no campo do Fluminense. Começou com vitória, seu juiz. E o senhor sabe qual é o canto da torcida deste Exeter, que ainda hoje existe? Eles cantam assim, dirigindo-se à torcida adversária:
"Vocês já jogaram, já jogaram, já jogaram contra a Seleção Brasileira?"
Eles se orgulham de ter jogado, e perdido, para a Seleção Brasileira. Cantam isso ainda hoje, cem anos depois.
Passada essa vitória, o que aconteceu com a Seleção Brasileira, o senhor sabe, seu juiz? Aconteceu Friedenreich,

Leônidas, Zizinho, Heleno de Freitas, Garrincha, Didi, Pelé, Rivellino, Tostão, Zico, Romário, Ronaldo, Ronaldinho, aconteceram cinco títulos mundiais, seu juiz!

Certo.

Pois agora, passado um século, o que acontece com a Seleção Brasileira? Toma sete gols da Alemanha e, depois, toma mais três da Holanda. Dez gols em dois jogos de Copa do Mundo. É horrível. É um pesadelo. Por isso, seu juiz, aqueles acréscimos foram desnecessários. Foram até injustos. Já estava 2 a 0, o jogo não valia nada, era um jogo constrangedor, em que estava a disputa de um terceiro lugar do qual ninguém vai se lembrar no futuro. Dois a zero, pronto, a Holanda ganhou, está tudo bem, a Holanda tem um time melhor mesmo. Mas, não. O senhor queria mais. Cinco minutos, foi o que apareceu naquela placa na lateral do gramado. Cinco minutos a mais de agonia, cinco minutos a mais de dor. E a Holanda fez mais um gol, e a derrota virou goleada, e a humilhação agravou-se ainda mais. A cena final da Copa do Mundo no Brasil será a de Júlio César com os glúteos virados para cima e a bola no fundo do gol.

A Copa do Mundo disputada no Brasil.

Por quê?

Para quê?

Não precisava, seu juiz. Não precisava.

Um homem, uma mulher e dois labradores

Havia um casal estranho no meu hotel. Todas as manhãs, quando eu chegava para o café, eles já estavam lá, sentados a uma mesa discreta, com dois cães labradores aos seus pés. Um labrador era bege; o outro, preto. Ficavam deitados quietos, imóveis, enroscados nas pernas dos donos.

Fiquei impressionado com a obediência e a calma daqueles cachorros. Fiquei também intrigado. O hotel permitia que hóspedes levassem bichos de estimação para os quartos? Ou será que aqueles dois eram moradores das cercanias e iam ao hotel para o breakfast diário? Achei mais provável a segunda hipótese.

Outra coisa chamava-me a atenção: o comportamento do casal. Eles quase não se falavam e, quando o faziam, era sussurrado, perto do inaudível. Sentavam-se eretos como mordomos ingleses e comiam devagar, tão devagar que eu saía e eles ainda estavam lá. Isso todos os dias, todos os dias.

Uma manhã, resolvi investigar mais a respeito do casal. A velha curiosidade de repórter... Dei um jeito de passar pela frente da mesa deles. Só então percebi: eram cegos! Os dois, cegos. Por isso os labradores, por isso a economia de gestos. Era óbvio. Como fui tolo...

Continuei a observá-los a cada manhã. Simpatizei com o casal. Eles conversavam pouco, às vezes eu saía sem que tivessem trocado duas frases. Será que se gostavam? Ou será que já se aborreciam um com o outro? Por algum motivo, intrigava-me saber se ainda havia ternura naquele casal.

Numa manhã de sábado, minhas perguntas foram respondidas. Havia sentado um pouco mais perto deles do que de hábito. Fiquei olhando de lado. Notei que ele falava com ela. Falava calmamente, com as duas mãos postas na mesa. Falou por uns três minutos, enquanto ela o ouvia em silêncio. Ele parou de falar, por fim. E ela, sem dizer palavra, ergueu o braço e fez a mão voar gentilmente na direção dele. Tocou em seu rosto primeiro com as pontas dos dedos, devagar, devagar... e depois estendeu a palma inteira, fazendo-lhe um carinho lento e doce.

Em seguida, ela retirou a mão. E voltou a ocupar-se com seu café da manhã. Ele ficou parado, com os punhos apoiados na borda da mesa.

E sorriu.

Não disse nada, não se mexeu, apenas sorriu. Ela não podia ver, mas ele sorria e continuou a sorrir, e era um sorriso manso e satisfeito e intenso. Ali estava, subitamente, um homem feliz. Ele não agradeceu e ela não viu o sorriso, ela não podia ver. Ela nunca vai descobrir como aquela pequena carícia fez bem ao seu companheiro. Ela nunca vai descobrir o poder que exerceu por um momento em outro ser humano. Tive vontade de ir até a mesa deles e avisar: "Ele está sorrindo! Ele está sorrindo!". Mas me contive. Porque talvez não fosse necessário. Porque talvez o mais belo carinho seja, mesmo, o que não espera retribuição.

Não tome chimarrão nos Estados Unidos

Estávamos saindo para levar o Bernardo e seu patinete a um parque, e a Marcinha, gauchamente, sugeriu:
– Que tal levarmos também o mate?
Concordei. Parque e chimarrão combinam. A la pucha. E lá fomos nós, de garrafa térmica debaixo do braço e cuia na mão, como se estivéssemos indo para a Redenção (rimou!).
Chegando ao parque, um lugar lindo e limpo, cheio de árvores frondosas e esquilos serelepes, como tantos aqui em Boston, chegando a esse minúsculo farelo do paraíso, nos acomodamos em um banco sob um frondoso carvalho e, enquanto o Bernardo brincava, começamos a tomar mate.
Bem.
Foi aí que lembrei que estamos em Boston, Massachusetts, Nova Inglaterra, Estados Unidos, Hemisfério Norte.
Porque, em cinco minutos, reparei que os discretos bostonianos começaram a nos cuidar com o canto do olho. Eles se esforçavam para não nos olhar diretamente, mas não conseguiam resistir. Davam uma disfarçada e espiavam. Primeiro pareceram curiosos; depois, levemente assustados; por fim, algumas mães já carregavam seus filhos para uma distância segura.
Tentei me colocar no lugar deles. O que aqueles americanos completamente americanos, isto é, meio indiferentes com o que se passa no resto do mundo, inclusive com o que o resto do mundo bebe quando vai a parques, o que aqueles ianques perfeitos viam ao nos olhar?
Um casal com um apetrecho estranho nas mãos, cheio até a metade de uma erva misteriosa, onde derramavam um líquido fumegante, que, a seguir, era sugado por um canudo

de metal. Um equipamento mais ou menos parecido com um narguilé, só que menor, mais fácil de ser camuflado. Tratava-se de algo no mínimo exótico e muito provavelmente proibido.

Como se comportaria o casal, depois de ingerir todo o conteúdo da garrafa térmica? No que se transformariam? Do que seriam capazes? A mulher parecia inofensiva, com aqueles seus claríssimos olhos verdes, capazes de iluminar um dos túneis do Big Dig, o fantástico complexo de vias subterrâneas da cidade. Mas o homem... Muito suspeito, com aquele cabelo que parecia estar três meses longe da tesoura. O que pretendiam? Quem seriam?

Melhor se precaver.

Percebi que alguns americanos já falavam à socapa no celular. Estariam ligando para o 911, chamando a polícia?

Cristo! Aqui, se você chama a polícia, a polícia vem. E vem com grande aparato e alarido, quatro, cinco carros lotados de agentes, as poderosas sirenes troando, parando o trânsito, pondo todos em alerta. Imaginei os tiras irrompendo no parque, saltando das viaturas de armas em punho:

– Hands up! Hands up!

E nos levando algemados para a delegacia, onde teríamos de explicar a procedência daquela erva desconhecida. E se não aceitassem nossas explicações? E se não compreendessem meu inglês cambaio? Jesus! Lembro do Rambo, o Rambo não fez nada, e aquele xerife o perseguiu como se ele fosse o primo-irmão do Bin Laden. Sabe como são esses xerifes americanos. Eles gostam de prender as pessoas. Prenderam o ator do Homem de Ferro, não prenderam? O Homem de Ferro, man! O Frank Sinatra foi preso duas vezes. O Frank Sinatra, bro!

Já estava vendo minha foto de frente e de perfil, com uma plaqueta pendurada no pescoço. Meu filho ficaria traumatizado, eu iria parar na capa do *Boston Globe*, seria motivo de chacota no Grande Irmão do Norte. Olhei aflito para a Marcinha:

– Vamos embora. *Let's go*, de uma vez.
– Mas já?
– Antes que a polícia chegue! A polícia vem aí!

Fomos. Desde então, só sorvemos o velho chimarrão dos pampas no recôndito do lar. São mesmo insensíveis, esses americanos.

O menino e a árvore

Acho grave um homem não conhecer pássaros, não conhecer árvores. Pois não conheço. Qual a diferença entre a nogueira e o castanheiro? Entre a imbuia e a cerejeira? Não faço ideia. Em minha defesa, digo apenas que não se trata de doença urbanoide: também não conheço marcas de carros. Parei no Fusca, no Opala, no Corcel e na Brasília. Será esse um ponto positivo? A ignorância pode merecer elogio?

A verdade é que são muitas as coisas que não conheço e, embora não sinta falta de maiores informações sobre marca de carro, queria muito saber que árvore é essa que se espreguiça bem em frente à minha casa. É árvore grande, maior do que um edifício de sete andares, com o tronco largo como uma mesa de jantar e a copa frondosa, de folhas de forma e tamanho de mão espalmada que se curvam gentilmente sobre as casas e as pessoas pequenas lá embaixo.

Enxergo essa árvore da janela francesa que há na minha sala, uma janela de parede inteira, que, aberta, dá para uma sacada amena. Tomo mate às vezes nessa sacada, e penso, porque, como se diz no Alegrete, o mate ajuda o gaúcho a pensar.

Esses dias de fim de verão estão lindos, aqui na Nova Inglaterra. Hoje começam as aulas do B. Ele vai estudar de manhã, e em inglês, duas novidades. Estou ansioso para ver como se sairá.

Ontem, levantei-me cedo, ao nascer do sol. Saí do quarto de pé em pé, para não acordar a Marcinha, e ia fechar a porta do quarto do B, quando ele me viu, saltou da cama e, estremunhado, acompanhou-me até a sala.

– Ainda é cedo – disse-lhe, e ele murmurou, esfregando os olhos:

– Hoje é o último dia de férias?

Não respondi. Fui até o sofá esticado diante da janela, deitei-me de lado e, com a mão esquerda, bati no espaço que lhe deixei nas almofadas. Ele veio em silêncio, aninhou-se em meu braço e, em 30 segundos, adormeceu outra vez. Permaneci estirado, com a cabeça apoiada no braço do sofá, olhando para a grande árvore lá fora. Os esquilos corriam pelo tronco, pelos galhos. Tenho certeza de que no mínimo quatro esquilos moram naquela árvore. Será que dormem entre as folhas? Ou em buracos cavados no caule com seus dentões? É admirável como eles conseguem se equilibrar nos galhos mais finos.

A brisa da manhã balançava as folhas verde-escuras e me dava preguiça. Mas percebi que o B agora ressonava, afastei devagar sua cabeça do meu peito e, com todo cuidado, me levantei. Fui à cozinha e preparei o café. Voltei à sala com a xícara na mão, caminhei até a sacada e pus-me a olhar para a grande árvore a poucos metros de mim. Olhava ora para as folhas que dançavam ao vento e ora para o menino que dormia. Do menino pequeno para a grande árvore, da grande árvore para o menino pequeno. Sorri. Do que mais precisava para me sentir feliz? Nada, nada. Salvo, talvez, saber que árvore é aquela, afinal.

Era só um pardal

Vinha caminhando pelo bulício do centro de Boston e vi um ajuntamento. Seis ou sete pessoas em roda, olhando para baixo, para algo na calçada. A cena deu uma espetada na minha curiosidade. O que seria? Parei. Fui lá.

Era um passarinho.

Um pardal vulgar, cinzento, desses que pousam em todos os cinamomos de Porto Alegre, que são encontrados em qualquer cidade do mundo, seja em meio aos pombos da Praça de São Marcos, em Veneza, seja debaixo do grande cartaz do Mao, em Pequim. Devia estar passando por alguma dificuldade, o pardal, porque pardais não ficam parados para que pessoas os contemplem em roda, pardais, no máximo, podem colher uma migalha de alimento de uma mão humana e logo alçam voo preventivo para o galho mais seguro.

Um pardal com problemas de saúde, era o que havia ali. E os humanos em volta discutiam vivamente, em bom inglês bostoniano, o que fazer dele. Não fiquei para descobrir a que conclusão chegaram, tinha lá meus compromissos. Mas segui caminho intrigado com o interesse dos americanos pelo pardal, e perplexo com minha própria insensibilidade aviária.

Tenho a maior simpatia pelos pardais, esses sobreviventes da urbe, esses personagens quase invisíveis do asfalto duro, mas não sei se participaria de um seminário para decidir o futuro de um deles, como faziam os bostonianos. Um gato ou um cachorro, talvez; um canarinho amarelo-vivo, certamente; mas um pardal... Realmente, não sei se um pardal ganharia 15 minutos do meu dia. Por isso, admirei aqueles americanos. Estavam me dando uma lição.

Será que os new yorkers fariam o mesmo? Nova York tem lá suas selvagerias. Você passa um tempo em Boston e, quando vai a Nova York, se espanta com a sujeira, por exemplo. Há ratos do tamanho de um gato, em Nova York. Tantos ratos que alguns nova-iorquinos saem à noite com seus cães, a fim de caçá-los. Mandaram-me um filme em que uma dessas ratazanas gigantes é a protagonista. Ela passeava preguiçosamente pela fachada de um edifício, meio desafiadora. Tinha o rabo da grossura de uma mangueira de jardim e era gorda como um pequeno leitão. Um troço assustador.

O trânsito da Big Apple também não tem nada da paciência civilizatória dos motoristas da Nova Inglaterra. Outra noite, eu e a Marcinha fomos a um lugar muito bom chamado Minetta Tavern, recomendo vivamente para você que está vindo a NY. Estávamos em meio à animação do Greenwich Village, já próximos da dita taverna, quando um carro parou na frente do nosso táxi, fechando a rua. Dele desceu uma moça de minissaia curtíssima e pernas longuíssimas. Ela saiu ondulando pela calçada, enquanto o motorista do táxi abriu a janela e reclamou em tom nada amigável. Sem nem se virar, a menina ergueu o dedo médio, mostrou-o para o taxista e se foi, rindo com todos os seus dentes alvíssimos faiscando na noite, sempre com aquele dedo em riste, enquanto o motorista desfiava palavrões na língua de Shakespeare. Olhei para a Marcinha e comentei, não sem antes fazer um entediado tsc-tsc:

– Na nossa Boston isso nunca aconteceria...

Lembro-me de uma cena do grande filme *Perdidos na Noite* em que o caubói interpretado pelo Jon Voight, ator também conhecido pelo título de O-Homem-Que-Gerou-Angelina-Jolie, caminha por Nova York, acho que pela 5ª Avenida, e vê um sujeito caído na calçada. O homem deitado está de paletó, bem vestido, não parece um mendigo. Jon Voight se detém um segundo, olha, hesita, está prestes a se agachar para ajudá-lo, mas as centenas de passantes ao redor fazem o que em geral fazem passantes: passam. E nem sequer olham para o corpo estendido no chão. Voight, então, desiste de se deter e também segue seu rumo.

 Se nova-iorquinos não ligam para um semelhante em apuros, por que se abalariam por um insignificante pardal? Se bem que aqueles eram nova-iorquinos dos anos 70. Nova York mudou, desde então. Tornou-se uma cidade menos violenta e, com menos violência, tornou-se mais calma, as pessoas passaram a reparar mais nas outras pessoas, o que não deixa de ser uma mensagem para nós, brasileiros: a violência embrutece a todos, mesmo os que só tomam conhecimento dela de ouvir falar e por notícia de jornal.

 Assim, fico aqui com minha angústia: um pardal combalido terá chance de sobrevivência na cidade que nunca dorme? E no avesso do avesso do avesso do avesso? E na cidade maravilhosa? E naquela cidade que um dia foi chamada de "Cidade Sorriso" e que hoje não sorri mais, vive tensa por ataques de sequestradores de semáforo e flanelinhas riscadores de carro? Eis aí uma medida de humanidade, uma medida de civilização. Como queria, um dia, me tornar tão humano a ponto de mudar meu dia por um pardal ferido.

Não faz diferença

É fácil resistir a tentações quando não se é tentado. Alguém já lhe ofereceu um milhão para você cometer algum deslize? Ou melhor: algum deslize seu vale um milhão?

Por isso a oposição em geral é imaculada. A oposição não sofre as tentações do poder, porque não tem poder.

É divertido ver um candidato inofensivo espinafrar um candidato cachorro grande. O candidato é inofensivo, nunca teve poder e, por ser inofensivo, nunca teve sua vida devassada, ele pode ser agressivo à vontade. Marina Silva até anteontem era inofensiva, era o São José entre a Dupla Gre--Nal. Todos a achavam a bondade vinda a bailar da mata amazônica. Mas Marina cresceu, e assim tornou-se o próprio Mal. Industriosos profissionais da difamação alheia puseram--se a trabalhar para desmoralizá-la. Lembro-me de quando o Brizola era ameaça. Conseguiram adesivar nele a imagem de ultrapassado, de político oportunista que fazia aliança com qualquer um. Brizola morreu, deixou de ser ameaça, e assim tornou-se um símbolo de esquerda lúcida e patriótica.

Será que Marina cederá às tentações, se chegar ao poder? Será possível chegar ao poder no Brasil, e manter-se no poder, sem se corromper?

O PT tinha essa proposta, nos anos 80. Não tinha projeto, tinha uma única proposta, resumida em dois pontos comuns: não fazer alianças espúrias e não ceder às tentações do poder. Parece pouco; não é. Um governo ilibado, mesmo que sem imaginação, seria o suficiente para mostrar ao Brasil que a resposta à pergunta que fiz no parágrafo anterior é "sim" e, sendo "sim", indicaria o caminho a seguir. Nenhum país do mundo foi feito só de bons governos. Ser bom ou ruim é até secundário, se as regras forem cumpridas.

O problema é que, para realizar o prometido, o PT precisava chegar ao poder. Mas como? Foi feito, então, um trabalho criterioso e competente. O PT tentou e conseguiu instalar-se em quase todos os setores da sociedade organizada: nos sindicatos, na igreja, nas universidades, em associações de bairro e de classes, em miríades de organizações não governamentais financiadas pelo governo. Só que não foi o suficiente, o Brasil é muito variado. Então o PT cortejou os partidos mais ao centro, depois os mais à direita e até chegar aos da ponta direita. Finalmente assentado no poder, e a fim de mantê-lo, o PT consorciou-se com Collor, Renan Calheiros, Maluf, Sarney et caterva, e tudo ficou a mesma coisa, o PT era igual aos outros e não podia mais voltar atrás: havia feito alianças espúrias e cedido às tentações do poder.

Há muitos homens íntegros no PT, e eles não estão satisfeitos com isso, mas eles acreditam que, continuando no poder, podem compensar os erros do partido com ações em defesa dos menos favorecidos. Não muito diferente de Getúlio Vargas, que justificava sua ditadura com as medidas progressistas que tomou em defesa dos trabalhadores do Brasil.

Mas não é assim que funciona. A corrupção e o cinismo entortam uma nação tanto quanto a ditadura. É como um pai que sabe prover e não sabe dar o exemplo.

Os petistas dignos, que, já disse, são vários, vivem de outra ilusão justificatória: a de que existe uma disputa ideológica no Brasil. De um lado estariam os petistas com consciência social, a esquerda, e de outro os tucanos defensores do capital, a direita. Curiosamente, os tucanos dignos, que também os há, vivem de ilusão semelhante: a de que eles são a social-democracia moderna enfrentando o comunismo atrasado. Não é nada disso. Ao fim e ao cabo, tucanos, petistas e apoiadores de Marina Silva, todos eles estão apenas lutando pelo poder, sem nenhuma consistência ideológica, sem nenhum projeto, sem nada de novo a dizer, e aquele monumento ao desperdício erguido no deserto do Planalto Central, que é Brasília, não passa de uma gigantesca agência de empregos.

Não faz diferença. Nós, aqui, brasileiros comuns, sabemos que não faz diferença. Ideologia: eles bem que queriam ter uma pra viver.

Em você eu não voto

Às vésperas da maior e mais eletrizante eleição já disputada no Brasil, a de 1989, escrevi uma coluna abrindo o voto. Era editor-chefe do *Jornal da Manhã*, de Criciúma, e assinava um espaço acho que na página 3. Nessa condição, vivi com intensidade aquela eleição histórica, entrevistei todos os candidatos, Collor, Lula, Brizola, Maluf, Covas, Caiado, Ulysses, todos, e cobri seus comícios e palestras.

Foi um momento especial do Brasil e de nós, brasileiros. Era a primeira eleição direta para presidente desde 1960, realizada logo após a Constituinte. Tínhamos a impressão de que iríamos salvar a nação a golpes de voto. Escrevi mais ou menos isso naquela coluna, publicada um dia antes da votação, ou no dia mesmo, não lembro mais. Escrevi que havia cinco candidatos dignos de voto, dos 11 concorrentes. Cinco que representavam a opção do Brasil pela democracia: Ulysses, Brizola, Lula, Covas e Roberto Freire. Num desses, declarei, iria votar (votei em Brizola no primeiro turno e em Lula no segundo, mas isso só conto agora).

Claro que meu arrazoado não fez mudar um único voto naquela época, como não faria mudar hoje, mas houve gente que achou muito ousado aquilo de um jornalista posicionar-se publicamente a favor de um grupo de candidatos numa eleição. Ponderei muito, antes de escrever o texto, mas considerei que vivíamos um tempo especial da história do Brasil, um tempo divisor de águas, e que era preciso tomar uma posição, mesmo que aquilo só fosse importante para mim.

As águas, de fato, foram divididas, o Brasil mudou e hoje as eleições não têm mais aquele caráter ideológico que opunha os defensores da democracia aos sabotadores da democracia. Hoje, todos os candidatos integram o grupo que combatia o velho regime, são mais ou menos do mesmo extrato, e a democracia se cristalizou nas mentes brasileiras como um bem em si. O jornalismo também mudou. Hoje os jornalistas assumem ferozmente seus candidatos e atacam ainda mais ferozmente os candidatos adversários. Ninguém sentiria os pruridos que senti em 89.

    Mas a política, tristemente, diminuiu. Se você analisasse os cinco candidatos que citei, veria que atrás deles havia estruturas lógicas e ideias alvissareiras, em 89. O recém-fundado PSDB tinha pretensões de social-democracia europeia, e o PMDB de Ulysses algo das sólidas teorias democráticas norte-americanas. O PT era a juventude assalariada e pretensamente impoluta querendo decidir sua própria vida, e o PDT era a esperança das crianças do Brasil. Já o PCB, o Partidão, era a própria dignidade dos velhos idealistas, talvez antigos, mas sempre retos.

    Esfacelaram-se todos. O PSDB e o PT ganharam o poder; e perderam-se no poder. O PSDB vendeu-se ao comprar a reeleição de Fernando Henrique, e o PT montou um sistema orgânico de corrupção que faz do deposto Collor uma freira (pense só nos bilhões da Petrobras, desconsidere todo o resto, e agora lembre-se que Collor caiu por causa de um Fiat Elba!). Já o PDT primeiro foi neutralizado pelo PT, que lhe tomou o espaço, e depois perdeu o charme e o rumo com a morte de Brizola, era um partido de um homem só. O mesmo aconteceu com o PMDB, que, sem Ulysses, seu Benjamin Franklin, seu Thomas Jefferson, virou uma geleca que se amolda a qualquer forma que esteja no comando. Seja Luciana Genro presidente, seja Paulo Maluf, lá estará o PMDB. E, por fim, o PCB, antes de morrer de velho, foi assassinado por seus próprios filhos.

    Restou o desânimo. As pessoas sabem que não há ideias em disputa, salvo projetos de perpetuação no poder ou de tomada do poder. Se o voto não fosse obrigatório, 60% dos eleitores ficariam em casa, fazendo churrasco – como aqui, nos Estados Unidos. Mas, sendo obrigatório, o voto se torna casual. As pessoas votam em quem está em primeiro nas pesquisas, "para não perder o voto", ou no candidato mais conhecido, os Tiriricas da vida. Não deveriam votar em ninguém. O voto nulo seria não apenas mais coerente: seria mais expressivo. Seria um voto que diria alguma coisa que o eleitor quer dizer, não o que querem que ele diga.

Há 25 anos, escrevi sobre quem merecia voto. Hoje, não seria capaz de fazer o mesmo. Hoje, o que sinto vontade de dizer na cara de uns e outros é, tão somente:

– Em você eu não voto. Em você eu não voto!

A eleição antipetista

Essa é a eleição do antipetismo. Vejo amigos petistas magoados, queixando-se do ódio que as pessoas sentem do PT. É verdade, é ódio mesmo, e também é verdade que nada se constrói com ódio. Mas os petistas precisam compreender que o antipetismo não existia antes do petismo. O antipetismo é uma reação.

Os petistas dignos tinham de tentar compreender a natureza da ação que gerou essa reação. Por que o antipetismo tão feroz infiltrou-se em praticamente todas as artérias da sociedade brasileira? Alguns analistas petistas tentam explicar o infortúnio do PT por seus méritos. Grosseiramente falando, seria uma reação dos ricos e da classe média, que não admitem ver pobres melhorando de vida. Isso é uma tolice. É como aquele sujeito insuportável, detestado por todos, que justifica sua solidão pela inveja que os outros supostamente sentem da sua beleza, da sua inteligência, da sua competência, seja o que for.

Se os petistas tiverem humildade, reconhecerão vários motivos para essa rejeição, mas um acima de todos: é a atitude religiosa e excludente dos petistas, que acham que o PT detém o monopólio da correção política e do porte das bandeiras de causas populares.

O petista transformou-se em algo parecido com um gremista, com um colorado, com um torcedor de futebol, que vê no seu clube o sal da terra e no adversário o próprio Mal. Cada vez que um petista abre a Tamanha arrogância até seria perdoável, se correspondesse à realidade. Não corresponde, e os escândalos de corrupção orgânica que saltam como carpas das águas do governo do PT estão aí para comprovar.

Esse, aliás, é o segundo grande motivo da rejeição ao PT. Lula, com seu gênio político, entendeu que o PT precisava se abrir para governar. Mas aí foi ao extremo. Abriu-se demais, fez concessões demais. E trouxe para junto do PT tudo o que o PT repudiava. O PT fez as alianças mais espúrias da história da política brasileira, e digo que são as mais espúrias não por quem se aliou ao PT, mas pelo PT. Pelo PT ter aceito tais alianças. Afinal, os brasileiros esperam que Sarney, Collor, Maluf e Calheiros façam aliança com qualquer um para deter o poder, mas não esperavam que o PT fizesse alianças com Sarney, Collor, Maluf e Calheiros para deter o poder. Foi uma traição. Uma traição, inclusive, aos muitos petistas retos que há.

Agora o PT vive um momento delicado, sentindo o antipetismo pulsante em todo o país. Não sei se isso levará o PT à derrota na eleição, mas sei que este pode ser um momento de aprendizado. Pode ser um momento de engrandecimento. Porque as crises não servem só para fazer sofrer. Servem para fazer crescer.

A moça da República Dominicana

Aula de gramática inglesa. Sábado de manhã. Bem cedo. Meu cérebro não estava preparado para tamanha aventura matinal em língua estrangeira. A professora, uma professora nova, da Boston University, começou a falar de tempos verbais e a falar bem rápido e a escrever naquele quadro. Eu entendia mais ou menos 44% do que ela falava. Olhei com angústia para meus colegas. Não conhecia quase ninguém. Eles pareciam despertos e alertas como escoteiros, pareciam compreender tudo, estavam à vontade com o present perfect progressive. De repente, riam, e eu ria junto, para não passar vergonha. Esse é o truque, quando você perdeu o fio da meada da conversa numa língua estranha e hostil: se eles rirem, ria também. Se não rirem, balance a cabeça com a gravidade de quem está ponderando sobre a questão. Você parecerá inteligente.

    Bem na minha frente tinha um relógio de parede desses redondos, de cozinha de mãe. Fiquei olhando para aquele relógio, torcendo para que o tempo passasse logo. Não passava. Os ponteiros não se mexiam. Eu estava preso numa janela da eternidade, dentro de uma aula de gramática inglesa! Jesus! Deu-me uma angústia, uma vontade de sair correndo. Mas meu cérebro foi se acostumando aos poucos, o mundo começou a clarear e aquelas palavras cheias de ípsilons e dáblius foram se agrupando em frases coerentes. Aí a professora decidiu pedir que os novos colegas se apresentassem e dissessem por que queriam aperfeiçoar seu domínio do inglês. Eles foram breves. Falaram seus nomes, suas profissões, deram algum pequeno dado curricular, nada que chamasse a atenção. Até chegar a vez daquela moça da República Dominicana.

Ela era morena, usava o cabelo puxado para trás e tinha um rosto expressivo de quem é cheia de opinião. Seu inglês era um pouco claudicante, mas totalmente compreensível. Começou contando sobre sua vida na República Dominicana. Falava num tom nostálgico, olhando nos nossos olhos, como se estivesse revivendo os momentos que passou. Na República Dominicana, "um lindo país", ela morava com a avó, ela amava a avó. Repetiu isso: amava a avó. Então, teve uma filha, a quem também amava muito. Mas não conseguia sustentá-la, a vida estava difícil na República Dominicana. Por isso, resolveu ir para os Estados Unidos. Deixou a avó que (disse outra vez) tanto amava e viajou com a filha. Nos Estados Unidos, foi bem acolhida e conseguiu emprego de secretária num consultório odontológico. Sorriu ao referir-se ao emprego, empertigou-se na cadeira: aquele emprego, observou, era uma vitória. Ela era bem tratada e ganhava um salário que garantia vida digna para ela e a menina. Mas... e nesse momento seu rosto moreno se ensombreceu... mas faltava algo: ela não conseguia relacionar-se com as pessoas como se relacionava na sua terra.

– Acho que é a língua – deduziu. – Acho que não consigo dizer o que sinto. A verdade...

Nesse ponto, em meio às reticências, fez uma pausa. Ficamos olhando para ela em silêncio, e em silêncio ela ficou. Olhava para o vazio, com a boca entreaberta, com alguma frase querendo lhe sair do peito. Estava quase falando... Esperamos alguns segundos. Ela hesitou ainda mais um instante, e aí respirou fundo e abriu a boca. Olhou para baixo, fitou as próprias mãos, agora juntas, e concluiu:

– A verdade é que me sinto muito, muito sozinha.

Pensei em dizer algo. Acho que todos ali pensamos. Mas ninguém disse, ninguém sabia o que dizer.

Os derrotados da eleição

Eis. Chega ao fim a mais triste campanha eleitoral da história da república brasileira. Durante meses, os candidatos e seus furiosos apoiadores se empenharam em mostrar ao Brasil e ao mundo quais são os piores dentre eles.

Conseguiram. A conclusão é que eles são, de fato, horríveis. Ambos.

No primeiro turno, mesmo à distância, assisti ao espantoso processo difamatório movido contra uma das pessoas mais dignas que encontrei na política: Marina Silva. E, não, não sou eleitor de Marina. Se estivesse no Brasil, não votaria nela. Não por ela ser evangélica ou coisa que o valha. Até porque o fato de ela ser evangélica seria um ponto a seu favor, se lhe fosse dar o voto: as pessoas evangélicas que conheci têm mais escrúpulos e menos propensão ao roubo do que a maioria dos católicos e ateus de Brasília.

São outras as razões que fazem com que não seja eleitor de Marina. Mas isso não vem ao caso. O que vem é que a conheci pessoalmente, entrevistei-a, e sei que é uma mulher admirável, honesta, sincera e incapaz de descer ao pântano de que vieram seus acusadores. Por isso mesmo, por estar muito acima dos que trabalharam solertemente para destruí-la, Marina não foi ao segundo turno. O que talvez tenha sido muito bom para Marina, e nem tanto para o Brasil.

A ganância pelo poder e o medo de perdê-lo são tão grandes que transformaram a eleição num vale tudo moral. Ou imoral.

Então, passaram para o segundo turno as seguintes opções:

1. O governo do PT, com histórico de casos de corrupção em pelo menos sete ministérios nessa gestão, tendo, por fim, desmantelado moralmente a maior empresa do país, a Petrobras, e sendo apoiado por todos que o PT sempre combateu: Maluf, Collor, Sarney, Jader Barbalho, Renan Calheiros et caterva.

2. A oposição tucana sem nenhuma ideia, sem nenhum projeto, sem nenhuma outra proposta que não seja a de tirar o PT do poder.

Eis. Aqui estamos.

Por que o Brasil não conseguiu construir uma terceira via aceitável? Por que nunca surge um projeto real de país?

Esse é o nosso drama. De qualquer forma, seja quem for o vitorioso, ele já começará seu governo derrotado, porque virá do submundo ao qual desceu a campanha eleitoral.

Prevejo anos difíceis para o Brasil.

Mas espero que o próximo governo seja, pelo menos, honesto. Seria uma base para se construir uma nação de verdade, uma nação que zele igualmente por todos os seus cidadãos, mas que proteja os mais fracos, como crianças, mulheres e idosos; uma nação que entenda que ter autoridade é diferente de ser autoritário; que mantenha os bandidos na cadeia, mas que a cadeia seja um lugar em que um ser humano possa viver com dignidade, porque a sociedade pode e deve punir, e nunca, nunca se vingar; uma nação que devolva a cidade às pessoas, que resolva conflitos em vez de promovê-los, que compreenda que a cidadania se forma na infância, com educação básica e fundamental; que proteja a natureza da cobiça; que saiba que a beleza e a arte fazem bem ao pobre e ao rico na mesma medida; que tenha claro nas consciências que todas as pessoas, de qualquer cor, credo ou classe, sentem a mesma necessidade universal, básica e fundamental: de viver, trabalhar, criar seus filhos e morrer em paz.

As consequências da eleição de Dilma

O que essa eleição acirradíssima traz para o Brasil?

1. Um país dividido, inclusive geograficamente.

2. Uma presidente cercada de denúncias de corrupção, consciente de que mais, muitas mais, e muito mais graves, virão a público nos próximos meses.

3. Um candidato da oposição que começou a disputa desacreditado e terminou já como o principal nome para 2018. Isso não significa apenas uma conquista pessoal de Aécio. Significa que a oposição terá uma solidez e uma liderança que nunca teve nesses 12 anos de governo do PT. Para quem não lembra, em 2002 Fernando Henrique chegou a ser acusado de "torcer" pela vitória de Lula.

Junte tudo isso aos problemas econômicos que o governo terá de enfrentar nos próximos anos, que serão de pagamento da conta feita até agora com a gastança pública e o inchaço do Estado.

Qual é o resultado?

Resposta:

Um governo frágil, que terá de compor desesperadamente uma base aliada.

O PMDB vai mandar como nunca no Brasil.

A divisão do Brasil e as eleições

Uma eleição para a presidência da República não deveria despertar tantas paixões.
 Desperta porque o Brasil está torto administrativa e filosoficamente.
 O resultado da eleição demonstra isso.
 A divisão do Brasil em dois demonstra isso.
 Essa divisão não é ruim. Nem boa. É natural.
 É impossível que um país desse tamanho não tenha profundas diferenças entre suas regiões.
 Um seringueiro do Acre tem necessidades e pleitos diferentes de um pequeno agricultor da Serra gaúcha. O sertão de Minas é diferente do litoral catarinense.
 Isso não quer dizer que um seja melhor do que outro. Nem quer dizer que o país deveria ser dividido em vários países. Quer dizer, apenas, que as diferenças precisam ser respeitadas.
 O Brasil não respeita as diferenças das suas diversas populações. Donde a justa revolta de quem se vê suplantado no voto por uma pequena maioria.
 As manifestações preconceituosas contra os nordestinos, os xingamentos, os insultos, tudo aquilo é bobagem. É irrelevante. Eu, aqui, quando escrevo algo com que você concorda, você me chama de gênio. Quando escrevo algo do que você discorda, você me chama de imbecil. Não posso me enfatuar quando sou chamado de gênio, nem me deprimir quando sou chamado de imbecil. Tenho de compreender que as pessoas se aferram às suas opiniões e que as defendem de todas as formas, mesmo formas que, volta e meia, não são as mais sensatas. Tenho de compreender que, neste mundo de

redes sociais, todos estão expostos à sua própria tolice. Antes, só os jornalistas escancaravam sua própria tolice. Agora, ser tolo está ao alcance de todos.

Um Brasil que realmente fosse uma federação atenuaria muitos desses conflitos. O país deveria dar autonomia e liberdade para Estados e municípios resolverem seus próprios problemas.

Vou dar argumentos técnicos, não políticos: os municípios arrecadam impostos, mandam dinheiro para o governo central, que devolve parte para os municípios, sobretudo em forma de programas, que é a maneira como se administra o Brasil. Não tem lógica. É burocrático, ineficiente e facilita a corrupção. Nesse caminho de ida a Brasília e retorno para o município, muito dinheiro se esvai.

Você sabe quantos programas para municípios existem no governo federal?

229.

Duzentos e vinte e nove.

Entre esses, programas como o "Arca de Letras", "Cultura Afro-Brasileira", "Artesanato Brasileiro", "Feira do Peixe", "Enfrentamento à Violência Sexual Infanto-Juvenil", "Brasil Quilombola" e até um com designação muitíssimo apropriada, "Olho Vivo no Dinheiro".

Olho vivo no dinheiro, de fato. Todos esses programas necessitam de quem os administre, mais seus assessores, secretárias, sedes, carros, material de escritório etc. São estruturas dispendiosas e muito suscetíveis à corrupção.

Então, o Brasil funciona assim: um prefeito identifica que, na sua cidade, é preciso asfaltar determinada rua. Ele vai a Brasília, ou manda um deputado aliado ir a Brasília para pedir recursos. Esses recursos, se aprovados, são enviados através de um desses programas. Só que, não raro, para que os recursos sejam liberados, o deputado se compromete a apoiar determinada demanda do governo no Congresso.

Está criada a espiral da corrupção.

Agora vou contar como funciona num país em que a federação existe de fato, em que cada Estado e município tem autonomia e independência, sem que se descaracterize a união: os Estados Unidos, país tão grande e complexo quanto o Brasil.

Vamos pegar duas áreas fundamentais para o cidadão: educação e segurança pública.

Nos Estados Unidos, a educação e a segurança são municipais. A polícia de cada cidade conhece os bairros, os moradores e os seus problemas. Os moradores da cidade também conhecem os policiais, e sabem como trabalham.

Na educação, os, digamos, primeiro e segundo graus são públicos e gratuitos. As escolas públicas são ótimas, até melhores do que as privadas. Já as universidades são todas pagas, inclusive as públicas. Mas os pais não pagam as faculdades dos filhos: os filhos pagam depois de formados e só depois de já estarem empregados, com uma espécie de crédito educativo que se estende por boa parte da vida, como uma prestação de casa própria. Só que todos, ricos ou pobres, chegam às universidades com condições iguais, porque a educação básica e fundamental é excelente.

A escola do meu filho é totalmente gratuita, inclusive o material, os cadernos, lápis de cor, canetas. Pela refeição, pagamos 3 dólares por dia. Se não tivéssemos condições de pagar isso, mandaríamos uma carta para a escola e a alimentação seria gratuita. Os alunos também têm direito a assistência médica gratuita, até os 18 anos.

Outro dia, nos chamaram para falar da reforma da escola. Era uma reunião com todos os pais. Foi apresentado o orçamento já aprovado para a reforma: US$ 98 milhões, cerca de R$ 250 milhões, bancados pelo imposto municipal.

Esse dinheiro não foi para Washington para voltar como um programa. Foi arrecadado pelo município, investido no município e será fiscalizado pela sociedade civil, pelo cidadão, pelos pais que viram para onde vai o dinheiro, como será gasto e quando.

Os programas do governo federal brasileiro parecem lindos e bem intencionados, mas são apenas instrumentos de poder do reizinho de Brasília, são mecanismos burocráticos, que aumentam os gastos públicos e facilitam a corrupção, para não dizer que a estimulam. O programa tem de ser eventual, para resolver problemas de escassez ou pobreza que, aí sim, requerem intervenção federal e distribuição de imposto. A União não tem de deixar de arrecadas: tem de arrecadar menos.

Todo esse sistema é terrível para o país, mas é muito caro ao governo central, porque dá poder, dá instrumentos de barganha política, de distribuição de cargos e favores. Isso é fruto do paternalismo criado lá na ditadura Vargas, que se estende filosoficamente (e administrativamente, e materialmente) até hoje no Brasil.

O Brasil não precisa de salvadores da pátria, os pobres não precisam de heróis ou de defensores, nem de um governo benevolente. Não, não, quando alguém disser que é defensor dos pobres, fuja dele. É um demagogo que só fará mal ao país. O cidadão brasileiro precisa, sim, de um Estado que proteja os mais fracos e permita que todos tenham as mesmas chances. Precisa que a independência, a iniciativa pessoal e a criatividade sejam incentivadas. Precisa de bom senso.

Getúlio, o pior. Itamar, o melhor

Itamar Franco foi o melhor presidente da história do Brasil.

Getúlio Vargas foi o pior presidente da história do Brasil.

O governo de Itamar durou dois anos e três meses, foi sempre democrático e não apresentou mácula de corrupção. Nesse curto período, sua administração domou uma inflação que beirava os mil por cento ao ano, o que até então parecia impossível, e cimentou o caminho para a estabilidade econômica do país. Todas as obras dos presidentes que se seguiram só puderam ser realizadas porque a inflação foi controlada.

Getúlio mandou no Brasil por 19 anos, 15 desses como ditador. Só isso, só o fato de ter sido ditador, seria o suficiente para inscrevê-lo no rol dos canalhas da História. Toda ditadura é, por conceito e por princípio, um mal; assim como a democracia, por conceito e por princípio, é um bem. Getúlio interrompeu um legítimo processo democrático para se encastelar no poder. Suas realizações, como as Leis Trabalhistas e o voto feminino, eram demandas da sociedade, avanços internacionais que seriam alcançados mais cedo ou mais tarde. Não se precisava de ditadura para obtê-los. Não se precisa de ditadura para obter coisa alguma.

Com a ditadura, Getúlio extinguiu a federação de fato, centralizando o poder e diminuindo a autonomia dos Estados, ação consagrada na famosa cerimônia da queima das bandeiras. Também instaurou a lógica paternalista do defensor dos pobres no Brasil e, depois, quando finalmente se elegeu com legitimidade, criou à sua volta uma estrutura de apoio composta, sobretudo, pelo peleguismo sindical. Estavam formados os dois grupos que iam se enfrentar pelas décadas seguintes: os populistas paternalistas e os conservadores.

Os populistas paternalistas têm a seu favor o charme da esquerda e a presuntiva boa intenção de ajudar os pobres. Na verdade, só o que eles querem é o poder. Os conservadores têm a seu favor uma aura de modernidade capitalista. Na verdade, só o que eles querem é o poder. Donde, golpes e contragolpes que não levam a lugar algum.

O golpe de 64 foi a derradeira vitória dos conservadores. Brizola até ressurgiu como herdeiro do populismo, mas o PT soube ocupar o seu lugar, ridicularizando-o como um político obsoleto e algo folclórico. Lembro-me dos discursos dos intelectuais petistas nos anos 80, criticando o populismo como causa do atraso do país. Era bonito. E era alvissareiro. O PT anunciava-se diferente desses dois grupos, mas, para chegar ao poder, teve de ceder, exatamente, ao populismo paternalista que criticava em Brizola. O PT apoiou-se em sindicatos, em organizações da sociedade civil e, finalmente, em quaisquer aliados políticos que lhe dessem sustentação parlamentar, inclusive os velhos ícones da ditadura, como Maluf. Agora, o PT arroga-se como defensor dos pobres, tanto quanto Getúlio. O PT é filho caçula de Getúlio. Filho caçula da ditadura getulista, que, como toda ditadura, entortou a nação.

Mas o paternalismo do PT não é errado quando investe no Bolsa Família. O Bolsa Família é um bom programa corretivo de desigualdades. É errado quando o governo se apresenta como paladino do povo oprimido. Numa nação madura, os pobres não precisam de ninguém que os defenda. Não precisam de pais ou heróis. Os pobres, os ricos e os remediados não têm de depender de governo algum. Têm de contar com um Estado que tenha sistemas de proteção aos mais fracos e de garantia de oportunidades iguais a todos. Os governos são apenas administradores desse sistema.

Um grupo governante que estivesse realmente disposto a fazer o Brasil amadurecer teria de começar descentralizando a arrecadação e refundando a federação. Você sabe quantos programas de ajuda aos municípios são mantidos pelo governo federal? Mais de 200. Contei 229. Programas para fazer tudo, de esgoto a feiras do peixe. Então, funciona assim: o imposto é arrecadado na cidade, vai para Brasília e volta muito tempo depois através de um desses programas. Nesse longo caminho, o dinheiro, o seu dinheiro vai sendo desbastado pela burocracia e pela corrupção. Por que os recursos não ficam no município? Por que têm de passar pelas mãos do Grande Pai provedor? Se ficassem no município, a comunidade se encarregaria de fiscalizar a forma como são aplicados. Seria um verdadeiro incentivo à participação popular na vida pública, não esses mal-intencionados conselhos de sabotagem da democracia representativa.

Bastaria isso para que a corrupção fosse atorada pela metade, no mínimo. Mas, para que isso fosse feito, o grupo governante teria de renunciar a parte do poder. E quem nesse país é capaz de renunciar a qualquer pedaço de poder? De jeito nenhum. Melhor deixar o país sob tutela eterna. Melhor apresentar-se como o benevolente protetor do pobre indefeso.

A guardinha

Tem uma policial que fica todos os dias na rua detrás do colégio do meu filho, aqui em Boston. É por lá que o levamos à escola. Vamos, eu ou a Marcinha, vamos a pé, conduzindo-o pela mão. É perto. As escolas do ensino básico e fundamental são municipais. Você não escolhe onde seu filho vai estudar: inscreve-o numa espécie de Secretaria de Educação e eles definem o colégio de acordo com o seu endereço residencial. Então, as escolas são sempre próximas das casas dos alunos, ninguém vai de carro. Por isso, a pequena rua atrás da escola do meu filho é um acesso muito usado pelos pais dos alunos. Donde a guardinha.

Agora tem o seguinte: essa ruazinha é exatamente isso: uma ruazinha. Há escasso movimento de carros. Passa um... três ou quatro minutos depois passa outro... e dê-lhe reticências entre um e outro... e eles rodam devagar, a uns 30 por hora, se tanto. Quer dizer: a guardinha que fica ali, controlando o trânsito, é um excesso de zelo da administração pública. Não precisava, por Deus. Mas, todos os dias, nos horários de entrada e saída dos alunos, lá está ela, vigilante feito um dobermann.

Ela é simpática, sorridente e saúda a todos com um good morning vibrante de animação. Usa cabelos curtos, é retaca e meio gordinha. Parece cheia de energia. Quando me vê, lá na outra esquina, vai para o meio da rua, estende a mão num gesto vigoroso e, com um ar grave, detém qualquer veículo que esteja se aproximando. Às vezes eu e o Bernardo estamos longe, a uns cem metros de distância, mas ela, incontinenti, segura o trânsito até que atravessemos a rua. Fico constrangido, ela podia deixar o carro passar, podia deixar vinte carros passarem, que eu ainda não teria chegado à faixa de segurança onde ela está, mas não adianta: a guardinha nunca vacila quando pode dar prioridade para o que chama de "minhas crianças". E os motoristas esperam, obedientes, sem traço de impaciência.

Não estou acostumado com esses mimos e, francamente, não vejo problema em dar uma acelerada para fugir do trânsito quando atravesso a rua, nem de esperar um pouco na calçada para que os carros passem. Assim, se estou distante e noto que a guardinha vai deter um carro por minha causa, me dá certa inquietação, estugo o passo e puxo o Bernardo pelo braço para não deixar que o motorista fique aguardando muito tempo por mim.

Bom. Uma manhã dessas, entrei na ruazinha e vi a policial lá adiante, sobre a faixa de segurança, cuidando do tráfego, que era nenhum. Percebi que ela me viu. E lá na outra esquina, tão longe, de mim distante, um carro surgiu. A guardinha estufou o peito, deu três passos e postou-se no meio da rua, disposta a usar sua autoridade para proteger a nossa integridade física. Ela ia parar o carro. Eu e o Bernardo poderíamos atravessar a rua e voltar umas 10 vezes, antes que o carro chegasse perto, mas ela ia pará-lo. Aí fiz o seguinte: não continuei até a faixa de segurança.

Atravessei a rua antes, no ponto em que estava. Quando o carro parou, eu e o Bernardo já estávamos havia muito tempo a salvo, na calçada. Segui caminhando e, ao cruzar pela guardinha, ela me olhou. Não falou nada, não deu o good morning usual. Apenas me olhou, e no seu olhar havia tristeza. Mais: havia frustração. Pior: decepção. Ela estava decepcionada comigo. Ia para lá todos os dias, de manhã cedo, com chuva, sol ou neve, tudo só para preservar a minha segurança e a do meu filho, e eu a desprezara. Ingrato. Um maldito ingrato, era o que eu era.

Deu-me um aperto no coração, tive vontade de correr até ela e pedir desculpas, jurar que seus préstimos eram indispensáveis para o meu dia, mas estávamos atrasados. Segui com o Bernardo para o colégio.

    Não foi um bom dia, não mesmo. Mas, na manhã seguinte, me recuperei. Quando cheguei à faixa de segurança, não havia nenhum carro por perto, e ainda assim parei. Fiquei esperando no meio-fio até que a guardinha olhasse para mim e, com um aceno largo, me mandasse atravessar a rua, enquanto olhava para os dois lados, atenta ao aparecimento de qualquer veículo ameaçador. Atravessei, sorrindo para ela, respondendo ao seu good morning com o entusiasmo de quem se sentia protegido. E não cheguei à calçada do outro lado sem antes repetir:

    – Obrigado. Muito obrigado por sua ajuda.

    Ela respirou fundo, orgulhosa do dever cumprido. Respirei fundo também. Estava começando um bom dia nas paragens geladas da Nova Inglaterra.

O velhinho

Engordei seis quilos desde que cheguei aos Estados Unidos. American way of life, sabe como é... Mas não sou de donuts polvilhados de açúcar, nem de hambúrgueres com maionese transbordante, nem de bacon frito. Tenho a impressão de que a grande responsável pelo meu engorde é uma sorveteria que fica perto da escola do meu filho. Lá são servidos sorvetes cremosos e caseiros, uma delícia. E lá tem umas poltronas macias para a gente ficar olhando a vida passar e, enquanto isso, rola um suave rock nacional. Como resistir?

Então, estava indo todos os dias a essa sorveteria, um atentado calórico. Foi lá que vi pela primeira vez uma figura folclórica aqui do bairro. É um velhinho bem velhinho, deve ter, sei lá, 90 anos ou mais. Ele se desloca pela cidade da mesma forma que o fazem todas as pessoas em idade provecta por aqui: em uma cadeira de rodas motorizada que parece tão boa de andar que tenho vontade de comprar uma para mim.

É algo curioso, pelo menos para um brasileiro tosco feito eu, desacostumado a ver pessoas idosas se movimentando com independência pelas ruas. Pois é isso mesmo que a cadeirinha dá aos velhos e deficientes: independência. Ela tem rodas de borracha e ganha razoável velocidade, como se fosse uma pessoa correndo. É manejada por uma espécie de manche, com uma mão só. E, para permitir escorreita circulação às cadeirinhas, a prefeitura cuida com critério das calçadas. São feitas de grandes placas de concreto, lisas, com rampas em todas as esquinas. Quando a prefeitura vai reformar uma calçada, ainda que a obra dure só um ou dois dias, é construída uma rampa auxiliar, também de concreto, para permitir que os velhinhos e os deficientes possam ir a qualquer lugar sem contingências. À frente da obra é postado um policial, que fica atento para que os carros não atrapalhem a circulação dos pedestres, dos corredores (que são muitos) e das cadeiras.

Esse velhinho a quem me refiro demonstra exemplar habilidade na condução da sua cadeira. Anda em zigue-zague pelas calçadas em alta velocidade, os outros que se cuidem com ele. Está sempre zanzando por aí. O dia em que o vi pela primeira vez foi uma dessas tardes outonais da Nova Inglaterra, sol ameno, 12°C. Depois de buscar meu filho na escola, fomos nos repoltrear com densos sorvetes de baunilha e de café que explodiam em cerca de duas mil calorias, cruzcredo. Já havíamos nos instalado nas poltronas quando o velhinho surgiu na calçada, pilotando sua cadeira. Tomou a maçaneta na mão e deu ré, abrindo a porta. Nisso, uma moça ia saindo e segurou a porta para ele. Que rosnou:

– Não precisa segurar para mim! Pode sair, que me viro sozinho.

Ela hesitou, e ele:
– Sai, sai!
Ela se foi, constrangida. Ele entrou, bufando.

Notei que, em volta da cadeira, penduradas em vários ganchos ou acomodadas em compartimentos, havia sete pequenas malas e pastas. Sete! A vida dele inteira deveria estar lá dentro.

Ele rodou pelo corredor da sorveteria. Uma senhora tinha puxado uma cadeira para fora da mesa, obstruindo-lhe a passagem. Ele reclamou:

– Quer tirar essa cadeira daí?

A senhora tirou, mais do que depressa, e pediu desculpas. O velhinho não respondeu. Deslizou até o balcão. Parou na frente da atendente. Jogou o braço para trás e, de algum desvão da cadeira, sacou um enorme copo de metal.

– Café quente e forte até o topo! – ordenou.

A atendente pegou o copo e obedeceu. Devolveu-o ao velhinho. Que latiu outra vez:

– Bolo de abóbora! Um pedaço grande!
A menina logo surgiu com uma fatia de bolo de abóbora num pires. O velhinho analisou-a e respirou fundo:
– É pequena!
Ela foi para trás do balcão e voltou com uma fatia três vezes mais larga. Ele tomou o pires, acomodou-o sobre um suporte e rodou até uma mesa. Alguém estava prestes a sentar-se, mas ele rugiu novamente:
– É minha!
O rapaz que ia se acomodar desistiu, pediu desculpas e foi procurar outro lugar menos inóspito.
Fiquei observando-o enquanto ele se ocupava em destruir o bolo com os dentes que, suponho, eram postiços. Voava farelo para todo lado e ele sugava aquele café com alarde. Uma cena dantesca.
Olhei para a atendente, que, do lado de lá do balcão, também admirava a apresentação do velhinho. Nossos olhares se cruzaram. Ela sorriu, condescendente. Sorri de volta. Levantei-me para sair com meu filho e, no mesmo momento, o velhinho engatou a primeira lá naquela cadeira dele, pronto para também ganhar a rua. Estremeci. Decidi deixá-lo sair antes de nós. Fiquei de pé, segurando meu filho pela mão, esperando. Ele passou por mim, pegou a alça da porta e, antes de empurrá-la para fora, me encarou.
– Qual é o problema? – perguntou, acrescentando algo asperamente que não entendi, mas que devia ser algum adjetivo pouco elogioso na língua de Shakespeare.
Abri a boca, sem saber bem o que dizer. Não precisei falar. Ele não esperou pela resposta. Foi-se embora velozmente na sua cadeira, reclamando da vida.
São, de fato, independentes até demais, esses velhinhos sobre rodas da América do Norte.

O riso

O som daquele riso me fez parar. Era uma gargalhada gostosa, que vinha de algum lugar em meio às árvores. Alguém ria e ria.

Fiquei curioso.

Vinha passando em frente a uma praça lindíssima e absolutamente original: é uma praça sem bancos, sem brinquedos, sem flores, sem nada além de árvores. Mas não são árvores comuns. São de uma espécie chamada "faia-europeia", pelo que li. Essas faias foram plantadas de maneira que suas copas fechadas desçam quase até o solo. O efeito é de tirar a respiração. Você passa sob a parede de folhas e é como se entrasse em outra dimensão da existência. Você está debaixo de uma imensa cúpula verde e marrom, onde o ar é suave, onde tudo é paz. Você está no interior da árvore.

É um lugar limpo e muito bem cuidado. Fico imaginando o investimento do poder público na conservação daquela pequena praça que está sempre deserta. Ou quase sempre, porque, naquela tarde de outono, alguém ria sem cessar em meio às sombras do estranho mundo formado pelas faias.

Era risada de criança pequena. Ela ria com tanto prazer que não resisti ao impulso de ir até lá para ver o que se passava. Saí da calçada e avancei pela grama aparada com critério. O riso continuava, enquanto eu ia em frente. Agachei-me para passar pela cortina de folhas. Dei mais um passo. Pus-me ereto e pisquei para acostumar os olhos à penumbra.

Lá estavam eles.

Um jovem casal de latinos, logo percebi que eram latinos pela tez mais escura da pele, pelo bigode do homem, pelos cabelos negros da mulher. Eles sorriam, olhando para um menininho sentado num carro de bebê.

Era o menino que ria.

Quantos anos teria? Uns dois ou três, calculei. Olhei com mais atenção e vi que ele não tinha cabelo algum e que um fino cano lhe saía da narina esquerda. Próximo dali há um hospital para crianças. Supus que o menino devia ter alguma doença, estava em tratamento e os pais o levaram para passear pelas imediações. Havia sido uma boa ideia, o garotinho olhava para o teto de folhas e gargalhava com tanta alegria que fazia com que os pais rissem também.

Decidi não interferir naquele momento íntimo da família, já ia saindo, mas notei que eles me viram. Sorri para eles. O pai acenou de volta com a cabeça, a mãe continuou olhando para o filho e o filho continuou rindo. Comecei a me virar para ir embora, só que, antes de girar o corpo, percebi outro detalhe: o menino não tinha uma perna. Ver aquilo me deixou desnorteado. Vacilei, não sabia exatamente o que fazer. Senti uma bola de emoção formar-se na minha garganta, respirei fundo e saí dali o mais rápido que pude. Ganhei a calçada, debaixo do sol. Parei por um momento. Respirei fundo. Lancei outro olhar para a praça. Pensei na pessoa que decidiu investir na beleza daquele lugar. Queria que ela, seja quem for, tivesse visto o que vi, para saber como valeu a pena.

Como valeu a pena...

Segui meu caminho, sem saber se estava triste ou feliz, tendo certeza apenas de que, por algum motivo, o sentimento apertava-me o peito e marejava-me os olhos, ouvindo, ao longe, aquele riso de menino, aquele lindo riso de menino.

Os negros da América

Vi algumas das manifestações dos americanos contra a decisão do Grande Júri de Missouri de não processar o policial que matou o rapaz negro em Ferguson. Mais de mil negros e brancos foram às ruas em protesto, aqui em Boston, e outros milhares fizeram o mesmo em dezenas de cidades do Atlântico ao Pacífico. Os Estados Unidos são uma federação de fato e de direito, mas são também uma nação única e compacta em determinadas discussões.

Essa cidadezinha, Ferguson, está atarraxada quase no centro dos Estados Unidos, à margem do Mississippi, o grande rio que corta o país de Norte a Sul, que os índios chamavam de o Pai das Águas. É um lugar pequeno, de pouco mais de 20 mil habitantes, mas que mobilizou todo o país.

O que me leva a pensar: Brasil e Estados Unidos são dois irmãos gêmeos completamente diferentes. Vou me ater à questão dos negros. Brasil e Estados Unidos, dois gigantes territoriais da América, receberam escravos africanos e os mantiveram em cativeiro por cerca de três séculos. Isso marcou terrivelmente os dois países, porque criou uma classe inferior de cidadãos. Os descendentes dos africanos ainda lutam para se libertar de tudo o que significou a escravidão ao norte e ao sul do continente.

Mas aí começam as sutis e profundas diferenças. Mora na filosofia, como diria Caetano. Os ingleses fundaram os Estados Unidos em nome da liberdade. Manter homens sob escravidão era contraditório. E por que os africanos eram escravizados? Porque eram negros, apenas por isso. Os 15 Estados do Sul que queriam continuar com a sua "instituição peculiar", como a chamavam, justificavam-na com uma série de teorias racistas que asseguravam que negros eram inferiores aos brancos. Os negros seriam menos humanos, seriam mais animais.

Não se sustentou, é claro. A falta de base filosófica, aliada, é óbvio, a toda conjuntura econômica que colocava em oposição o Norte industrializado e livre ao Sul agrário e escravagista, levou à Guerra de Secessão de 1860. Essa foi talvez a maior guerra civil de todos os tempos: mais de 620 mil homens morreram.

O sangue de 620 mil homens lavou grande parte do pecado americano pela escravidão. Não há nada de transcendental nisso. O que estou dizendo é que a Guerra Civil expôs o Mal. É como o nazismo na Alemanha. O nazismo acabou há 70 anos, mas os alemães purgam esse pecado todos os dias, desde aquela época, e o fazem através de filmes, livros, debates, monumentos e museus que lembram o Holocausto.

Minha culpa, minha culpa, minha máxima culpa! A Bíblia diz que, se não há arrependimento, não há perdão. E aí, mais uma vez, não estou sendo transcendental, não estou sendo religioso, estou sendo racional. Mora na filosofia: essa é uma sentença sábia da Bíblia, porque, para haver arrependimento, é preciso haver contrição e, para haver contrição, é preciso haver dor.

A escravidão causou dor aos Estados Unidos. Os americanos sangraram e sofreram. Isso fez com que a luta dos negros se tornasse nacional e, finalmente, constitucional, com a conquista dos direitos civis, nos anos 60 do século passado.

A escravidão nunca doeu no Brasil. Nunca.

Há mais descendentes de escravos no Brasil do que nos Estados Unidos, mas talvez haja mais negros nos Estados Unidos do que no Brasil. Nos Estados Unidos, os negros são 12% da população. No Brasil, quantos seriam "100% negros", como está escrito naquelas camisetas de praia? É uma parcela mínima da população. No Brasil, nos misturamos. Alegremente nos misturamos. Quantos serão os descendentes de escravos? Uns 40%? Metade da população? Muito mais do que isso? Impossível saber. Somos todos um pouco negros no Brasil. E também todos um pouco brancos e todos um pouco de tudo.

Os descendentes dos escravos, no Brasil, não são identificados pela cor da pele. Porque há, no Brasil, os Friedenreich, filhos de imigrantes alemães com a lavadeira negra, meninos bons de bola, com olhos azuis e carapinha no cabelo. Há, no Brasil, mulatos disfarçados como Machado de Assis, brancos que queriam ser negros, como Vinícius, os olhos verdes da mulata, o cabelo loiro do sarará. Nós somos mestiços. Nós somos todos mais ou menos.

Entre nós, os descendentes dos escravos são os pobres.

Há igualdade entre os pobres no Brasil: todos são, democraticamente, desgraçados. Pobres loiros, pobre pretos, pobres pardos, pobres são pobres e ponto.

Assim, a questão racial ficou diluída na pobreza comum. De quem é a culpa pelos mais de três séculos de escravidão? De ninguém? Ou de todos?

Há racismo no Brasil, é evidente que há, em toda parte do mundo há racismo e aversão às diferenças, só que, no Brasil, a pobreza não tem cor. Nos Estados Unidos tem, e é negra.

Americanos e brasileiros, pobres e ricos, negros e brancos, somos todos seres humanos. O Brasil nunca discutiu o que fez com os seres humanos negros na maior parte da sua história. O Brasil nunca admitiu seu crime. Nunca sofreu. Nunca sentiu culpa. E a culpa é nossa. Nossa máxima culpa.

O Dia de Ação de Graças

O dia amanheceu branquinho nesse feriado de Thanksgiving, o Dia de Ação de Graças americano. Há quatro dedos de neve acumulada no solo duro e nos telhados inclinados, e isso que estamos apenas no outono do Hemisfério Norte. Foi o suficiente para o meu filho se encantar com a paisagem, e eu também. É frio, mas é bonito.

Gosto disso, de haver um dia dedicado a agradecer às coisas boas da vida. São muitas, realmente. Poderia ficar até a noite aqui, olhando pela grande janela francesa da minha sala, vendo a natureza e a cidade que se ergue em meio a ela, ambas oscilando entre o severo e o exuberante, poderia ficar aqui até escurecer, agradecendo. A vida é boa.

Mas a vida não é reta, de forma alguma. Está sempre acontecendo, sempre no gerúndio e sempre fazendo curvas inesperadas. E eu... eu não fico pronto nunca. Todos os dias descubro defeitos a corrigir e contemplo o infinito do que falta a aprender. E quem garante que estou avançando? Quem garante que é uma evolução? Posso muito bem estar piorando, em vez de melhorar.

Penso nisso enquanto observo os esquilos correndo pelos galhos nus das árvores. Vou resistir a tecer qualquer imagem que compare a minha existência à atividade dos esquilos ou à visão da neve derretendo, seja o que for que esteja diante de mim. Nem consigo pensar muito tempo na minha própria vida, logo penso no Brasil.

Sim, estou num mundo distante, num cenário nada tropical, mas penso no Brasil. Não por nostalgia, não por patriotismo, nada disso. É que razoável parcela das graças que me foram dadas e pelas quais jogo minhas mãos para o céu estão aí, no Brasil: são as pessoas. As minhas relações afetivas.

Então, me questiono: o Brasil estará melhorando?

O Brasil também vive no gerúndio e, quando olho para a educação básica e fundamental, para a saúde e para a segurança, que são as áreas de responsabilidade dos governos, quando olho para esse lado, estremeço: aí, o Brasil só piorou.

Mas, institucionalmente, o Brasil mudou para melhor. Hoje nós brasileiros compreendemos a democracia como um bem em si e nossas ideias do que é ou não é ético estão mais claras. Já não aceitamos certos arranjos do passado até recente. E isso não foi obra de governo algum. Nossos governos, de Collor para cá, tiveram certos méritos e muitas falhas, mas a verdadeira evolução se deu na consciência social. A independência da imprensa, do Ministério Público e da Polícia Federal, as leis anticorrupção e o instituto da delação premiada, tudo isso é fruto de conquistas da sociedade, não é benevolência de líderes abençoados. Os brasileiros exigiram mudanças nesse setor da vida pública, e elas ocorreram.

Agora, nas próximas semanas ou meses, o Brasil estremecerá quando os detalhes das investigações sobre a corrupção na sua maior empresa forem revelados. Os nomes dos políticos envolvidos, enfim, serão divulgados. E, nesse momento, veremos o nível da nossa evolução. Muitos querem nos fazer participar de um campeonato de corrupção. Quem rouba mais? Governo ou oposição? Roubou-se mais agora ou antes?

Não é o que está em disputa. Não há disputa. O que há é uma oportunidade quase religiosa de se redimir pela expiação. É corrupto? Puna-se. Seja quem for, de onde for.

Ficou comprovado que o governo do PT é corrupto? Tirem esse governo e ponham outro em seu lugar, como já foi feito. O outro, digamos, do PMDB de Temer, comprovou-se que também se corrompeu? Tirem-no e o substituam por um novo. O novo, sei lá, do PSDB de Aécio, mostrou-se igualmente corrupto? Tirem-no também, sem vacilação. E vamos tirando e vamos trocando. Haveremos de encontrar os honestos. Mas sempre mantendo a regra constitucional, a lisura democrática e, se não for comprovada irregularidade, que fique como está.

    Ah, é uma bela oportunidade de evoluir. Temos de dar graças a essa chance. Porque, sim, o Brasil está melhorando. Decerto que está. Queria, agora, olhar para essa manhã gelada lá fora e pensar que eu também.

Uma mulher se olhando no espelho

Ela era oriental. Grandes olhos escuros e amendoados. Uns vinte e poucos anos, o negro reluzente dos cabelos se derramando à altura dos ombros, a pele cremosa. Você entende o que é uma pele cremosa? Dessas boas de se tocar.

Há orientais aos cardumes por aqui. Japonesas, chinesas, coreanas, vietnamitas. As vietnamitas trabalham como manicures. Pelo que apurei, praticamente todas as manicures da cidade são vietnamitas. Qual é a razão disso?, aí está algo que alguém algum dia vai ter de me explicar.

Essa menina não se parecia com uma manicure vietnamita. Tinha jeito de ser coreana, talvez estudante de uma das tantas universidades de Boston.

Estávamos no trem. No trem, o que as pessoas fazem no trem, por aqui, é lidar com seus celulares. Quase todos, senão todos, passam a viagem olhando para o colo e digitando com os polegares. A habilidade de digitar com os polegares é algo que me fascina. Como conseguem? Meus polegares, positivamente, não dispõem dessa motricidade fina.

Faço questão de deixar o celular no bolso, quando no trem, exatamente para poder observar as pessoas, como fazia agora com a moça oriental. Ela também não manuseava o celular, mas não me via, não olhava para ninguém. Nem olhar para dentro do vagão olhava. Foi o que mais me chamou a atenção: ela olhava pela janela. Ocorre que o trem tinha penetrado na terra, tinha virado metrô, e não havia nada para ver, além de paredes passando em rápida sucessão. Mas ela não desviava o olhar da janela.

Para que olhava? Só compreendi depois de alguns minutos: ela olhava para ela mesma. Fitava sua própria imagem refletida no vidro, como se estivesse diante de um espelho. Era um olhar de exame intenso. Levantou um pouco o queixo, entreabriu os lábios – era dona de lábios carnudos, principalmente o lábio superior. São especialmente misteriosas as mulheres de lábio superior mais polpudo do que o inferior. Um naco branco de seus dentes frontais apareceu.

Ela agora respirava pela boca. Semicerrou os olhos. Ergueu a mão devagar e levou dois dedos até o rosto. Tocou-se. Acariciou aquela pele cremosa com suavidade, desceu os dedos até a base do queixo e, finalmente, sorveu um gole de ar. Continuou se admirando, virou o rosto de leve para um lado e para outro, para se ver de perfil. Devia estar se achando bonita. Então, pensou em algo. Acho que em alguém.

Na verdade, tenho certeza de que pensou em alguém, porque, em um segundo, desviou o olhar da janela e deixou os olhos vagando pelo vazio do ar do vagão. Enfim, baixou a cabeça, abriu a bolsa que levava sobre as pernas e de lá tirou o celular. Começou a digitar com os polegares, como faziam os outros passageiros. Suponho que tenha mandado uma mensagem, suponho que tenha sido para um homem, porque seu rosto de repente se iluminou.

O que ela escreveu? Que mensagem enviou? Queria tanto saber. Foi algo definitivo. Porque, em um segundo, ela voltou a se mirar no vidro da janela, e ali havia uma expressão nova. Ali havia um sorriso. Um sorriso mínimo, mas, sem dúvida, de vitória. Estávamos na minha estação. Eu tinha de desembarcar. Vacilei um segundo, mas por fim desci. Fiquei olhando o trem ir embora, levando com ele uma mulher que não precisa mais do que olhar para si mesma para se sentir feliz.

O deus de duas faces

Já passei o Réveillon em Paris. Não gostei. Fui para a Champs-Élysées ao bimbalhar da meia-noite, conduzido pelo meu amigo Fernando Eichenberg, o Dinho, para ver a clássica celebração de Ano-Novo dos parisienses. Pelas barbas de Catherine Deneuve, foi horrível! Os franceses levam champanhe nacional para a rua e, depois de beber tudo pelo gargalo, abrem grandes círculos humanos e começam a jogar as garrafas no meio. As garrafas se quebram, naturalmente, e os cacos de vidro afiados ficam espalhados pelo chão. Às vezes um francês bêbado atravessa o círculo, em desafio aos outros franceses bêbados, que atiram as garrafas enquanto ele passa. É um troço PERIGOSO!

Também já passei o Réveillon em vários pedaços das fímbrias do Atlântico, do Rio de Janeiro ao Uruguai, passando por Xangri-lá. Algumas festas foram gloriosas, outras nem tanto. Mas tem uma coisa que me incomoda no Réveillon do litoral: os foguetes. Não os fogos, que são bonitos; os foguetes. Não gosto de foguete. Não gosto, cara, não gosto. Os gatos ficam nervosos, os cachorros ficam nervosos, eu fico nervoso e todos temos razão. Para que aquela barulheira toda? Não consigo entender isso. Sinto-me tão inseguro com as explosões quanto com as garrafas quebradas nas calçadas de Paris.

Nos anos 80, tive um Réveillon singular. Morava em Criciúma, trabalhava no Diário Catarinense e estava duro, durango. Não tinha nenhum, mas nenhum mesmo, nem para comprar um único cachorro-quente sem molho. Brabeza. Namorava a Janinha, que hoje está casada com um grande cara, o Oderson. Com ele, ela tem uma linda filha e vivem, os três felizes, no Paraná.

Ocorre que, meses antes, eu havia feito uma aposta com o Nenê, dono de um bar que ainda vigora na cidade, o Varandas. Havíamos apostado um engradado de cervejas, e eu ganhei. Sentia vergonha de cobrar a aposta, mas a Janinha sempre foi despachada, sobretudo num momento de necessidade como aquele. Ela foi ao bar, lembrou a aposta, pediu o engradado e o Nenê, bom perdedor que é, deu. Para arrematar, ela disse que queria uma pizza e mandou o Nenê pendurar a conta num cabide ali atrás do balcão. Fomos para o meu apartamento, no décimo andar de um edifício a duas quadras de distância, e passamos a noite inteira comendo pizza, bebendo cerveja e rindo, até o alvorecer na região carbonífera. A cidade estava vazia, ninguém fica em Criciúma no Réveillon, tínhamos só pizza e cerveja e nenhum centavo. E foi muito divertido!

O que a gente precisa, para fazer uma boa festa, é gente de quem se gosta. As mais belas praias do mundo ou a avenida por onde desfilou Napoleão são dispensáveis.

Agora, vou passar o Réveillon com minha pequena e unida família, eu, minha mulher e meu filho, no extremo nordeste dos Estados Unidos, numa temperatura de sete graus abaixo de zero, e me sinto muito feliz. Poderia ter mais amigos por perto, poderia estar mais quente, poderia ter o chope brasileiro para brindar antes e depois da champanhe, mas você tem de se divertir com o que está à disposição, não é?

Esse é meio que um lema que me guia.

Uma data como o Réveillon presta-se para exercer esse lema, ou para refletir a respeito. Janeiro, não por acaso, é o mês de Jano, o deus de todos os finais e de todos os começos, o deus de duas faces, uma olhando para frente, outra olhando para trás.

Quando olho para trás, vejo dificuldades que enfrentei, sim, claro que as vejo, mas vejo, também, as pessoas que me ajudaram a enfrentá-las. São tantas e seu amor é tão poderoso... As pessoas. Como já disse, para se fazer da vida uma boa festa, só se precisa de pessoas de quem se gosta. Elas estão ao meu lado aqui, no Norte do mundo, e também aí, no Sul do Brasil. E eu estou com elas. É certo. Como puder, sempre estarei com elas. Olhando para frente, vejo-as comigo. Por isso, a outra face de Jano, a que mira 2015, observe, veja bem: ela está sorrindo.

Não era bem isso que eu queria dizer

A previsão do tempo indica que, nesta semana, teremos 18 graus abaixo de zero em Boston. Gelado. Em compensação, é lindo ver a neve branca como a pureza se acumulando no solo, sobretudo à noite, em contraste com o negro sombrio do céu.

Agora, um adendo: quando falo em branco da pureza e negro sombrio não vai aí nenhuma conotação racial. É só que o branco, em geral, é associado à limpeza, porque qualquer sujeirinha aparece bastante em uma superfície branca, não é? Quanto ao negro sombrio e todas as referências de que o negro é algo negativo, como quem reclama que "aquele foi um ano negro", por exemplo, isso se deve ao fato de que a noite é negra porque é escura e no escuro não enxergamos bem e por isso sentimos medo e o medo é ruim. Certo?

Por favor, não vá pensar que sou racista, algo assim, embora já vacile ao chamar alguém, mesmo uma pessoa branca, de negão ou de negrinha, porque, sei lá, pode parecer qualquer coisa e não quero ficar parecendo qualquer coisa. Isso de negrinha mesmo, isso é algo de que uma mulher pode reclamar, porque tenho o hábito de chamar as mulheres de negrinha e de colocar seus nomes no diminuitivo – a minha mulher, inclusive, chamo de Marcinha.

Só que alguma mulher, algum dia, disse que faço isso inconscientemente para reduzir as mulheres e, cruzcredo!, juro que não quero reduzir as mulheres, ao contrário, acho as mulheres realmente grandes, e digo grandes no bom sentido, não gordas, mesmo que não tenha nada contra gordas, as gordas são legais, muitas mulheres é que não querem ser gordas, eu juro que não me importo se uma mulher é gorda ou se tem culotes, eu só queria dizer que gosto das mulheres, sempre gostei, o que, é óbvio, não significa que tenha algo contra os homens que não gostam de mulheres.

Não, pelo amor de Deus, não vá pensar que sou homofóbico, os gays contam com toda a minha solidariedade, e as lésbicas também, e cito as lésbicas por ter aprendido há pouco que gays e lésbicas não são a mesma coisa e eu, na minha oceânica ignorância, achava que todos eram gays, o que não quer dizer que antes não tivesse consciência da justa luta dos gays e das lésbicas contra o preconceito, é claro que tinha e os apoiava, apenas não sabia desses detalhes, de muita coisa não sei.

Só para se ter ideia, fui aprender a dirigir aos 40 anos de idade. Quarenta anos! O que, por sinal, serve para deixar bem claro que não sou motorista radical, inimigo dos ciclistas, andei muito de bicicleta e ando ainda, então é importante frisar e ainda sublinhar e também gizar que sou um entusiasta do mundo ciclístico, suas delícias e seus mistérios, e que só dirijo carro por necessidade, não sou adversário da ecologia, defendo a Natureza com todas as minhas forças, se recorro ao automóvel não é por gosto, não é como outras questões de gosto, como comida, comida, sim: como carne vermelha por gosto, mesmo achando lindo o vegetarianismo e salivando ao ver uma salada e até um grão-de-bico, o que estou contando é que os bifes que volta e meia trincho e mastigo são tão somente questão de gosto, se bem que, olha, não vá achar que sou um especista. Não sou!

Amo os animais, em particular os vertebrados, embora nutra simpatia por alguns invertebrados, como a borboleta, menos a mariposa, que é meio soturna, ela não tem cores, é cinzenta ou preta, o que não significa que tenha algo contra o preto, já disse, é só caso de preferência, e prefiro o branco e era isso que queria dizer, que o branco da neve é bonito. Só. Sem nenhuma outra conotação. Não me entenda mal.

É bom ser da imprensa burguesa

Eu faço parte da imprensa burguesa. É legal. Todo dia 5 recebo meu salário direitinho e não dependo de financiamento oficial. Quer dizer: não preciso ficar elogiando o governo. Já pensou ter de elogiar, por exemplo, a nomeação de Aldo Rebelo como ministro da Ciência, Tecnologia e Inovação?

Seria dureza.

Não que ache Aldo Rebelo má pessoa, não o conheço o suficiente para dizer se ele é boa ou má pessoa, mas, por sua atuação como homem público, posso, sim, dizer que o homem é uma espécie de inimigo exatamente da Ciência, da Tecnologia e da Inovação.

Aldo Rebelo, imagine, foi autor de um projeto que propunha proibir a adoção de inovações tecnológicas nos órgãos públicos, com a justificativa de preservar empregos. Não é uma ideia nova. Alguns já a tiveram no começo da Revolução Industrial. Mas, de lá para cá, caiu em desuso, como a sangria como método terapêutico.

O raciocínio do ministro é o seguinte: para assegurar o trabalho das datilógrafas e dos operários das fábricas de máquinas de escrever, não haveria computadores no serviço público brasileiro. Sério! O ministro da Inovação Tecnológica apresentou um projeto contra a inovação tecnológica!

Outro projeto, digamos, original de Aldo Rebelo foi aquele famoso que queria proibir o uso de palavras de raiz estrangeira no Brasil. O Youtube, por exemplo, seria chamado de "Tutubo".

Nessa linha nacionalista há outra proposta de Aldo Rebelo, essa mimosa: a de substituir as festinhas de Halloween pelo Dia Nacional do Saci-Pererê.

Para evitar que você comece a chorar de rir, vou citar só mais um projeto do nobre parlamentar comunista (só podia). É o célebre "Pró-Mandioca", que obrigaria o acréscimo de 10% de raspa do brasileiríssimo aipim à farinha de trigo da qual se faz o pão.

Mas vá que você não ache importante esse ministério de Ciência, Tecnologia e Inovação. Certo. Talvez não seja muito importante mesmo. Mas o da Educação é, não é? Claro que é, inclusive o novo lema do governo é "Brasil: pátria educadora". Lindo. Só que o flamante ministro da Educação, Cid Gomes, diz que os professores não devem trabalhar por dinheiro. Segundo ele, o presidente, os ministros, os senadores, os governadores, os deputados, os vereadores, os policiais e os professores devem trabalhar só por amor; se quiserem dinheiro, devem procurar a iniciativa privada. Parece que os professores e os policiais concordam com o ministro, eles só trabalham por amor. Agora falta convencer os senadores, governadores, deputados, ministros, vereadores...

Isso ainda é pouco, acredite, porque o novo ministro dos Esportes, um pastor com apropriado nome de lateral-direito, George Hilton, foi expulso do PFL sob acusação de corrupção.

Vou repetir: ele foi expulso do PFL por ser acusado de corrupção.

Você entende o que isso significa? O homem foi expulso DO PFL! Do PFL, entendeu? Pê Efe Ele! Por corrupção!

Credo.

Aliás, outros dois novíssimos ministros, Gilberto Kassab e Kátia Abreu, também vieram do PFL, e o Garotinho vai para uma vice-presidência do Banco do Brasil, e o ministro dos Transportes enfrenta processos na Justiça e já foi condenado a devolver R$ 70 milhões aos cofres públicos, e a Petrobras...

Deixa assim.

É o que basta para me solidarizar com os jornalistas sustentados pelo governo e que têm de achar meios de elogiá-lo.

Vou continuar aqui, na trincheira segura da imprensa burguesa, criticando o governo de vez em quando. Pelo menos até o PT conseguir aprovar seu famoso projeto português de censura. Aí, bom, sempre posso contar para vocês como o marido da Gisele Bündchen se saiu no jogo dos Patriots.

O Homem-Aranha não voa

O meu filho adora Nova York. Ele vive dizendo que é um new yorker. Não por apreciar o milheiro de opções de cultura e lazer da Big Apple. Não. É porque em Nova York vivem os super-heróis, sobretudo o Homem-Aranha, circunspecto morador do Queens.

Aliás, temos uma discussão fremente a esse respeito. Ele diz que o Homem-Aranha voa; eu digo que não. Argumento que o que o Homem-Aranha faz é se balançar de um prédio para outro, pendurado naquela teia dele, ou até dar um salto bem grande, que o permite atravessar uma avenida. Meu filho rebate que, enquanto o Homem-Aranha está fazendo essas coisas, está voando.

Só há um momento em que ele vacila: quando lembro que o Homem-Aranha não tem capa. Ah, um herói precisa de capa, se quiser voar. Senão, para que serviria a capa? Para que aquele pano amarrado ao pescoço? A capa, evidentemente, tem função estabilizadora durante o voo. Repare no Batman: tecnicamente, ele não voa, mas, graças à sua imensa capa, ele se joga de um prédio altíssimo e plana com leveza até o solo. Quer dizer: meu filho juraria que ele voa.

A capa, sim senhor. Capa, collant, botas e máscara, é assim que se faz um verdadeiro super-herói.

Já li sobre crianças que ataram toalhas de mesa acima dos ombros e se atiraram da janela, esperando voar. Compreensível. Eu, quando guri, sonhava com isso, de botar uma capa e sair voando por aí. Na verdade, confesso: ainda tenho esse sonho. Vez em quando, me imagino vestindo uma capa, saltando da sacada e decolando rumo ao céu azul e gelado da Nova Inglaterra.

Ah, que delícia... Lá vou eu, rumo ao cálido Sul. Chegando a Nova York, me lembraria do meu filho. Cá estou, à altura do Empire State, 102 andares. Estivemos bem aqui, eu e ele, outro dia. As pessoas apontariam para mim. "Look at that! Look at that!" Eu abanaria e seguiria zunindo. Nada de parar em Atlanta, direto para Miami, onde veria os ricos brasileiros com sacolas de compras enfiadas nos braços e cubanos olhando nostalgicamente para o oceano.

Atravessaria o México e a América Central sem escalas. Enfim, avistaria o verde compacto da Amazônia. Brasil! O Cabeça e o Carlão moram nessa cidade do Pará. Altamira. Faz muito calor aqui, ainda bem que eles têm aquela piscina em casa.

Não resistiria à tentação de dar uma espiadinha no Palácio do Planalto. Olha lá a Dilma despachando. Está nomeando alguém. Que tal se aproximar um pouco mais para ver quem é? Boa ideia... Não! Esse cara? Com essa ficha???

Melhor tocar para o Sul. Sal, sol, Sul, Imcosul.

Santa Catarina. Que saudade do camarão na abóbora do Antônio's. Pena que a construção civil destruiu a Praia Brava. Bem ali, na areia, havia um bar histórico, o Pirata. Nós comíamos torpedinho de siri, eu, o Juninho, meu irmão Régis, o Degô e o Dinho, e ficávamos olhando as mais belas mulheres dentro dos mais sumários biquínis, que, se por acaso nos olhassem, era com a mais fria das indiferenças.

Um pouquinho adiante e já vejo Garopaba. Lá está o meu amigo Admar, sentado na mesma cadeira, posta na mesma posição, no mesmo alpendre, de frente para o mesmo mar, só que com cervejas diferentes. Ele passa dois meses assim. Dois meses sem sair daquela cadeira. Não vou incomodá-lo, para ele não ter de levantar.

Agora: Criciúma. Tenho irmãos aqui, sabia? Irmãos! O Adelor Lessa. O Nei Manique. O Ricardo Fabris. O Plisnou. Um dia conto a história do Plisnou. Não vou descer, porque tomaria muito tempo, até encontrar todos.

Vou pra Porto Alegre, tchau.
Que beleza, daqui de cima posso ver os meus amigos. Que vontade de tomar um chope com eles! O verdadeiro chope brasileiro, sim senhor. O Ivan, o Rodrigão, o André e o Potter já estão no bar, se engolesmando. Mas não é bom voar depois de beber e queria dar uma olhadinha no pessoal da *Zero Hora* e da Gaúcha, vou até a Ipiranga. Ei, mas tem a minha mãe, a minha irmã e a minha madrinha, não posso aterrissar na capital de todos os gaúchos sem falar com elas. Então, nada de descer, que logo preciso voltar para casa, combinei de fazer umas panquecas para a Marcinha e o B. Vou mais alto, mais alto, para ter uma visão panorâmica. É linda a cidade, dessa altura. Ah, mas olha: uns estão pichando as paredes, outros jogando lixo no chão, lá naquela empresa estão adulterando o leite das crianças, há traficantes rondando as escolas e assaltantes à espreita nos sinais, há corruptos e bandidos por toda parte... se eu fosse um super-herói daria um jeito neles rapidinho, só que... tem algo importante... daqui de cima, flutuando com minha capa, posso ver: há muito mais bons do que maus nessa cidade e nesse país. Muito mais. Não será preciso super-herói. Em pouco tempo, as coisas vão se acertar, tenho certeza. Vou voltar agora, tenho panquecas a preparar. Continuo vendo os maus, enquanto me afasto. Mas não estou preocupado. Eles são muitos, mas não podem voar.

Comida italiana é boa para labradores

Esse cachorro, eu o encontrei num lugar em que gosto de almoçar, aqui perto de casa. É um pequeno mercado de produtos italianos com uma única mesa comprida para refeições. O proprietário, Andrea, um toscano que carrega o sorriso sempre aberto debaixo do bigode, supervisiona ele mesmo a cozinha, bendita cozinha italiana.

Nesse dia, repimpei-me com fettuccine com molho vermelho e carne de porco, uma delícia. Foi na hora de pagar, em frente ao caixa, que vi o cachorro. Era um labrador preto e estava preso pela coleira. Na outra ponta da coleira havia um homem. Um cego. Enquanto ele pagava a conta, eu e o cachorro notamos um pedaço de carne de porco com molho do tamanho de uma moeda de um real, no chão, a um metro da minha botina. Devia ter caído recentemente do prato de algum cliente. O labrador sentiu o cheiro da carne e deu um passo para alcançá-la. Mas o dono, percebendo que ele se afastava, puxou a guia com força, fazendo com que recuasse.

O cachorro ficou fitando o naco de carne, depois levantou a cabeça e olhou para mim. Havia uma expressão aflita em seus olhos compassivos e úmidos de labrador. Era como se me pedisse ajuda. Decidi atendê-lo. Dei um biquinho no pedaço de carne, na direção dele. Mas o chute não foi suficientemente forte, restou ainda a alguma distância, e o cachorro teve de se esticar para tentar pegá-lo. Só que o dono, sem nem virar a cabeça, deu novo repelão na guia, agora com violência, até certa raiva.

O labrador se encolheu, entre resignado e triste. Olhei para ele. Ele para mim. Era um olhar profundo. Um olhar de dor. De fome, talvez? Ou apenas de desejo frustrado? E o homem? Teria ele notado que chutei a carne na direção do cachorro e por isso se irritou? Ou se irritou porque o cachorro fez menção de se afastar? Ou as duas coisas? Ele parecia brabo, ali, pagando a conta. Brabo comigo? Com o cachorro? Com a vida? Afinal, eu devia ou não empurrar a carne para baixo do focinho do labrador? Era o que o labrador queria, disso não tinha dúvida, mas, se o fizesse, não estaria infringindo algum código de ética da relação entre cegos e seus cães guias?

Maldição!

Quer saber? Vou dar comida para esse cachorro! Vou! O cego que embrabeça, se quiser. Azar o dele! Quem manda não dar comida para o cachorro? Dou uma gingada, faço de conta que vou sair pela esquerda, saio pela direita e mando de trivela bem debaixo do maxilar inferior do cachorro. Ele só vai precisar atirar a língua pra fora para pescar o pedaço de carne. O homem nem vai notar. Vou lá. Vou!

E fui. Fiz um movimento para o lado. E o cachorro compreendeu a minha intenção. Aprumou-se. Salivou. Preparou-se para abocanhar a comidinha deliciosa do italiano e, então, puxa vida, então o homem também percebeu. De alguma forma, ele pressentiu o que eu faria, virou de leve o ombro na minha direção e não me olhou, porque olhar não podia, mas demonstrou claramente que sabia o que eu pretendia fazer.

Com o que, hesitei. Fiquei paralisado.

Não me aproximei da carne no chão, disfarcei e perguntei ao Andrea quanto devia. O homem ergueu o queixo, vitorioso, puxou o cachorro e dirigiu-se para a porta. Fiquei observando os dois, homem e cachorro, se afastando. Antes de sair, o labrador girou a cabeça e olhou para trás, diretamente para mim. Entendi o que ele dizia com aquele olhar. Não havia mais aflição ali. Havia desprezo. Como se rosnasse:

– Covarde!

Como é a vida 19 graus abaixo de zero

— Eu não sou homem de usar cuecão! – foi o que disse para a Marcinha, quando ela acomodou um cuecão na minha mala, antes da viagem que fiz para cá, para Boston, em janeiro do ano passado.
Ela suspirou:
– Leva assim mesmo…
Levei, mas fechei a mala repetindo:
– Não sou homem de usar cuecão. Não sou! Eu não!
Ao chegar aqui, fui dar uma saída. Botei o pé na calçada. Deis três passos. Voltei para o hotel. E tornei-me homem de usar cuecão. Hoje sei bem que o amado cuecão, bem como roupas especiais para o frio subzero, são peças de sobrevivência no Norte distante.

* * *

Agora, no meu segundo inverno na Nova Inglaterra, peguei um frio de 19 graus Celsius abaixo de zero, sensação térmica de -30°C. Você aí, de bermuda e camiseta, imagina o que é isso?
Podia ter ficado no recôndito do lar, protegido pelo aquecimento central, sorvendo um bom tinto e desfrutando, com a Marcinha e o B, de um puchero que preparei com minhas próprias mãos. Mas não. Saí à rua para caminhadas intrépidas. Por que tamanho desatino? Por SUA causa. Disse para mim mesmo: preciso contar como é a vida 19 graus abaixo de zero. Pois conto.

* * *

1. Quarta-feira. 6h. -9°C.
Você leu certo: às seis da manhã, o degas aqui estava ao relento. Tinha um compromisso às seis e meia. Seis e meia! Coisa de americano.
Era noite ainda, todo mundo em casa, e eu caminhando. Andava entre os belos sobrados de madeira, sorvia o ar noturno e via, ao longe, a silhueta dos edifícios de Downtown. Foi muito bonito, muito, e, sozinho na cidade adormecida, senti-me livre. Tanto que comecei a sorrir sem motivo e assobiar baixinho e assim vi o céu azular no horizonte e as estrelas apagando-se aos poucos e foi uma boa maneira de iniciar o dia.
2. Quinta-feira. 10h. -19°C.
Tenho a dizer, com toda solenidade, que aprendi algo de quarta para quinta: que faz diferença estar na rua com menos 9 graus ou com menos 19 graus. Ah, faz.
Antes de sair de casa, olhei para fora: o céu era de um azul-claro perfeito. O ar estava parado, os galhos nus das árvores não se moviam. O dia parecia amistoso. Mas, no momento em que saí, foi como se tivesse levado um soco na cara. A sensação é precisamente essa: a de uma agressão. Só os meus olhos estavam expostos, e eles lacrimejavam em cascata. O ar era sólido, era como se eu inalasse pedras de gelo.
Na região central há um parque, o Public Garden, com um laguinho no meio. O laguinho estava congelado. Andei sobre as águas. E ali adiante uns guris jogavam hóquei sobre as águas. E os namorados se beijavam sobre as águas.
3. Sexta-feira. 14h30min. -5°C.
Meu filho estava contente, porque ele pôde brincar no pátio da escola. A professora me disse que, abaixo de -7°C, eles preferem deixar as crianças dentro do prédio. Até menos sete graus, tudo bem. Coisa de americano.
Meu filho ficou ainda mais feliz porque nevou bastante e ele queria fazer um boneco de neve. Não era só ele que estava feliz. A temperatura amena, para o inverno do Norte, fez

com que os americanos saíssem às ruas. Eles caminhavam com enormes copos de café nas mãos e cumprimentavam-se sorrindo. A animação geral me contagiou. Fui até uma loja de brinquedos e comprei uma grande pá de plástico cor de laranja para meu filho fazer seu boneco de neve. Na frente da loja tem uma sorveteria ótima, a J.P. Licks. Fiquei olhando para a vitrine da sorveteria e lembrei do sorvete de baunilha, que é uma delícia. Atravessei a rua. Meu filho, sem nem olhar para mim, anunciou:

– O meu eu quero de casquinha.

Boas ideias e maus sentimentos

"Eu sou um deus ciumento", é a advertência que Jeová faz a Moisés no Deuteronômio.
Eis a base de todas as religiões monoteístas. E a razão de inúmeros crimes cometidos em nome dessas religiões.
Os romanos acreditavam em muitos deuses e, por isso, tinham extrema tolerância com os deuses dos povos que conquistavam. Cada um podia ter sua religião, desde que pagasse impostos religiosamente. A César o que era de César.
A secular guerra que envolve muçulmanos, cristãos e judeus só existe porque os deuses de cada uma dessas religiões são ciumentos, embora todos tenham se originado do mesmo e devessem ainda ser o mesmo: aquele Jeová de Moisés.
Muita gente morreu por causa da intolerância do monoteísmo, portanto. Só que mais gente morreu por causa da intolerância ideológica. Por causa de Hitler e do nazismo morreram dezenas de milhões; por causa de Stálin, Mao, Pol Pot, Enver Hoxha e do comunismo morreram centenas de milhões.
O melhor que as mortes de Paris e o terrorismo islâmico têm a nos ensinar, hoje, é, precisamente, a tolerância.
Pessoas do nosso convívio têm exercitado diariamente a intolerância, não em nome de seus deuses, mas em nome de suas ideias. Você desenvolve certeza religiosa de que determinada ideia é boa e de que tudo que vagamente se opõe a ela é ruim e passa a combater com intolerância essa oposição.
Vou tomar, de propósito, a causa mais nobre e talvez mais delicada de todas: a luta contra o racismo. Não existe preconceito mais repugnante do que o preconceito contra os negros. Não me refiro a qualquer preconceito racial, refiro-me

ao contra os negros porque eles foram escravizados pelos europeus durante quatro séculos, sobretudo nas Américas, por serem negros. Não por serem africanos, até porque outros africanos, de origem árabe, também escravizavam os negros. Logo, os negros sofreram e sofrem apenas pela cor da sua pele.

Os crimes horrendos cometidos contra os negros são hoje universalmente condenados e combatidos. Bem. Quais foram os maiores líderes dessa causa? Quem obteve maior sucesso na luta pela igualdade? Os homens tolerantes: o pastor Martin Luther King, que estudou aqui, na Boston University, e o maior gênio político da história da Humanidade, o sul-africano Nelson Rolihlahla Mandela.

Luther King e Mandela aprenderam que não se chega a lugar algum sendo excludente. A maioria das pessoas quer viver em harmonia e morrer em paz. Só. Às vezes essas pessoas têm sentimentos contraditórios, às vezes elas ficam furiosas, às vezes cometem erros, às vezes elas têm interpretações equivocadas das outras pessoas, da vida e do mundo, mas isso não quer dizer que elas sejam más pessoas. Voltando ao caso do racismo e tomando um exemplo prosaico, responda: quem são as "melhores pessoas", os que cometeram injúria racial naquele jogo do Grêmio, no ano passado, ou os que atearam fogo à casa de quem cometeu injúria racial?

Um sistema inteiro de boas ideias pode ser implodido por um único mau sentimento.

Tolerância. O ser humano substantivo só se torna humano como adjetivo se houver tolerância.

Às vezes sonho que jogo futebol

Às vezes sonho que estou jogando bola. Faz tempo que não jogo, por várias circunstâncias. Outro dia, fui buscar meu filho na escola e, na saída, passei pelo pátio e havia uns meninos jogando e a bola veio rolando na minha direção.

Havia mais de ano que uma bola não rolava na minha direção. Olhei para ela e soltei a mão do meu filho. Foi como um reflexo condicionado. Em um segundo, o que existia era eu, a bola e os meninos que jogavam.

Era uma bola avermelhada, de tamanho oficial. Enquadrei o corpo. Enquanto ela rolava, meu cérebro processava as alternativas. Tomá-la com as mãos estava definitivamente descartado – pegar uma bola com as mãos não é possibilidade para ninguém que goste de jogar futebol.

Pensei em dar um lançamento por cima das cabeças de três ou quatro meninos que vinham correndo para mim, até fazê-la aterrissar no pé de um outro maior, no canto oposto do pátio. Cheguei a sentir a sensação de bater na bola com o lado de dentro do pé, com aquele ossinho da base do dedão. Eu calçava botinas, mas sabia que podia fazer aquilo. Ah, podia. Estilo Roberto Rivellino, como nos velhos tempos do Alim Pedro.

Mas não. Seria um prazer fugaz. Seria só um toque, e eu estava havia muito tempo em abstinência. Precisava ficar com ela um pouco mais. Sabia que os pais dos alunos, os alunos, as professoras, um grupo grande podia estar observando a cena. Talvez devesse manter a compostura, como se espera de um adulto buscando o filho na escola. Talvez devesse devolver a bola com mansidão.

Mas a bola vinha vindo e vinha que vinha redonda e rija e macia, e fazia tempo demais que não tocava na bola e às vezes até sonhava que jogava e não quis nem saber. Não quis nem saber! Dominei com a direita e fui para cima dos guris. Três deles estancaram, surpresos, mas um investiu, tentando me desarmar. Passei por ele, ele era pequeno, foi fácil. Arrastei a bola por alguns metros. Meti-me no meio do jogo. O vozerio dos meninos aumentou, excitados com minha intromissão. Caíram sobre mim. Queriam a bola. A bola! Riam e gritavam. Como eu era bem maior, protegi-a com o corpo. Quando um se aproximava, eu pisava em cima da bola, girava, dava-lhe as costas e o contornava. A gritaria tornou-se maior. Vieram mais meninos.

Joguei a bola para trás, afastando-me alguns metros. Então, parei. Levantei a cabeça. Vi aquele maior, que continuava na ponta de lá. E mandei de trivela. Bati com o lado de fora do pé direito. Não como Rivellino: como Éder.

Ela foi meio rosqueada, mas foi certo, em curva, por cima das cabeças da gurizada, e parou onde tinha de parar: no pé do menino maior. O jogo prosseguiu, eles não me deram mais atenção. Eu arfava, orgulhoso do meu desempenho, feliz, tão feliz que podia gritar. Mas não gritei. Meu filho me olhava, interessado. Tomei-lhe a mão. Enquanto andávamos de volta para casa, disse num suspiro, mais para mim mesmo do que para ele:

– Eu andava sonhando com isso…

Saída do primeiro ano

"Papai, sabia que um tempo atrás, acho que no teu tempo, quando os carros eram de madeira, tinha uma lei lá no Sul, perto da Disney, que dizia que as pessoas brancas não podiam se casar com as pessoas negras e que as pessoas negras não podiam entrar nas mesmas portas em que entravam as pessoas brancas e nem beber água nos mesmos bebedouros. Imagina, papai! O Jay Jon, meu amiguinho, ele é negro, eu não podia andar com ele. E a Mimi, papai! Eu gosto tanto da Mimi, eu AMO a Mimi, e ela é pretinha, o que é que tem ela ser pretinha? Como é que o presidente não fez nada?

"Sabe quem foi que fez? Foi uma mulher que entrou no ônibus e sentou lá na frente. Lá na frente as pessoas negras não podiam sentar e essa mulher era negra e ela sentou lá. Aí os caras brancos vieram e disseram: 'Vai lá pra trás!'. Mas ela disse: 'Não vou!'. Ela não fez nada, não brigou, não gritou, só ficou sentada e os caras brancos disseram que iam chamar a polícia e ela disse: 'Pode chamar'.

"Eles chamaram a polícia e levaram a moça presa, mas aí todas as pessoas pararam de andar de ônibus, só andavam a pé, que faz bem pra saúde. Aí os ônibus ficaram sem dinheiro, porque as pessoas não botavam mais dinheiro no cartão do ônibus. Aí veio um outro homem, um doutor, que disse que a mulher estava certa e foi caminhando até Washington com um monte de pessoas, demorou muito tempo, porque eles não pegaram avião. Ele falou na frente da Casa Branca contra aquela lei e o presidente concordou com ele e eles acabaram com aquela lei.

"Aí ele ficou cansado e foi para o hotel dele, mas um homem entrou lá com uma arma e matou ele, papai! Matou!

Aí todas as pessoas levaram o caixão dele num cavalo e ficaram muito tristes... O que eu não entendo é por que eles não queriam que as pessoas que eram pretas andassem na parte da frente do ônibus. Pessoas verdes, como o Hulk, podiam andar na frente no ônibus? Ah, garanto que o Hulk eles iam deixar andar na frente, porque, se não deixassem, ele ia ficar brabo e quebrar tudo.

"Então, pessoas brancas e verdes podiam andar na frente, mas pessoas pretas, não. E o Homem-Aranha? Quando ele está vestido de Homem-Aranha, ninguém sabe se ele é branco, preto ou verde, a roupa dele não deixa nada aparecendo, nem os olhos, não sei como o Homem-Aranha enxerga com aquela roupa. O Homem-Aranha é azul e vermelho e é certo que eles iam deixar o Homem-Aranha andar na frente, porque ele é super-herói, todo mundo gosta do Homem-Aranha, menos o Jota Jota Jameson.

"Aí podia andar pessoas brancas, verdes, azuis e vermelhas na frente, mas pretas não podia. Por quê? Eu gosto de amarelo, mas também gosto das outras cores. Não me importo se o Batman usa preto. O feijão é preto, e é bom. E uma cor não pode fazer mal a ninguém, não é? Por que tanta implicância com uma cor? Ainda bem que acabou essa lei, não é, papai?"

(Hoje é feriado. Comemoração à Lei dos Direitos Civis nos EUA)

Uma casa de madeira

Ainda vou ter uma casa de madeira. Não um casarão, um sobrado: uma casinha de piso único, com sótão e porão, um pequeno jardim na frente e um corredor ao lado, que leve para o pátio nos fundos. É óbvio que nesse pátio vai haver um cachorro grande, de preferência um pastor alemão, que vou chamar de Kaiser. O Kaiser será um cachorro manso, mas imponente e disposto a mostrar os dentes de navalha para defender o dono, se necessário.

Falando em necessidades, é necessário que ao menos uma galinha cisque pelo quintal, para que ouça seu cacarejar durante as tardes. Uma tarde de sol, uma rede, um livro e, ao longe, o som da corneta do sorveteiro. Penso nisso e já sinto a preguiça morna a me amolentar os ombros.

Os sorveteiros ainda sopram suas cornetas nas tardes de verão? Se soprarem, darei uma nota amarrotada de 10 reais que tenho no bolso para meu filho comprar um de tangerina para mim e um de uva para ele. Será que a Marcinha vai querer também? Se quiser, será Chicabon. Será que 10 reais ainda compram três picolés?

Talvez monte uma biblioteca num puxadinho atrás da casa, para lá ficar escrevendo, lendo e conversando com os amigos. Talvez faça um canteiro em que plante tomates e limões. Eu tinha um canteiro quando morava no Parque Minuano, na zona norte profunda de Porto Alegre. Minha mãe dizia que tenho mão boa para plantar. Ah, e talvez, nos dias amenos das primaveras e dos outonos, possa tomar café sob a sombra da parreira do quintal.

Há uma coisa que quero muito fazer, na minha casa de madeira: tirar a sesta. Meia hora depois do almoço, não mais.

Vou deixar o rádio ligado na Gaúcha, para ouvir o *Sala de Redação* bem baixinho. Lembro que meu avô fazia isso. Eram o Foguinho, o Cid Pinheiro Cabral e o Cândido Norberto que falavam no *Sala*, naquele tempo, e eu gostava quando o Foguinho analisava um jogador pela foto que saíra no jornal.

O cômodo mais importante de uma casa de madeira é a cozinha. Tem de ser espaçosa, aberta como as cozinhas dos americanos, e precisa estar sempre em atividade. Numa cozinha de casa de madeira assam-se pães e bolos. O cheiro de pão saído do forno e de café quente há de se espalhar pela minha casa de madeira e fazer a gente suspirar de leve. Então, nos reuniremos em torno da mesa, sorriremos um para o outro e veremos a manteiga derretendo na fatia de pão recém-cortada.

Não preciso de Porsches que encantam juízes de Direito. Não. Um cachorro no quintal, o cheiro de pão quente e sorrisos de afeto, é só do que preciso. Um dia, ainda junto tudo isso na minha casa de madeira.

No Brasil tem pastel

Acho que não existe pastel nos Estados Unidos. Isso me deixa um pouco triste. Viver num país sem pastel.

É verdade que, mesmo sob o sol do Brasil, é difícil encontrar um bom pastel. Ou eles são muito secos ou muito oleosos ou têm pouco recheio ou o recheio é simplesmente ruim. Por isso, evito comer pastel em bares e assemelhados.

Falando em assemelhados, aí está algo intrigante: o que é um assemelhado? Um lugar que é quase um bar, mas ainda não chegou lá? Nunca ouvi alguém dizer: "Estou indo ali no assemelhado da esquina, tomar uma gelada". Eu, se tivesse um bar, colocaria o nome de Bar Assemelhado.

Mas voltemos ao nosso pastel. Os melhores pastéis são os que a minha mãe faz, mas comida de mãe não conta – comida de mãe sempre é a melhor do mundo.

No antigo refeitório da *Zero Hora*, quando tinha pastel, dava-se uma comoção. Lembro que o antigo editor de dupla Gre-Nal, o Renato Bertuol Barros, comia sete pastéis num único prato, junto com arroz e feijão, o que é uma combinação deliciosa.

Sete pastéis...

Uma vez, eu e meu amigo Chico Camboim estávamos em São Paulo, em deslocamento para o Rio. Íamos de ônibus, que os tempos eram de muita alegria e pouco dinheiro. Paramos num assemelhado vulgar, no mais vulgar dos endereços: na frente da rodoviária. O dono era um japonês. Japoneses são especialistas em pastel, então tive a inspiração:

– Que tal dois pastéis de carne e uma geladinha, Chico?

O Chico topou e, cinco minutos depois, lá estava aquele pastel fumegante na minha frente, um pastel inesquecível, o melhor que já provei em qualquer bar ou assemelhado, e só não diria que foi um pastel inefável porque seria exagero, em se tratando de um humilde pastel de japonês paulista.

O certo é que nós nos repimpamos com nossos pastéis e pedimos outros e a cerveja estava geladíssima, como jamais se encontra no lado de cima do Equador.

Era um rasteiro bar de japonês em frente à rodoviária, nós só tínhamos umas poucas notas amassadas nos bolsos, mas comíamos com gosto, comíamos rindo um para o outro, e eram risos de amizade e brindávamos com nossos copos de cerveja gelada e ríamos de novo, felizes com um pastel, apenas com um pastel, e com a vida. Ah, os americanos podem ter tudo o que o dinheiro compra, mas eles não têm pastel.

Ser pouco adulto

Olhei para o monte de neve e, mesmo com um guarda me observando, resolvi: vou me atirar. É que... bem, você precisa entender como é isso da neve. Eu não entendia, até passar um inverno no nordeste americano. Imagine que, desde dezembro, as temperaturas estão abaixo de zero. Há dias em que faz 20 graus negativos. Então, se a neve cai durante a noite, ela não vai embora de manhã. Quer dizer: não derrete ao sol. Fica de pé nas calçadas, debruçada sobre os telhados, equilibrada nos galhos nus das árvores. E no novo dia neva de novo e a neve que cai se acumula sobre a neve que havia caído. Os funcionários da prefeitura passam as madrugadas trabalhando para liberar as ruas, empurram a neve com máquinas modernas e pás rústicas, até que, no meio-fio, aqueles morros de creme branco alcançam a altura de um homem.

Era para um desses morros que olhávamos, eu, o guarda e uma mulher que passeava com um cachorro. A presença deles me intimidou um pouco. Devia me atirar? Sempre tive vontade de fazer isso. Deve ser uma delícia. Vi um bostoniano realizando esse desejo num vídeo, só que ele quis se exibir: vestia apenas calção. Saiu de casa correndo, usou o alpendre como trampolim, deu uma ponta na neve, sumiu e reapareceu metros à frente. Voltou gritando e rindo. Era, óbvio, um desafio.

Eu não pretendia cumprir desafio algum, queria tão somente satisfazer uma vontade meio infantil. Não ia tirar a roupa, até porque o policial, a mulher e o cachorro me olhavam. Ao contrário, estava bem paramentado, com luvas, gorro, cuecão e botas adequadas. Essas botas daqui são especiais. Chamam-se "Ug", que vem de "ugly", "feio". São feias, mas quentes e impermeáveis. Nem as mulheres mais vaidosas deixam de usá-las devido à aparência. Com minhas botas feias e minhas roupas de esquiador, poderia me atirar na neve, que não sentiria frio, pensei.

Mas será que o policial não ia me censurar? Aqui a polícia xinga mesmo. Cogitava a respeito, quando passou uma máquina de remoção de neve. Trata-se de um aparelho admirável. Vai afastando a neve para os lados e esparramando sal na rua. Eles têm vários equipamentos assim. No aeroporto, retroescavadeiras retiram a neve da pista e jogam-na numa máquina que a faz derreter. A água escorre por um ralo no chão. A prefeitura foi proibida de despejar essa água no mar, porque, depois do derretimento, ela fica cheia de sal e areia. Não entendi. Afinal, o mar tem sal e areia, mas eles dizem que polui e pronto, ninguém discute.

Bem, mas deveria me atirar? Hesitei. Parecia que o guarda realmente me observava, e a mulher e o cachorro também. Estariam adivinhando minha intenção? Seria algo muito terceiro-mundista me jogar na neve? Seria algo pouco adulto? Não, não deveria me atirar, definitivamente não, claro que não, seria um absurdo, pensei, e, enquanto pensava, girei e me atirei de costas na cama de neve e, blof, afundei até os ombros e ri e me ergui rindo e olhei para o guarda e ele ria e a mulher ria e acho que até o cachorro ria. Rindo, voltei para casa. É divertido ser pouco adulto.

Ideias que matam
Como aprender línguas

Povo nenhum tem ideologia. Povo nenhum é de esquerda ou de direita. Povo mesmo, o comum das gentes, o que o povo quer é viver bem e morrer em paz. Se essas necessidades forem atendidas, pouco importa se quem governa é o Médici, o Lula, o Fidel ou o Obama.

Igualdade?

Liberdade?

Um pouco de desigualdade não incomoda a ninguém. E a ânsia de liberdade só palpita no peito depois que o estômago parar de palpitar. A liberdade é um requinte, uma obra do intelecto.

Não acreditar em ideologias é prova da sabedoria popular. Na história do mundo, as ideologias cometeram muito mais atrocidades e assassinatos do que as religiões, e isso que as religiões são bem mais antigas.

As ideologias foram inventadas pela Revolução Francesa. Antes, não se precisava de hipocrisia para matar. Quando um país entrava em guerra com outro, estava claro que era por poder ou por dinheiro. Ou por acinte, como no caso dos gregos que não perdoaram aos troianos pelo rapto de Helena de Esparta. O que não admira: ela era mais linda do que Afrodite, a sinuosa deusa do amor. É como se os paraguaios nos roubassem a Paolla Oliveira.

Claro que isso de fazer guerra por uma mulher serve à Literatura, não à História, embora as duas, Literatura e História, sejam irmãs. No caso da citada Guerra de Troia, irmãs gêmeas – foi por causa da literatura do grego Homero que o alemão Schliemann descobriu Troia, para gáudio da história.

Johann Ludwig Heinrich Julius Schliemann tinha capacidade cerebral maior do que seu nome. Era um gênio. Quando completou sete anos de idade, ganhou do pai um livro que fazia menção aos clássicos de Homero, a *Ilíada* e a *Odisseia*. As façanhas de Ulisses e Aquiles o encantaram, e ele pediu ao pai que lhe falasse mais a respeito. O velho Schliemann devia ser grande contador de histórias, porque aquilo mudou a vida do filho para sempre. Mais: aquela singela narração paterna deu sentido à vida de Heinrich, fazendo com que se tornasse imortal, tanto que hoje, quase 200 anos depois, estou escrevendo sobre ele, em vez de me solidarizar com o Felipão ou contar o que sofri na mesma altura do mundo em que o Inter sofreu.

O pequerrucho Heinrich, em sua inocência, jurou de punho cerrado que um dia encontraria Troia. Mas sua família não tinha posses e, aos 14 anos, ele teve de parar de estudar para trabalhar numa mercearia. Um dia, um bêbado entrou no lugar declamando algo em língua estranha. Schliemann perguntou do que se tratava. O outro respondeu que era Homero puro. Aquilo era grego para Schliemann, mas ele pediu que o bêbado repetisse a cantilena e repetisse outra vez e ainda outra, tantas que o homem se aborreceu, o que não intimidou Schliemann: ele ofereceu dinheiro para que o sujeito lhe recitasse Homero todos os dias.

Foi assim que Schliemann desenvolveu seu extraordinário método de aprendizado de línguas: em apenas seis semanas, ele se tornava fluente em qualquer idioma. Sabia falar o seu alemão materno e mais inglês, francês, português, espanhol, holandês, russo, grego, grego antigo, latim, italiano, copta, romeno e até chinês. Como fazia isso? Vou contar, para você economizar em curso de inglês: Schliemann não traduzia nada.

Pegava um texto e lia em voz alta, mas bem alta, a ponto de os vizinhos reclamarem do barulho, não raro obrigando-o a trocar de endereço. Às vezes, Schliemann contratava alguém para ler em voz alta para ele. Depois de acostumar o ouvido ao som das palavras, retomava o texto e tentava entender o significado. Um mês e meio, e pronto: podia ver filmes na nova língua sem legenda nem closed caption.

Gênio.

Só que, para descobrir Troia, Schliemann precisava de tempo para viajar e pesquisar, e de dinheiro para contratar operários que o ajudassem nas escavações. Quer dizer: precisava ficar rico. Ora, ficar rico é muito mais fácil do que aprender todas as línguas europeias. Na verdade, ficar rico é bem fácil. Schliemann, portanto, enricou e... Mas estou me alongando. Queria falar das ideologias e tergiversei. Vou ter que escrever mais uma crônica.

Ideias que matam
Como ficar rico

No último texto, empolguei-me demais com a história do genial Schliemann. Agora serei direto e reto como um sargento.

Ocorre que nosso herói ficou rico, rico, rico de marré de si. Aliás, essa musiquinha infantil era para ser cantada em francês. O marré, no caso, é o bairro de Marais, que se esparrama gentilmente a partir da margem direita do Sena e hoje é um lugar cult, onde moram intelectuais e artistas e gays. Tempos atrás, porém, o Marais estava em decadência e seus prédios se encontravam em situação tão precária que governantes da cidade chegaram a pensar em botar tudo abaixo. Então, por causa dessa pobreza antiga, a música canta "eu sou pobre, pobre, pobre, de Marais je suis". Ou seja: de Marais "eu sou", e não "de si", que não faz sentido algum. Por sinal... mas, puxa!, não estou sendo um sargento. Voltemos a Schliemann.

Como disse antes, é fácil ficar rico. Basta ser um diretor inescrupuloso da Petrobras ou um comerciante destemido. É o comércio que faz o mundo funcionar. Schliemann compreendeu isso, entrou no comércio, ficou rico de marré e, depois, largou tudo, inclusive mulher e filhos, a fim de procurar uma cidade que estava desaparecida havia 5 mil anos e que os arqueólogos profissionais garantiam não existir.

Existia.

Schliemann guiou-se estritamente pelo texto de Homero e descobriu a cidade perdida. Morreu realizado e deixou muitos arqueólogos profissionais despeitados.

Mas por que falei em Schliemann mesmo?

Ah, sim.

Por causa das ideologias.

Troia não foi destruída devido ao fanatismo ideológico, ao fundamentalismo religioso ou ao fogo da paixão por uma mulher. Não. Foi por uma disputa de poder. A riqueza de Troia ameaçava a riqueza da Grécia, porque não há espaço para muitos ricos no mundo.

O mesmo ocorreu entre Roma e Cartago, mil anos depois. Essa guerra, chamada de Púnica, que era a língua falada no norte da África, guerra de um século de duração, dividida em três capítulos, essa guerra demonstra bem como as ideologias não mobilizavam os povos da Antiguidade.

Roma derrotou Cartago duas vezes graças à mesma estratégia que Cruzeiro e São Paulo usam para vencer o Brasileirão: com investimento na quantidade. Quer dizer: Roma tinha banco. Por mais batalhas que os cartagineses vencessem, os romanos sempre se recuperavam e formavam novos exércitos.

Cartago, então, foi dominada e submetida a uma série de tratados coercitivos. Mas, como Schliemann, os cartagineses sabiam que o comércio é a fonte de riqueza dos homens, saíram comerciando e logo enriqueceram novamente.

Um dia, um senador romano chamado Catão foi visitar Cartago e voltou de lá assustado com a pujança da cidade. Entrou no Senado romano carregando enormes e luzidios figos nas dobras da toga. Apresentou-os aos demais senadores como prova da prosperidade do inimigo: "Vejam os figos que Cartago é capaz de produzir!". Deviam ser figos de fruteira francesa, porque os senadores se impressionaram mesmo.

A partir daí, Catão sempre encerrava seus discursos com a frase "Delenda est Cartago": Cartago precisa ser destruída. Podia falar sobre qualquer coisa, sobre economia, política, a dupla Gre-Nal, não interessava, ele sempre encerrava com "Delenda est Cartago". Insistiu tanto, mas tanto, que os romanos resolveram, realmente, destruir Cartago. Para justificar o ataque, começaram a fazer exigências absurdas aos cartagineses, esperando que eles recusassem. Uma dessas exigências foi das maiores crueldades já cometidas por um povo contra outro na História: os romanos obrigaram os cartagineses a lhes entregar os filhos das 300 famílias mais importantes da cidade como reféns. Os cartagineses, covardemente, aceitaram. No dia da partida do navio que levava as crianças, as mães, desesperadas, se atiravam ao mar para tentar reaver seus filhos.

    Terrível.

    Maldição! Acho que não fui direto como um sargento. Vou ter que escrever mais uma crônica. A seguir.

Ideias que matam
Como ser breve

Sei que você está mais interessado em saber quem será o novo centroavante do Grêmio ou nas ideias do técnico do Inter do que no destino de velhos cartagineses, por isso serei mais breve do que o rei Pepino, o Breve, que era breve mesmo, porque era baixinho, mas que não era pepino, era Pépin, e pépin, em francês, significa "semente", e não "pepino", que é "concombre", então o breve do Pepino não é um mistério da história, mas o pepino do breve, sim.

Droga. Não estou sendo breve. Então, o serei e direi que, depois de toda a humilhação, os cartagineses decidiram enfrentar os romanos, se acantonaram e resistiram a um cerco de três anos. Quando os romanos por fim invadiram a cidade, foram implacáveis: passaram os homens no fio da espada, escravizaram mulheres e crianças e salgaram a terra para que lá belos e luzidios figos nunca mais nascessem. Cartago foi destruída, como queria Catão.

Por quê?

Não por ideologia. Não por religião.

Pelo poder.

Sem Cartago como rival, os romanos podiam submeter os outros povos, e os outros povos, depois de submetidos, se apaziguavam. Porque os romanos, em geral, não mexiam nos estamentos das sociedades que conquistavam. A situação dos pobres não piorava e a das elites quase sempre melhorava. Ficava tudo igual a sempre. Ou desigual como sempre. Mas, como já disse, um pouco de desigualdade não incomoda tanto.

Os povos só se tornavam insubmissos quando os romanos se comportavam mal, como na Bretanha. Os romanos não gostavam de morar naquela ilha chuvosa e fria, sobretudo porque naquele tempo não havia Beatles nem Rolling Stones, acabavam se irritando com os hábitos dos bretões e, sentindo-se distantes da autoridade do césar, cometiam arbitrariedades contra a população. Foi esse o germinal de várias revoltas britânicas. Numa delas, os rebelados destruíram uma colônia, que não era exatamente a colônia que você conhece. "Colônia" era como os romanos chamavam os assentamentos de soldados aposentados em terras conquistadas. Depois é que a palavra colônia ganhou acepção civil e virou sinônimo de lindos lugarejos na serra gaúcha.

Pois os bretões acabaram com essa colônia e mataram vários soldados e suas famílias. Houve também uma inédita revolta liderada por uma mulher, Boadiceia, história espetacular que não vou contar agora, porque prometi ser breve como o rei Pepino. Agora, o que quero dizer é que os homens continuaram matando e morrendo por poder, até que, primeiro com o monoteísmo e bem depois com a Revolução Francesa, passaram a matar e morrer por deuses e ideias. Pela religião e pela ideologia.

As religiões matam por causa do prefixo "mono": porque o monoteísmo, como a monogamia, exige o monopólio da devoção. Os vários deuses da Antiguidade conviviam harmonicamente uns com os outros, mais ou menos como convivem hoje os 10 mil santos do catolicismo, esse politeísmo envergonhado. Só que um deus do monoteísmo não é sociável: ele exige exclusividade.

As ideologias, essas sempre mataram. As mais assassinas foram o nazismo e o comunismo, verdugos de milhões. Já o capitalismo não é ideologia. Não é uma ideia. O capitalismo não tem dogmas. O capitalismo é um sistema econômico que aceita qualquer ideia, até o comunismo chinês. O capitalismo se molda à doutrina que se apresentar, se adapta ao regime que for imposto e, por fim, se acomoda para que a vida siga seu curso, exatamente como faz o povo. O povo tenta sobreviver e se adequar às exigências dos que estão no poder. Não muito mais do que isso.

 Alemães não são austeros, gregos não são perdulários, americanos não são liberais, franceses não são esquerdistas. Podem até ser tudo isso como indivíduos, não como povo. Como povo, eles, e todos nós, somos como qualquer povo: só queremos viver bem. E morrer em paz. Fim.

O Carnaval de Arnaldo

Ela era a mulher do chefe. Era linda como uma rainha de escola de samba. E era Carnaval.

Só que ele era Arnaldo.

Por ser Arnaldo, Arnaldo sabia que certas coisas inesperadas e excitantes não acontecem com Arnaldos. Coisas como uma mulher de chefe chamada (imagine!) Charlotte bater à porta de seu apartamento suburbano, invadi-lo de posse de toda a sua morenice faiscante e acomodar-se na ponta do sofá e cruzar as pernas infinitas mal cobertas por um vestidinho curto como a prudência na adolescência e ronronar com sua voz de creme de baunilha com canela:

– Tenho uma notícia boa e uma ruim para te dar.

Não, essas coisas inesperadas e excitantes não aconteciam com ele. Não que seu nome fosse culpado, claro que não, mas um nome diz algo de quem o carrega. E Arnaldo, realmente, sentia-se um Arnaldo. Sentia-se um homem em tudo médio, de vida média, já havia se conformado com a ideia de que passaria pelo mundo como bilhões de outros passaram e passarão: em branco. Por isso, Arnaldo ficou sem saber o que dizer e, de fato, nada disse. Quem disse, e disse por entre lábios de bergamota ponçã, foi ela:

– A notícia boa é que quero me vingar do meu marido.

O marido dela! O chefe! Tratava-se de um homem que podia ser definido por três adjetivos:

1. Brabo;
2. Autoritário;
3. Violento.

A lembrança da característica número 3 fez Arnaldo estremecer. Corria na firma o boato de que o segurança particular do chefe, um nordestino retaco e pouco falante chamado Firmino, havia quebrado os dois braços de um incauto que assediara Charlotte. Seria verdade?

Era possível. O chefe era tão brabo, tão autoritário e tão violento, que a própria Charlotte só o chamava de... Chefe. O pior é que Arnaldo suspeitava de que o chefe não gostava dele. Maldição.

Arnaldo sabia, também, que o chefe arranjara uma desculpa tíbia para viajar ao Rio de Janeiro exatamente no Carnaval. Calculou que fosse essa a razão de Charlotte querer vingança. E acertou. No segundo seguinte, ela acrescentou:

— Ele me deixou aqui, sozinha, para ir se esbaldar no Rio. Pois vou me vingar. E vai ser com você.

Arnaldo sentiu os lóbulos das orelhas vibrarem. Mas era mais medo do que entusiasmo. Precisamente porque sabia que coisas inesperadas e excitantes não aconteciam com ele e aquilo era inesperado e aquela mulher era, sem dúvida, excitante. Quando ela ia à firma, visitar o chefe, Arnaldo mal conseguia se controlar. Tinha de olhar para ela, TINHA! E olhava. À sorrelfa, mas olhava, porque, além de atraente, ela exalava sexo por olhos e cabelos, calcanhares e cotovelos. E agora ela estava ali, em busca daquela vingança deliciosa.

— Vem cá, Arnaldo — ela chamou sussurrando, e descruzou as pernas, iluminando o ambiente com a visão de seu entrecoxas. — Vem cá...

E Arnaldo já estava indo e já havia se levantado da poltrona e já ia a meio caminho, quando... ouviu um barulho estranho, porém nítido: havia uma presença ali. O que era? Aí vai...

Arnaldo ficou imóvel no meio da sala, como se fosse um zagueiro do Brasil jogando contra a Alemanha. O coração parecia querer-lhe sair do peito e os olhos das órbitas. Ora ele olhava para as longas e douradas e provavelmente macias pernas de Charlotte bem ali na sua frente, ora olhava para a porta da rua. Havia alguém do outro lado, tinha certeza. Ele sempre sabia quando havia alguém no corredor, conhecia todos os ruídos do seu andar e, sim, sim, inequivocamente alguém saíra do elevador, caminhara pelo corredor e agora estava parado sobre o seu capacho, diante da sua porta, talvez ouvindo, talvez à espreita, sabe-se lá com que intenções malévolas.

Então, a campainha soou.

Jesus amado!

Quem poderia ser? Arnaldo estava praticamente sozinho na cidade. Todos os seus amigos tinham emigrado para algum ponto da orla, só ele ficara na canícula da Capital, porque ele não ia à praia, ele detestava a praia com toda aquela areia que grudava e a água que melecava. Além disso, Arnaldos não ficam bem de calção. Assim, nenhuma mão amiga premeria o botão da sua campainha naquele dia. Mas uma mão estava pressionando o botão agora mesmo, de novo, naquele instante. Quem podia ser?

– Não vai abrir? – perguntou Charlotte, passando a mão nos cabelos negros.

Ele fez que sim com a cabeça. Ia abrir.

Abriu.

Viu.

E ganiu:

– Meu padrinho Padre Reus!

Era Firmino.

Firmino, o guarda-costas, o cangaceiro, o quebrador de braços, estava parado a um metro dele, de pernas bem abertas e as mãos de ferro ao longo do corpo.

– Quero falar com Dona Charlotte – disse, num tom que era uma ordem.

Arnaldo abriu a boca, mas não falou nada. Pensou que o melhor seria mentir. Já ia mentir, dizer que ela não estava, e o homem repetiu:

– Quero falar com Dona Charlotte.

Agora ele havia sido bem enfático, até um pouco hostil. Provavelmente o mais saudável fosse não mentir. Arnaldo já

estava decidido a falar a verdade, mas nem para isso teve tempo. Charlotte, vinda de trás, afastou-o gentilmente com o braço e perguntou:
— Qual o problema, Firmino?
A postura de Firmino tornou-se mais relaxada:
— O chefe ligou. A senhora pediu pra eu avisar... O chefe ligou...
— O que você disse?
— Que a senhora estava na massagem.
— Muito bom, Firmino — ela lhe desferiu um sorriso e acertou em cheio: Arnaldo achou ter visto Firmino corar. — Me espera no carro, que em uma hora devo estar pronta aqui. Está bem? — novo sorriso, e agora Firmino quase sorriu também.
— Sim, senhora.
Firmino se foi. Aquele rápido diálogo deixou Arnaldo pensativo: será que Charlotte e Firmino...
Não podia ser... Mas é que...
— Vem, Arnaldo — era ela, chamando outra vez. Havia voltado ao sofá, onde se empoleirara como uma gueparda. — Vem... — repetiu.
Ele foi.
Charlotte dissera a Firmino que desceria em uma hora. Dez minutos antes disso, ela já estava de novo arrumada e composta, pronta para se despedir. Arnaldo não conseguia parar de sorrir. Era muita sorte.
Mas ele tinha uma dúvida. Tinha de perguntar. Perguntou:
— Por que eu?
Ela ajeitou o cabelo e suspirou, alisando uma dobra do vestido:
— Por três motivos...
Atravessou a sala. Parou em cima da borda do tapete.
— Primeiro: tenho que admitir que gosto do jeito que você me olha na firma. Gosto do seu desejo por mim.
Arnaldo sorriu.

– Segundo: não tem mais ninguém na cidade.

Arnaldo parou de sorrir. Ela agora já estava à porta, com a mão na maçaneta.

– E terceiro – abriu a porta. Enquadrou o corpo para sair. – Terceiro é a notícia ruim que eu tinha para dar.

Arnaldo deu um tapa na testa.

– A notícia ruim! Meu Deus... Qual... qual é?

– O chefe vai demitir você quando terminar o Carnaval.

E saiu, deixando Arnaldo boquiaberto no sofá, pensando que coisas excitantes e inesperadas, afinal, podem acontecer com Arnaldos.

Por que estás tão triste?

As festas da editoria de Esportes eram as melhores da Redação da *Zero Hora*. De longe as mais animadas. Tanto que se esparramavam pelas outras editorias, ia gente de todo o jornal aos nossos convescotes.

Houve festas históricas, que causaram separações de casais que pareciam eternos e junções de casais que pareciam inverossímeis. Sempre tínhamos convidados especiais, alguns mais especiais do que os outros. Um desses, um especialíssimo, o Carlos Urbim.

Numa de nossas festas, realizada, se não me engano, no Clube Veleiros, à beira do rio, nós estávamos cantarolando umas musiquinhas meio que baixinho, meio que assim de viés, que a festa ia só no seu início, e o Urbim, de repente, jogou os braços para cima e saiu gritando, como se estivesse no meio de um dos velhos salões de Carnaval:

– Ó, jardineira, por que estás tão triste? Mas o que foi que te aconteceu?

Nos primeiros cinco segundos, nos surpreendemos; nos cinco segundos seguintes, caímos na gargalhada; cinco horas depois, ainda estávamos cantando junto com o Urbim.

Aquela história da jardineira meio que virou um código nas nossas festas. Quando o clima estava paradão, alguém olhava para o Urbim e começava:

– Ó, jardineira...

E ele já atirava os braços para o alto e saía:

– ...por que estás tão triste? Mas o que foi que te aconteceu?

E a festa pegava fogo.

O Urbim era um cara divertido. Sempre que lembro dele, ele está rindo. Não consigo imaginar o Urbim sem um sorriso no rosto bondoso. Ele tinha uma voz grossa e um sotaque da fronteira oeste do Rio Grande. Falava DÊ, como os gaúchos de Livramento e Uruguaiana, não dji, como os porto-alegrenses do Bom Fim e do IAPI. "DÊ modelo a toda terra."

Mas aquele jeito gaudério de falar enganava. O Urbim não era um homem gaudério. O Urbim era um guri gaudério-porto-alegrense-brasileiro-internacional.

Sua risada era célebre na Redação. A horas tantas, no meio da tarde, a gargalhada do Urbim ecoava de algum ponto, por algum motivo, e todos nós, 200 pessoas, sorríamos sem motivo algum detrás dos nossos terminais de computador. E o dia ficava mais alegre.

Uma vez, eu estava no bar da *Zero Hora*, falando sobre o Paulinho da Viola, que ia fazer um show na cidade durante o fim de semana. Comecei a cantar:

– Violão, até um dia, quando houver mais alegria eu procuro por você...

O Urbim ouviu, sorrindo.

– Tu gostas tanto assim do Paulinho da Viola? – perguntou, com sua concordância perfeita.

– Sim! – respondi. – Gosto mesmo! – e arrisquei outra: – Hoje eu vim, minha nêga, como venho quando posso, na boca as mesmas palavras, no peito o mesmo remorso...

O Urbim riu muito da minha performance canhestra. No dia seguinte, veio com dois ingressos para o show do Paulinho:

– Ó. Depois me conta o que achaste.

Achei maravilhoso, Urbim. Um dos melhores shows da minha vida.

O Urbim não vai mais fazer o bem. Não vai mais rir com aquela sua risada que nos fazia rir sem razão. Ele morreu ontem, aos 67 anos de idade. Ó, jardineira, por que estás tão triste? Eu sei por que, jardineira. Eu sei por quê.

O PT acabou

A estratégia do PT para se defender das denúncias de corrupção que apodreceram o partido pode criar precedente jurídico. Os petistas não negam que tenha havido roubo nos governos Dilma e Lula. Não. Eles se contentam em provar que houve roubo também no governo Fernando Henrique. Já estou vendo os advogados do país se valendo da jurisprudência:
– É verdade, meritíssimo, o meu cliente é traficante de drogas. Mas o Elias Maluco também é!
– Sim, senhores do júri, o meu cliente matou, mas 92% dos assassinatos no Brasil não são resolvidos. Por que querem resolver justamente este? A quem interessa condenar o meu cliente?

Compreensível o esforço dos petistas. O PT surgiu como uma bela ideia de que seria possível fazer política ética. Lembro de uma entrevista do Cazuza para o Jô Soares no final dos anos 80, em que ele falava com simpatia da "pureza" dos petistas, que não aceitavam negociatas. Tal era o espírito do PT, ao ser fundado num fevereiro como este, 35 anos atrás. Era essa pureza.

O PT ganhou o poder e perdeu a pureza. "De que adianta ganhar o mundo inteiro, se você perder a própria alma?", escreveu Marcos, citando Jesus. O PT perdeu a própria alma. Seria melhor não ter conquistado a Presidência, melhor não ganhar o mundo inteiro. Ainda teríamos a ilusão da ideia fundadora do PT: de que fazer política decente é possível.

Quando o PT se apresenta como um novo Adhemar de Barros, um rouba mas faz do século XXI, quando o PT se apresenta como um Robin Hood caboclo, que tira dos ricos para dar aos pobres, quando o PT se justifica argumentando que rouba porque todos roubam, só torna tudo mais triste e sombrio. Porque parece não ser possível.

Antes os petistas dignos reconhecessem que as coisas deram errado, que não saíram como eles queriam, e tentassem de novo, de outra forma, não mais pelo PT. Porque o PT acabou. O PT tomou o rumo de outras legendas históricas do Brasil. O velho PCB de Prestes se liquefez com as contradições da União Soviética, o PTB de Brizola hoje é um balcão de fisiologismos, o MDB de Simon virou uma geleia disforme, o PDS se orgulhava de ser "o maior partido do Ocidente", mas era sucedâneo da Arena e hoje não existe mais nem como sigla, o PSDB surgiu como um seguidor da moderna social-democracia europeia e se mostrou um servidor da plutocracia paulista, e o PFL... Bem, o PFL sempre foi o PFL.

Hoje, o Brasil não precisa da ladainha supostamente ideológica dos defensores do governo. Ninguém mais acredita nessa conversa de que há uma luta entre os representantes das elites versus os representantes dos pobres. Todos sabemos que só há uma luta, no Brasil: a luta pelo poder.

Hoje, o Brasil não precisa de um bom governo, não precisa nem de um governo competente. Só precisa de um governo honesto. Porque o brasileiro não é um povo de corruptos, como querem fazer crer os interessados na relativização da roubalheira. Corrupto é o governo do PT. Corruptos foram governos passados. Porém, há petistas honestos. Há muita gente dos outros governos que é honesta. A maioria das pessoas que conheço é honesta. O povo brasileiro é tão honesto quanto qualquer povo do mundo.

O PT errou. Muitos outros erraram. Mas a indignação do brasileiro com esses erros já basta para mostrar que isso se tornou intolerável. Que nós iremos em frente. Que é possível. Sim, é possível.

Querência Amada

A neve se despejava devagar do céu da Nova Inglaterra, ontem de manhã, e preparei meu mate, e chamei meu filho, e botei "Querência Amada", do grande Teixeirinha, para ele ouvir.

Estamos vivendo em outro mundo, mas quero que ele sempre saiba quem é.

Ele é gaúcho.

Gosto de ser brasileiro, de ser gaúcho, de ser porto-alegrense, de ser do IAPI, mas não sou ufanista, nem nacionalista. O nacionalismo não é boa coisa. Porque o nacionalismo qualifica as pessoas, coloca uns acima dos outros, e as pessoas podem ser diferentes nos hábitos e na cultura, mas na essência são todas iguais, sentem idêntica necessidade de amar e de ser amadas, seja debaixo de metro e meio de neve no nordeste dos Estados Unidos, seja sob o céu azul do Rio Grande.

Em todos os lugares do mundo pode-se encontrar qualidades exemplares e defeitos horríveis, pessoas boas e pessoas más. Prefiro ver o lado bom de pessoas e lugares, mas, nos meus, na minha terra e na minha gente, nesses tenho de identificar o que é ruim, para que os ajude, nos ajude a melhorar. Pouco me importa se os filhos dos outros são mal-educados, importa-me é a educação do meu filho. Os erros dele é que me preocupam, porque quero que ele, mais do que ser feliz, mereça a felicidade.

Para você ser feliz, e merecer a felicidade, você precisa saber quem você é. Você forma uma história de si mesmo, e você é essa história. Você tem de ser coerente com essa história. E tem de preservá-la. Não cultuá-la, como uma religião. Não sentir orgulho dela, como se fosse uma coleção de glórias.

Preservá-la.

Porque você é feito de passados acumulados. O que você faz pensando no futuro, você faz olhando para trás, com exemplo do que você conhece. Porque só o passado existe de fato. O futuro ainda não existe, o futuro está sendo feito, é uma reunião de atos do passado.

Mas você e a sua história não são melhores nem piores do que ninguém, do que nenhuma outra história.

É isso que tento mostrar para o meu filho quando lhe digo:

– Tu és gaúcho.

E boto "Querência Amada" para ele ouvir.

É muito positivo, é muito saudável estudar a sua história e mantê-la bem cuidada, para entender o que aconteceu antes e, assim, entender a si mesmo. "Conhece a ti mesmo" é a frase basilar de toda a filosofia. Assim, quando alguém nos aponta um defeito, é positivo e saudável pelo menos pensar a respeito.

O jornalista Marcos Piangers escreveu um texto falando dos defeitos das praias gaúchas. Ele não fez isso para que as praias gaúchas melhorem, como faço quando falo dos defeitos do meu filho. Ele fez só uma brincadeira. Mas, sendo uma brincadeira, como foi, ou sendo um texto de crítica corrosiva, que não foi, sendo uma coisa ou outra, o que me importou mesmo foi a reação de alguns gaúchos, que estão fazendo ameaças ao Piangers e à sua família.

Ameaças à família? Porque alguém falou mal de uma praia? Não, meu filho, nós não somos assim, isso não faz parte da nossa história.

Não acho que Deus seja gaúcho, de espora e mango. Não é para tanto. Mas, sem dúvida, bondade nunca é demais.

Contra o impeachment

Nós não conhecíamos esta palavra, impeachment. Foi o Collor quem nos ensinou.

Trata-se de palavra pedregosa para escrever, com suas tantas sílabas e, entre elas, três consoantes solertemente encadeadas, e ainda mais pedregosa para falar: "impítima".

Bem. Collor foi "impichado", e agora, 22 anos depois, fala-se em impeachment de Dilma. O atento jurista Ives Gandra inclusive deu um parecer afirmando que há precedentes legais para tanto. Não duvido. Querendo, juristas atentos encontram precedentes legais para quase tudo.

Querendo.

Eis o problema: o querer.

Muita gente quer Dilma fora da Presidência. Compreensível – Dilma não faz um bom governo. Os programas sociais criados ou incrementados por Dilma e Lula são bons, mas o PT perdeu a chance de transformar as estruturas do país.

Uma tristeza, esse tempo que se foi. Em 2002, Lula era a esperança. Até Fernando Henrique foi acusado de dar-lhe apoio velado. De lá para meados de 2014, foram 12 anos praticamente sem oposição. Ou seja: com as mais propícias condições políticas que um presidente poderia esperar. Na economia, melhor ainda. A estabilidade do Plano Real foi saudavelmente mantida e o crescimento da China arrastou junto o do Brasil. Quadro igual, tão azul e cor-de-rosa, só se viu nos anos 70, com o Milagre Econômico.

Estava tudo pronto para a grande virada. Haveria pouca resistência às reformas de que o país precisava: a reforma tributária, a reforma do código penal, a reforma da previdência, a reforma da educação básica e fundamental e até a menos importante e mais propagandeada, a reforma política.

Mas o PT não tinha estofo para essa tarefa. O PT tinha apenas um projeto de poder, não de país. O Mensalão e o Petrolão são frutos desse projeto de poder, que não é nada senão o velho clientelismo e o velho coronelismo, ambos tão conhecidos do povo brasileiro, mas desta vez rearranjados organicamente, com método e com o lustro da esquerda.

Tudo isso é ruim, mas não é motivo para destituir um presidente da República legitimamente eleito. Collor, quando caiu, não foi por causa do famoso Fiat Elba, como se apregoa, mas foi por causa do que provou o Fiat Elba: ali estava configurado o envolvimento pessoal de Collor com a corrupção de seus assessores.

A corrupção de setores de um governo ou a incompetência de todo o governo não pode abalizar a derrubada de um presidente. Se abalizasse, teríamos um novo presidente a cada semestre.

O impeachment de Dilma só poderia ser cogitado se houvesse prova concreta de sua participação na corrupção, o que duvido que haja. Ou de seu conhecimento da corrupção, o que provavelmente havia, mas que dificilmente pode-se provar.

É muito importante para o Brasil a justa punição de todos os culpados pela corrupção deste governo, desde que a punição seja precisamente isto: justa. Querer derrubar um presidente eleito sem todas as provas concretas para fazê-lo é repetir o erro do PT: é ter um projeto de poder, não de país.

A comovente história do cavalo Farrapo

Esta é uma história real. Deu-se poucos meses atrás. Seu protagonista é o cavalo Farrapo, um mangalarga marchador de estirpe, campeão do Brasil. O proprietário de Farrapo, um estancieiro de outro Estado, queria vendê-lo para um rico estancieiro gaúcho. Ofereceu-o por R$ 100 mil. Depois de alguma ponderação de parte a parte, o negócio foi fechado.

O estancieiro gaúcho, que é meu amigo, contou sobre o dia em que viu Farrapo pela primeira vez: era um garanhão branco como a pureza, vistoso como um diamante, elegante como um felino e orgulhoso como um fidalgo. Chegou à fazenda feito o príncipe que era, observando os súditos do alto de sua cabeça empinada e poderosa.

O capataz quis montá-lo. Não conseguiu. Farrapo derrubava qualquer ser humano que ousasse tentar dominá-lo. Meu amigo o deixou na estância e foi tratar de seus negócios tantos. Farrapo empenhou seu vigor, então, como reprodutor. Semanas se passaram até que meu amigo voltasse àquela fazenda, uma entre várias de suas propriedades. Ao chegar, foi logo perguntando pelo Farrapo. O capataz, antes de responder, vacilou por uma dúzia de segundos:

– E-er... Ele está bem...

Meu amigo sentiu que havia algo errado:

– O que houve? Diz logo o que está acontecendo!

– É que... É que o Farrapo está namorando um burro...

– O quê?

Era verdade. O estancieiro foi lá e viu com seus próprios espantados olhos que Farrapo, agora, se relacionava amorosamente com um burro. Ficou furioso. Não que seja homofóbico, não se trata disso, não acionem o Jean Wyllys, mas é que Farrapo, simplesmente, não queria mais saber das éguas. Só se interessava pelo burro. Essa era a vida de Farrapo na estância: não podia ser montado, não montava égua alguma, só o que fazia era correr livre pelos campos e refocilar-se com o burro.

Meu amigo achou a situação insustentável. Ordenou:

– Capa esse cavalo!

A determinação horrorizou os empregados. Mas como? Capar o Farrapo? Um garanhão de tamanha qualidade? Não, não devia, não podia. Mas o estancieiro estava inflexível:

– Capa!

A notícia da ordem terrível alcançou os ouvidos do antigo dono do Farrapo, que se revoltou:

– O Farrapo ser capado?! Nunca! Eu compro de novo o cavalo!

Mas o fazendeiro gaúcho havia decidido, e não voltaria atrás:

– Capa!

– Mas...

– Capa!

Caparam.

Sim.

Caparam.

Cumprida a ordem, meu amigo dedicou-se mais uma vez a seus outros afazeres e deixou a fazenda por algum tempo. Quando retornou, o capataz quis saber:

– O senhor quer ver o Farrapo?

Ele disse que não. Preferia não encontrar outra vez aquele cavalo. Mas o capataz insistiu e trouxe-o do fundo do campo, puxando-o pela rédea. O que meu amigo viu, naquele momento, o enterneceu. Farrapo era outro. Veio devagar, cabisbaixo, triste mesmo. A antiga dignidade tinha ido embora acompanhada pela virilidade. Ante a cena deprimente, meu amigo suspirou, pesaroso. Mas ainda não era o fim da história. Porque, em um minuto, sem ser chamado, quem veio em direção a eles foi o burro. Aproximou-se lenta, mas decididamente, olhando para Farrapo e apenas para Farrapo. Encostou-se ao seu lustroso pelo branco. E começou a acarinhá-lo com a cabeça, com o pescoço, com todo o corpo. Brad e Angelina, Romeu e Julieta, Abelardo e Heloísa, todos perderiam para o burro e o cavalo. Porque era amor. O que havia entre eles, genuinamente, era amor.

O galo cinza das neves

A Marcinha olhou para mim e advertiu:
— Acho que tu não devias andar nesse negócio aí. Isso é coisa de americano...

"Esse negócio" era um snowmobile estacionado bem na frente da casa de um amigo americano nosso, onde estávamos para assistir ao Super Bowl, no domingo passado.

Super Bowl. Snowmobile. Vai que você não saiba o que são essas palavras cheias de dáblios, então explico: Super Bowl é a finalíssima do campeonato de futebol americano. Eles chamam de campeonato do MUNDO, embora seja disputado só nos Estados Unidos. Com o que, o Patriots, aqui de Boston, é campeão do mundo. Entendo isso – também fui campeão do mundo de três-dentro-três-fora, embora o campeonato tenha sido disputado só no IAPI.

Quanto ao snowmobile, trata-se de uma espécie de moto de neve, com esquis em vez de rodas. Meu amigo me convidou para dirigi-lo, fiquei entusiasmado, e a Marcinha, nem tanto. Aí argumentei que já havia dirigido um snowmobile 20 anos atrás, quando visitei o Colorado.

– E dirigi muito bem – me exibi. – Muito bem! O galo cinza das neves!

A Marcinha apertou os lábios:
– Isso é coisa de americano...

A essa altura, eu já havia ingerido algumas taças de vinho, o que foi decisivo para os acontecimentos futuros. O meu amigo, muito atencioso, tentava explicar como funciona esse esporte deles.

Os americanos gostam de ter suas exclusividades. Eles insistem em chamar o futebol de verdade de *soccer* e em medir as coisas em pés, polegadas, libras, milhas e Fahrenheit. O governo já tentou mudar isso, mas a população não se adaptou ao sistema de medidas do resto do mundo, que fazer?

A forma como os americanos lidam com os esportes também é totalmente diferente da nossa. Eles querem ganhar, é evidente, mas tudo que envolve o jogo é tão importante quanto o próprio jogo, como os shows nos intervalos da partida e até os comerciais de TV. Você tinha de ver os comerciais de TV. São pequenas e caríssimas obras de arte encenadas por atores da estatura de um Matt Damon, que apareceu bastante, suponho, por ser aqui de Boston.

Foi entre um comercial e outro e uma taça de vinho e outra que decidi dirigir o snowmobile. Meu amigo deu instruções rápidas: acelera aqui, freia ali. Pronto. Montei no bicho. E fui embora. Minha arrancada foi promissora. Saí por um caminho já traçado, fiz uma curva e me senti seguro. Sou mesmo o galo cinza das neves!, pensei. Segui em frente e, como as casas não têm cercas, invadi a propriedade de um vizinho, alertando dois grandes cães, que saíram latindo atrás de mim. Pareciam inofensivos, mas achei melhor não arriscar. Acelerei. Eles continuaram no meu encalço. Fiquei um pouco apreensivo e optei por fazer uma manobra ousada, a fim de escapar deles. Vou subir aquele montinho de neve ali, resolvi. Foi o que fiz. Só que o snowmobile adernou para um lado. Por mil picolés, esse WOLFREMBARTZKRIZBURGUERKLIMBERZ desse snowmobile vai capotar em cima de mim!, imaginei, e virei o guidão para a esquerda e de novo para a direita e surgiu uma caixa de energia elétrica na minha frente e entendi que se batesse naquela CRISPLEMKUTZALDJUGA daquela caixa eu ia incendiar toda a casa do meu amigo americano e ouvi os DJXLO@$2!5$377&&SSVLEPTEIS dos cachorros latindo atrás de mim e vi uma árvore crescendo e crescendo cada vez mais e bati nela.

Pechei na árvore. Machuquei um pouco o dedo médio da mão esquerda, só um pouco. O snowmobile também está inteiro. Meu orgulho, não. Devia ter ouvido a Marcinha. Coisas de americanos são para americanos.

Os horrores da natureza

O mundo pode ser estranho.

Há meses venho pensando naquela notícia de que as focas andam currando pinguins numa ilha da Patagônia. Vi as cenas – o horror, o horror, diria Conrad. As focas, no caso, focas machos (focos?) são bem maiores do que os pinguins. É a proporção de um pastor alemão para um chiuaua. Então, é fácil para as focas submeter os pequenos e delicados pinguins. A foca brutamontes chega à praia como um pistoleiro abrindo as portinholas do saloon, escolhe um pinguim sabe-se lá por qual critério, imobiliza-o e... vai para cima.

Li que, por alguma deliberação misteriosa da Natureza, o pinguim não tem genitália externa, só cloaca. E é a cloaca que a foca quer. Ela penetra brutalmente a cloaca do pinguim e fica se repoltreando por cinco minutos. Vai gostar de cloaca de pinguim assim lá na Patagônia!

O pinguim, coitado, mal consegue se debater. Às vezes ele gira o pescoço e olha para a foca de um jeito aflito, comovente mesmo. Os outros pinguins, em volta, não reagem. Nenhuma solidariedade, nenhum grasnar, nada. Nada...

Não ia escrever sobre assunto tão horrendo, pouco compatível a um jornal de família, mas meu filho viu esse vídeo da sevícia do pinguim pela TV, dia desses. Não deveriam permitir, sobretudo em horário vespertino. Pensei em mudar de canal, mas, quando ia alcançar o controle remoto, era tarde demais. A coisa toda já estava acontecendo bem diante de seus inocentes olhos de primeira infância.

Ele olhou aquilo até o fim, sem nem virar o rosto para o lado em repulsa, como me deu vontade de fazer. Depois olhou para mim. Terei visto perplexidade em seu rosto? Escândalo, talvez? Temi que fosse perguntar algo. O que eu poderia dizer sobre aquela violência literalmente animalesca?

    Ele está acostumado a ver os bichos sem maldade, e ninguém vai me dizer que aquelas focas não são más. São más, sim! São cruéis! Prevalecidas! Ora, onde se viu pegar um pinguim frágil e sem malícia, um pinguim quase quebradiço, e violentá-lo daquela forma selvagem?

    Felizmente, meu filho não perguntou nada. Voltou a olhar para a TV, pensativo.

    Começou a passar algo sobre os ursos panda.

    Era um chinês que se disfarçava de panda para se aproximar dos pandas de verdade na floresta. Ele entrou numa roupa igualzinha a um panda, preta e branca e tal. Botou sobre os ombros uma enorme cabeça de panda. E foi para o mato. Um panda o viu e começou a se achegar. Veio e veio e veio e, quando estava bem perto... mudei de canal. Não sabia se podia confiar num chinês travestido de panda, não sabia o que aquele chinês queria com os pandas e, francamente, não pretendia mais expor meu filho aos exotismos do mundo animal.

Eu amo os meus clientes

Comprei um carrinho de polícia para o meu filho. Estou olhando para o carrinho neste momento, estacionado em cima da minha mesa. Viatura número 388. Os dois pneus traseiros estão com a borracha meio derretida, parece que foram esvaziados por algum fora da lei. A tinta branca da porta descascou, mal se consegue ler o lema: "To protect and to serve".

Como é que nós não vimos esses defeitos? Meu filho o escolheu criteriosamente, entre tantos outros na lojinha. Ao chegarmos em casa, a Marcinha mal pôs os olhos no carrinho e apontou:

– Está todo estragado.

As mulheres têm essa capacidade de ver coisas que nós não vemos.

A lojinha em que o compramos fica perto da escola em que meu filho estuda. É uma tabacaria, só que quase sem cigarros.

Falando nisso, me diga: ainda existem tabacarias como as d'antanho, quando fumar e escrever com apóstrofo era elegante?

Essa tabacaria é das antigas. Poderia passar horas dentro de um lugar assim. Sempre gostei de tabacarias, mas essa é especial. Na porta, há um pequeno cartaz escrito à mão: "Meus clientes são as melhores pessoas do mundo". Você entra e lá está aquela velhinha, sentada numa poltrona, com um cobertor sobre os joelhos. Ela tem um bóton pregado no peito, onde se lê: "Eu amo os meus clientes".

Na parede, há fotos da velhinha em diversas fases da vida, sempre dentro da tabacaria. Ela em 1975, uma jovem senhora sorridente de cabelos longos. Ela em 1983, os cabelos mais curtos, mas o mesmo sorriso. Perguntei-lhe há quanto tempo tem a loja, e ela, orgulhosa:

– Há 75 anos!
Setenta e cinco anos! Ficarei feliz se viver o tempo que ela passou dentro da tabacaria. Quantos anos terá? No mínimo, 90. Nem se levanta da poltrona. Fica ali, sorrindo de leve para os clientes, que diz amar. Como esse lugar se sustenta? Tudo é tão... antigo... tão fora de moda...
Olhei para as prateleiras e senti uma onda de nostalgia aquecer-me o peito. Além de poucas caixas de charuto e muitos carrinhos de metal, havia gibis dos super-heróis Marvel, almanaques, lápis de cor, revólveres de brinquedo, cartões-postais, um arco e flecha de plástico, um nariz falso com óculos e bigode igualzinho ao que vi no rosto do meu avô numa foto de um Carnaval dos anos 1940, cobras e aranhas de borracha, bolas de vários tamanhos, cubos mágicos como nunca tive, jogos de monopólio, baralhos, isqueiros e, o que mais gostei, soldadinhos de chumbo e bonequinhos do Faroeste. Fiquei tocado ao ver estes últimos itens porque, quando guri, um dos meus brinquedos favoritos era um Forte Apache que ganhei de Natal. Mas meu filho não se interessou por nada disso. Na verdade, encarou tudo com certo desdém, a não ser o carrinho de polícia número 388. Senti vontade de comprar o cubo mágico, mas me contive. Paguei os US$ 5 pelo carrinho, meu filho o colocou na mochila, sorriu para a velhinha e ela sorriu para ele. Quando estávamos na porta de saída, ela disse:
– Vocês me fizeram felizes com sua visita.
Por algum motivo, achei que estava sendo sincera.
Então, chegamos em casa e minha mulher viu os defeitos do carrinho. Coloquei-o sobre a mesa e me pus a examiná-lo. A Marcinha quer que a gente vá trocar por outro, mas, sei lá, me afeiçoei ao carrinho. Acho que é meio parecido comigo, tortos que somos. Vou ficar com ele por mais algum tempo. Talvez, mais tarde, volte à tabacaria, mas não sei se terei coragem de devolvê-lo. Talvez converse um pouco com a velhinha, dê uma folheada no gibi do Fantasma e, quem sabe, compre aquele cubo mágico, afinal.

A receita da felicidade

O filé há de ser cortado em fatias delgadas, da espessura do dedo minguinho de uma criança de sete anos de idade. Se você não tem criança de sete anos de idade em casa, peça uma emprestada ao vizinho. Ou procure no Google, o Google tudo sabe. Ah: é fundamental que o filé seja fatiado na direção das fibras.

Vamos preparar um estrogonofe simples, mas, você sabe: as coisas simples são as melhores da vida, e esse estrogonofe, eu o preparei ontem e extraí suspiros e sorrisos dos comensais agradecidos.

Certo. O próximo passo é remover a indesejável capa de gordura que eventualmente exista no flanco de qualquer pequena tira. Feito isso, tempere com sal e pimenta-do-reino. Essa dupla, sal e pimenta-do-reino, já mudou o mundo. Lembre-se: de sal vem a palavra salário, porque *salarium* era o que os legionários romanos recebiam para comprar... sal. E Jesus disse a nosso respeito, nos superestimando: "Vós sois o sal da terra!".

Já a pimenta-do-reino era tão valiosa que, no século V, quando o bárbaro Alarico submeteu Roma após três meses de cerco, exigiu 2,5 mil quilos de ouro, 15 mil de prata e 1,5 mil de pimenta-do-reino. Os romanos, escandalizados com o valor do resgate pedido, balbuciaram:

– O que vai sobrar para nós?

E Alarico:

– Suas vidas.

Então, saiba que nossas fatias de filé estarão ricamente temperadas apenas com sal e pimenta-do-reino.

Depois, acomode na frigideira um naco de manteiga do tamanho exato de uma caixa de fósforos Paraná. E acenda o fogo. Frite os pedaços de carne aos poucos, para que não liberem caldo.

Um punhado.

Em seguida: outro punhado.

Agora é a hora dos champignons, delicada intervenção francesa nesse prato tipicamente russo. Aliás, da nobreza russa. Dizem que foi no tempo dos czares que a baronesa Stroganov criou essa iguaria, que permaneceu no interior das fronteiras da terra gelada de Dostoiévski e Yelena Isinbayeva até que a revolução bolchevique expulsou do país os nobres e sua boa mesa.

Quando eu era pequeno, muito ouvi acerca da fidalguia do estrogonofe, servido com pompa no famoso Maxim's, de Paris. Agora, que tudo se vulgarizou sob o pretexto de tudo se democratizar, é que qualquer bufê serve estrogonofe, inclusive de camarão e frango, que são, obviamente, repugnantes excrescências (se você gostar de estrogonofe de frango, por favor, não fale mais comigo).

Mas, enfim, havíamos acrescentado a fleuma do champignon. Assim, precisamos nos debruçar sobre ingredientes aparentemente brutos, mas eficientes, como a mostarda e o ketchup, uma colherada de sopa dela e três dele, e mexa. Mexa, mexa, mexa suave e incessantemente, sabendo que, ali ao lado, aguarda o astro da noite: o creme de leite.

Com o soro separado, evidentemente.

Mas, calma, ainda não derrame o creme de leite. É o momento do toque de gênio, e o gênio não é outro senão minha mãe, dona Diva, a melhor de todas as cozinheiras, como o são todas as mães.

Ocorre que minha mãe flamba.

Também nós flambaremos.

Peguemos uma taça daquele líquido cremoso, de cor âmbar: o conhaque. Derramemos metade na nossa alquimia.

Na outra metade, basta encostar a chama de um palito de fósforo (Paraná) e... fogo! A seguir, juntemos o fogo à superfície do molho. Pronto. Flambamos.

E aí vem ele: o creme de leite, afinal. Diminua o fogo, porque, se ferver, o creme talha. E mexa.

Mexa, mexa, mexa. Meiga, doce, carinhosamente.

O arroz branco já está pronto. Todos estão em torno da mesa, salivando. Sirva. Vamos esquecer, por um momento, do Sartori, da Dilma, das dores do mundo.

Se essa rua fosse minha

Descobri um novo prazer. Você não vai acreditar: ir ao supermercado. Por Deus, adoro ir ao supermercado.
    Já sei, você dirá: "Está em idade provecta".
    Talvez esteja, mas não foi o peso dos anos que me fez descobrir esse contentamento. Vou explicar o que foi. Deu-se assim:
    Outro dia, voltava do Trader Joe's com duas sacolas de compras nas mãos. Na verdade, não era dia; era noite – umas 22h, com temperatura amena, para surpresa e gáudio de homens e bichos.
    Esse Trader Joe's é um supermercado meio natureba, não vende nem refrigerante, que faz mal. A região em que moro é ecologicamente correta, as sacolas de plástico são proibidas. Então, eu carregava duas resistentes sacolas de papel reciclado cheias de mantimentos, entre os quais um bolo de banana que gosto de comer enquanto vejo *House of Cards*.
    Aí tocou o celular.
    Era o meu irmão, que ligava da outra ponta do continente. Como as sacolas me atrapalhavam, pousei-as no chão, refestelei-me sobre um banco plantado na calçada e comecei a falar ao telefone. Aos 10 minutos de charla é que dei por mim. Descobri, naquele momento, o prazer a que me refiro. Disse para ele:
    – Cara, tu não imaginas a sensação boa que é poder fazer apenas isto que estou fazendo agora: numa noite tranquila, no caminho entre o supermercado e a casa, sentar-me em um banco na calçada para conversar sem pressa.
    Pois aqui tenho feito essas coisas incríveis: vou a pé buscar o meu filho na escola, caminhamos despreocupados pela

rua e, às vezes, decidimos tomar um sorvete de baunilha na J.P. Licks, que fica a uma quadra de distância. Sentamos nas poltronas de couro, ouvindo a velha e boa música nacional de caras como Billy Joel ou Bob Seger. Depois, saímos devagar, conversando sobre questões prementes, como se a capacidade que o Homem-Aranha tem de escalar paredes vem da aranha radioativa ou de algum poder de sucção da roupa que ele costurou. Volta e meia entramos na livraria que fica mais adiante e damos uma olhada nos livros. Comprei alguns mapas para ele lá, meu filho é um apreciador de mapas. À noite, se não faz muito frio, eu, ele e a Marcinha zanzamos pelas ruas próximas, admirando os grandes sobrados de madeira e os esquilos que correm pelos galhos das árvores. Ou então... que delícia, vou ao supermercado.

Caminhar pela cidade, nada mais do que isso, na hora em que quiser, sem medo, sem olhar para os lados, sem ter de tomar cuidado com o que quer que seja: que grande, que inaudito, que inesperado prazer. Mas isso você só pode fazer num lugar em que o Estado o respeita, onde o Estado é responsável pela segurança do cidadão, onde jamais o Estado cogitará cortar um terço das despesas de áreas vitais para as pessoas, como saúde, educação e segurança pública.

Caminhar na rua, sentir que a rua é minha. Um Estado que não proporciona ao menos esse prazer gratuito ao cidadão, francamente, é um Estado para se ter vergonha.

O russo e a holandesa

É certo que o russo tem mais de 60 anos. Talvez 65. Ele é careca, com um pouco de cabelo branco brotando-lhe acima das orelhas. Os olhos são azuis e a pele continua sem rugas. O que mais lhe denuncia a idade é a pequena papada mole sob o queixo – quando ele fala, com sua voz baixa e seus lábios finos, a papada treme. Os lábios do russo são de criança mimada, mas ele parece um homem razoável. É um tipo bem-humorado, inteligente e culto: ele é físico e já escreveu livros científicos, o que me parece bastante importante.

Esse russo é meu colega de aula. O curso é dividido de acordo com as estações do ano. A fase do inverno terminou nesta semana e, no último dia dessa etapa, nos pusemos a conversar sobre amenidades. Alguém perguntou ao russo como era seu país no tempo do comunismo, e sua face se ensombreceu.

– Terrível – definiu.

– Mas não havia igualdade? – perguntou Pablo, um hondurenho, decerto pensando nas desigualdades de seu próprio país.

– Igualdade na miséria – o russo retorquiu. – E nas proibições.

Todos olhávamos para ele, interessados.

– O que vocês não podiam fazer? – quis saber a professora americana.

– Eu não poderia estar aqui, por exemplo. Não podia sair do país. A primeira vez que saí...

E fez uma pausa. Olhava para algum ponto do quadro-negro, pensativo, certamente nostálgico. Ficamos esperando que completasse a frase. Aquelas reticências dançavam no ar da sala, deixando-nos com a respiração presa.

"A primeira vez que saí…"
Os segundos iam se arrastando, e ele ainda fitava a parede. Percebi que não falaria, e resolvi dar um empurrãozinho de repórter:
– Quando você saiu da Rússia pela primeira vez?
– Faz 20 anos… – ele respondeu devagar. Antes que as novas reticências se agarrassem às velhas, emendei:
– Para onde você foi?
Ele sorriu de leve:
– Para a Holanda. Foi lindo. Foi lindo…
Sorveu o ar, como se estivesse respirando em meio às tulipas holandesas, e prosseguiu, encadeando breves suspiros de quem está sentindo a pontada da saudade:
– O lugar é maravilhoso. As pessoas também… Eu devia ser holandês… Eu devia ser holandês…
E então penso ter visto o brilho das lágrimas cintilando no azul de seus olhos. Ele estava emocionado. Percebemos isso. Sentimos isso. Aquele velho senhor russo lembrava-se da sua primeira viagem para fora do país, realizada quando ele já ingressara na meia-idade, e algo lhe tocara o coração a ponto de se comover diante de estranhos vindos de todas as partes do mundo. Fiquei imaginando que no centro de suas recordações devia viver uma mulher, uma linda holandesa de cabelos da cor do trigo e pele da cor do ouro, que foi amorosa e doce por uma temporada, que lhe deu os dias mais alegres e a despedida mais triste da sua vida, ele no trem, voltando para a mãe Rússia, rumo à Estação Finlândia da sua São Petersburgo, vendo a ensolarada Amsterdã e a chorosa amada cada vez mais distantes, cada vez mais inalcançáveis, porque certas emoções só sentimos uma única vez na existência, e depois nunca mais, nunca mais…
Bem.
Tudo isso foi imaginação minha. Também eu viajei nas lembranças do meu colega russo. Também eu senti, por um momento, o febril delírio da liberdade.

O raciocínio petista

O raciocínio dos defensores do governo é o seguinte:
Quem é a favor da ditadura é contra o governo.
Logo, quem é contra o governo é a favor da ditadura.
Ou:
Quem gosta do Bolsonaro é contra o governo.
Logo, quem é contra o governo gosta do Bolsonaro.
Ou:
Quem quer o golpe militar é contra o governo.
Logo, quem é contra o governo quer o golpe militar.
Ou:
Os tucanos são contra o governo.
Logo, quem é contra o governo é tucano.
Ou, o mais dissimulado de todos:
A maioria dos ricos e brancos é contra o governo.
Logo, todos os pobres e negros são a favor do governo, porque o governo é bom para pobres e negros, e mau para brancos e ricos.
E um último, embora vago, quase impalpável:
Este governo, supostamente, é de esquerda.
Logo, quem é contra este governo é certamente de direita.
Há muitas pessoas reproduzindo esse tipo de raciocínio sofístico e vagabundo. Essas pessoas, quase todas, são dadas a sofismas, sim. Mas não são vagabundas. Ao contrário: vejo gente que estuda, que trabalha, que se esforça e que quer o bem do Brasil tecendo esse gênero baixo de argumentação. Entre essas pessoas, inúmeros jornalistas. Alguns jovens, outros já na veterania, muitos bons profissionais, outros nem tanto, 90% deles decentes.

Vejo políticos dignos apelando para essa tergiversação, vejo homens e mulheres de boa índole, suaves no trato pessoal, alguns até inteligentes e razoavelmente informados.

Em parte, compreendo que se comportem assim. Porque não querem sentir-se ao lado de quem gosta do Bolsonaro, é de direita, a favor de golpes militares e contra negros e pobres, mas também porque estão no fervor da discussão, estão em busca de argumentos para não ceder a quem os ofende e os chama de petralhas ou o que quer que seja.

Mas a verdade já comprovada é que houve roubo neste governo, e o fato de ter havido em outros, tempos atrás, não consola nem atenua. Quando o governo atual é criticado, o é por uma razão simples: porque é o atual governo.

E o roubo não foi casual. Foi roubo sistemático, encaixado nas engrenagens da administração, sedimentado na base dos partidos governistas, disseminado por todos os setores que aceitassem fazer composição. Isso está demonstrado pelas investigações. Está plasmado. Vergonhosamente plasmado.

Duvido que Dilma tenha participado dessa roubalheira. Mas duvido que não soubesse dela. É impossível que uma mulher experiente na administração pública, tendo sido presidente do Conselho de Administração da Petrobras, ministra das Minas e Energia e da Casa Civil, sendo "mãe do PAC" no governo Lula e duas vezes presidente da República, é impossível que ela não soubesse do que ocorria. Da mesma forma, é impensável crer que Lula, o principal líder do PT, não soubesse de nada.

Ainda não é possível provar que eles sabiam, mas centenas de milhões de dólares sujos estão aparecendo por toda parte, as investigações estão se agudizando e o cerco vem se fechando a cada dia. Em pouco tempo, talvez não haja mais sofisma que sustente a defesa deste governo.

Sim, é verdade: alguns querem que o governo caia porque são canalhas. Mas também é verdade que muitos que não são canalhas se comportam como se fossem, para manter o governo de pé.

A graça de falar do PT

Não tem graça nenhuma escrever sobre o PSDB. Ninguém fica torcendo pelo PSDB, ninguém é fanático pelo PSDB ou contra o PSDB. É um partido que não desperta paixões. Um partido de isopor.

Escrever sobre o PT é muito mais divertido. Primeiro, porque o PT é cheio de contradições maravilhosas. Você pode passar o dia citando-as, e ainda vai sobrar para a janta. Segundo, porque, se você elogiar o PT, por sutil e discreto que seja o elogio, um monte de gente vai xingá-lo das coisas mais curiosas.

Outro dia, escrevi que o Lula é um dos políticos mais sensíveis da história do Brasil, e um leitor me enviou um e-mail com uma única frase: "Além de ferrenho defensor dos homossexuais, o senhor é comunista".

Agora me diga: por que dizer que o Lula é um político sensível significa que eu seja comunista? Ou ferrenho defensor dos homossexuais?

Se bem que sou mesmo. Ferrenho defensor dos homossexuais, digo, não comunista, embora goste daquela famosa maldição de Marx, referindo-se aos seus furúnculos: "A burguesia vai lembrar das minhas pústulas até a hora da sua morte!".

Seja.

A terceira razão por que é divertido escrever sobre o PT é que os petistas ficam genuinamente furiosos quando você critica o partido. Eles acreditam mesmo que o PT pretende salvar os pobres e tudo mais. Aí eles tentam debochar ou chamam-no de direitoso, capacho dos patrões, coxinha, tucano.

E aí voltamos ao PSDB.

O PSDB, hoje, só existe por causa do PT. Porque grande parte da população brasileira (neste momento, tenho certeza de que a maioria) detesta o PT.

Pense nas eleições do ano passado. Lembre-se de quando o Campos morreu.

Quando o Campos morreu, as pessoas se agarraram nele. Ou: na sua imagem. Ele começou a aparecer na TV com aqueles seus olhos cor de piscina, junto com a mulher chorosa e os filhos vários, um homem tão bom, que havia falecido tão jovem, e os brasileiros pensaram: "É ele! Ele é que tinha de ser o nosso candidato para nos livrar dessa chatonildice dos petistas!". Então, a representante do Campos na Terra, a Marina, decolou nas pesquisas, e houve quem achasse que ela venceria no primeiro turno.

Aí os petistas fizeram aquele criterioso trabalho de destruição moral da Marina, no que eles são ótimos, e ela ficou fora do segundo turno, e quem apareceu?

O Aécio.

Ele estava em terceiro, chegou em segundo, quase empatando, e hoje venceria fácil. Aécio Neves tornou-se uma alternativa, e por uma só razão: porque não havia outra.

Na verdade, poucos dão bola para o Aécio Neves e quase ninguém dá bola para o PSDB.

O que importa é o PT. O PSDB só existe em oposição ao PT. Se não houvesse PT, o PSDB não passaria de um tucano empalhado.

A manifestação de amanhã é contra o PT, mais do que contra o governo ou contra a Dilma. Dilma no governo, sem o PT, e muito menos gente protestaria. O PT é o alvo. Contra o PT é muito mais divertido.

O presidente que faz piu

O presidente da Venezuela, Nicolás Maduro, conversa com passarinhos. Foi ele quem contou. Volta e meia, uma dessas delicadas criaturas do céu desce à terra, voeja em círculos sobre sua cabeça, pousa em algum lugar e, em seguida, conta-lhe sobre a vida que está levando no Além o seu antecessor Hugo Chávez. Já ocorreu até de Chávez apresentar-se a Maduro em pessoa, ou em ave, porque também ele surge na forma de um fagueiro penoso, e assobia para Maduro, e Maduro lhe assobia em resposta, e assim eles vão falando. Ou chilreando.

Nunca tivemos um presidente que falasse com passarinhos. Não podemos dizer: "Os presidentes que aqui gorjeiam não gorjeiam como lá". Nossos presidentes, tristemente, não gorjeiam, não trinam, não pipilam e nem piar piam. Pior: ao que se sabe, nenhum deles jamais virou ave depois do passamento.

Nosso presidente mais parecido com um passarinho foi Itamar Franco, com aquele seu vistoso topete de cardeal. Ah, você dirá que Fernando Henrique é um tucano, mas se trata de tucano figurado. Não vale.

Nenhum dos nossos presidentes já falecidos tampouco deu-se o zelo de interromper o descanso eterno para voltar ao Brasil e ajudar na administração do presidente vivo, o que talvez denote certa falta de patriotismo.

Dizem que os fantasmas dos generais Figueiredo e Castelo Branco rondam à noite pelo Palácio da Alvorada, mas é de se duvidar que queiram aconselhar os presidentes em exercício, que têm sido, todos, civis. Além do mais, almas penadas, em geral, são desagradáveis. Melhor ficar longe delas.

Na Inglaterra, ilha de invernos penumbrosos, cheia de histórias de espíritos inconformados com o fim da existência terrena, pois na Inglaterra não foram poucos os que viram o espectro da rainha Ana Bolena caminhando em torno da Torre de Londres, levando sua própria cabeça debaixo do braço. Essa cabeça, quando Ana soube que ia perdê-la, mandou importar da França um exímio carrasco, que exercia seu ofício usando da espada, não do machado bruto. Ao subir no cadafalso, linda e digna, ela descobriu o pescoço, alisou-o e comentou com o verdugo:

– É fino, não é?

O francês, então, pediu que ela se ajoelhasse, pôs-se às suas costas e comentou:

– Onde deixei minha espada?

Ana se distraiu com a observação, olhou para o lado e ele aproveitou para decepá-la com um único golpe. Grande profissional.

Mas note: nem Ana Bolena virou passarinho. Nem ela, que era tão bela a ponto de obcecar um rei, fazendo-o mudar a religião de todo o país.

Gosto muito de passarinhos. Tive vários. Caturritas, periquitos, pintassilgos, canarinhos. Hoje, não teria, porque concordo com os defensores dos animais: é maldade mantê-los presos. Agora, se descobrisse que algum presidente brasileiro virou passarinho, faria o que fazia quando menino, na zona norte de Porto Alegre: montaria uma arapuca – uma caixa de sapato apoiada numa vareta, com alpiste embaixo. Quando ele viesse comer o alpiste sob a caixa, puxaria o barbante amarrado à vareta e, zás!, o capturaria. Então, o acomodaria dentro de uma bela gaiola dourada e, quando ele reclamasse do cativeiro piando para mim, como pia Chávez para Maduro, eu olharia por entre as barras de metal, sorriria e lhe diria o seguinte:

– Ah, não, presidente, não adianta reclamar, você vai ficar aí. A gaiola, presidente, a gaiola é o seu lugar.

A sabedoria dos cachorros do Brasil

Pobre tem de ser bom. Os cachorros brasileiros nos ensinam isso. Li uma vez, na National Geographic, que o bicho mais inteligente do mundo é o vira-lata brasileiro. Não me surpreendeu. O vira-lata brasileiro tem de enfrentar contingências diárias para sobreviver. Tem de se adaptar, e se adapta.

Aqui não existe vira-lata. Eu, ao menos, nunca vi um cachorro numa rua do nordeste americano que não estivesse acompanhado do dono. No inverno, os cachorros andam de meias, porque o sal que é espalhado nas calçadas para diluir a neve pode lhes queimar as patinhas. São cachorros mimados, esses cachorros americanos.

Os brasileiros, não. Cachorros brasileiros vivem a vagabundear sozinhos pela rua e dependem da simpatia do transeunte para não levar um pontapé e da do dono do açougue para ganhar um osso. Essa necessidade de comover os humanos fez com que os cachorros brasileiros desenvolvessem eficazes métodos de despertar compaixão. Eles abanam o rabo e fazem uma cara de tristeza que transforma em patê os mais empedernidos corações. É a evolução da espécie. Darwin explica.

Há cientistas que suspeitam que os filhotes de mamíferos, inclusive os dos humanos, são bonitinhos para cumprir essa função evolutiva. Sendo fofinhos, eles enternecem eventuais adultos predadores. Tudo pela preservação.

Socialmente, o homem segue essa mesma lógica da natureza: quando em desgraça ou em desvantagem, o homem é humilde, simpático, risonho, parece boa gente. As pessoas se admiram: veja esse povo sofrido, que, ainda assim, canta e mantém o sorriso no rosto. Ora, ele canta e mantém o sorriso no rosto porque precisa. Porque tem de despertar a boa vontade alheia, da qual depende. Tornado poderoso, aí sim, aí é que ele mostrará quem na verdade é.

Mas alguns grandes homens, ungidos pelo poder, alguns poucos demonstram que são verdadeiramente grandes, demonstrando humildade. Um dos mais inspiradores foi nada menos do que dono do mundo: Marco Aurélio, imperador romano no segundo século depois de Cristo.

Esse Marco Aurélio era homem de letras e de filosofia, mas também de guerra. Durante os combates contra os povos germânicos, nas geladas fronteiras do império, ele se recolhia à sua tenda e se punha a registrar ideias sobre a existência. São pensamentos de comovente delicadeza. Li Marco Aurélio ainda guri, quando fiz a coleção *Os Pensadores*, da Abril Cultural, e ainda o leio, em certos momentos da vida.

Marco Aurélio foi o filósofo da aceitação. "Acontecer-me isso não é uma desgraça", dizia, "mas suportá-lo corajosamente é uma felicidade".

Marco Aurélio era o que hoje talvez se chamasse de holístico. Acreditava no que designava como "a natureza do todo" e proclamava para o universo: "Tudo o que harmoniza contigo, harmoniza comigo. Nada que para ti esteja em tempo é muito cedo ou muito tarde para mim".

Para ele, a morte não era "a angústia de quem vive", que era para Vinicius. Ao contrário, Marco Aurélio ensinava: "Assim como a mutação e a dissolução dos corpos abrem caminho para outros corpos condenados a morrer, assim almas que deixam o corpo depois da existência terrena transmutam-se e difundem-se na inteligência seminal do universo e abrem caminho para novas almas. Tu, que exististe como parte, desaparecerás naquilo que te produziu. Vive esse pequeno espaço de tempo em conformidade com a natureza e encerra contente a tua jornada, como a azeitona que cai da árvore quando madura, abençoando a natureza que a produziu e agradecendo à árvore onde cresceu".

Neste tempo, em que o Brasil assiste ao espetáculo da dissolução moral dos poderosos, é saudável saber que nem todo o poder do mundo é capaz de tornar mau quem aprendeu a ser bom.

Salvando o Brasil ao amanhecer

Meu amigo Fernando alugou um apartamento na Benjamin Constant, nos anos 80. O apartamento ficava no térreo, a janela dava para o asfalto da avenida. Era barulhento, velho e um pouco sujo, devido à fumaça dos carros, que, de alguma forma solerte, se infiltrava pelas paredes e deixava tudo encardido no lado de dentro.

Era um apartamento sombrio, sem dúvida, mas nós o adorávamos. Adotamos o apartamento do Fernando como sede social, ele deu uma cópia da chave para cada um dos amigos e era para lá que levávamos eventuais conquistas amorosas e era lá que fazíamos nossas festas.

Não tínhamos muita verba nos anos 80, então o cardápio dos convescotes se restringia aos seguintes itens:

1. Pão.
2. Linguiça.
E cerveja.
Muita cerveja.

O Fernando trabalhava numa oficina de consertos de eletrônicos, nós o chamávamos de eletricista e ele, por algum motivo, não gostava. Mas era o que ele era, não era?

Seja. O fato é que o Fernando pegava um aparelho "três em um" da oficina e cada um de nós levava uns quatro ou cinco discos e a festa estava pronta.

Não sei como as pessoas ficavam sabendo das nossas festas, acho que era por causa do bar que frequentávamos, o Edelweiss, vizinho do Teatro Presidente. Toda sexta nós íamos ao Edelweiss comer a pizza deliciosa que o Tio Beto assava, cantar "Viola Enluarada" e beber cerveja geladíssima. Nunca me esquecerei de uma sexta em que cheguei à mesa e,

antes mesmo de sentar, o Tio Beto pôs na minha frente uma cerveja branquinha de tão gelada, anunciando:
— Esta é a melhor maneira de dizer boa noite.

Uma lágrima solitária e agradecida escorreu-me do olho direito e caiu bem na ponta de uma batatinha frita que o Sérgio Anão havia pinçado do prato.

Ocorre que nós conhecíamos muitos desconhecidos no bar do Tio Beto, e eles acabavam aparecendo nas festas do apartamento do Fernando. Em alguma curva da madrugada, os desconhecidos que conhecíamos do bar se tornavam íntimos, e casais se atavam e se desatavam e muitos dançavam e cantavam e outros tantos dormitavam pelos cantos.

Contei que o Fernando tinha um olho de vidro? Tinha. Perdeu o olho bom num acidente e colocou aquele de vidro. A certa altura da noite, ele tirava o olho para se exibir. Uma vez, duas irmãs gêmeas viram aquilo e saíram correndo e gritando por todo o apartamento, e ele atrás, com o olho na mão.

Ao amanhecer, entre cacos de garrafa de cerveja e pedaços mordidos de linguiça, com gente desacordada no quarto, no banheiro, debaixo da pia da cozinha, dentro do tanque da área de serviço, com o disco do Chico rodando pela vigésima vez no três em um, com o sol surgindo atrás do Taj Mahal, aquela boate cara onde não podíamos ir, ao amanhecer nós estávamos sempre prestes a salvar o Brasil. O Brasil estava mudando, a democracia estava voltando, logo nós poderíamos votar para presidente e tudo seria resolvido. Ou quase tudo. Era o que pensávamos. Estávamos nos anos 80.

Negros americanos e negros brasileiros

Os vendedores de rua de Nova York oferecem, por um punhado de dólares, uma placa com fotos de quatro dos maiores homens da Humanidade. Quatro negros, postos lado a lado: Martin Luther King, Malcolm X, Mandela e Obama. Por coincidência, três desses homens moraram bem aqui, em Boston. Não por coincidência, os três são americanos.

O fato de três desses quatro gigantes serem negros e americanos diz muito sobre, exatamente, os negros americanos. E explica, em parte, o que está acontecendo em Baltimore e em outras cidades do país, em que negros protestam contra a violência policial.

Curiosamente, tudo isso tem a ver também com o Brasil. Porque Estados Unidos e Brasil partilham o mesmo e enorme pecado: a escravidão. Essa é a causa de inúmeros problemas dos dois países, embora seus efeitos sejam diferentes.

Em primeiro lugar, é preciso compreender que os Estados Unidos são uma terra de estrangeiros. No bairro em que moro, entre 58 mil pessoas, são faladas, oficialmente, 50 línguas. Gente do mundo inteiro convive aqui. Africanos dirigem táxis, vietnamitas são manicures, brasileiros trabalham como faxineiros, colombianos, na construção civil, chineses vendem bugigangas nas ruas, italianos têm restaurantes. Judeus de solidéu, árabes de manto e indianos de turbante brincam com os filhos na mesma praça. Na Califórnia, a segunda língua mais falada é o coreano. Em Boston, 3 mil espanhóis trabalham na sede americana do Santander. No fim de semana passado, houve um festival de cultura nipônica no Common Park, de Boston, com bandas japonesas tocando rock'n'roll.

Não é à toa que a bandeira de listras e estrelas tremula em toda parte. É preciso lembrar às pessoas que elas estão nos Estados Unidos.

O que une todos esses estrangeiros e seus descendentes é que eles estão aqui por vontade própria. Uns vieram "para fazer a América", outros fugiam da opressão, alguns iam passar um tempo e ficaram, mas todos estão nos Estados Unidos porque querem.

Menos os negros.

Os negros foram arrancados à força da África.

Faz toda a diferença.

Quando a escravidão foi abolida nos Estados Unidos, no fim da Guerra Civil, em 1865, os negros eram cerca de 4,5 milhões, entre quase 40 milhões de habitantes. Quando a escravidão foi abolida no Brasil, um quarto de século depois, os negros eram também 4,5 milhões, só que a população total era pouco mais do que duas vezes isso. Essas proporções mais ou menos se mantiveram. No Brasil, os descendentes de escravos talvez sejam 50% da população; nos Estados Unidos, que têm quase o dobro de habitantes, são 12%.

Esses 12% de negros americanos são, de certa forma, cidadãos apartados de todos os outros cidadãos americanos, entre esses até os que não nasceram nos Estados Unidos. Um negro que seja descendente de pessoas que aqui chegaram em 1620, quando os primeiros africanos pisaram no solo da América do Norte, esse homem com pais, avós, bisavós e tetravós americanos, esse americano antigo de quase quatro séculos, esse americano histórico talvez se sinta menos à vontade nos Estados Unidos do que um russo que chegou no inverno passado e mal sabe falar inglês. E esse sentimento é diverso do sentimento que embala os negros brasileiros. Mas, como o assunto é complexo e rico, vou tratar mais disso amanhã. Não é continuação, não fique brabo. Vou contar por que nosso grande defeito é, de certa maneira, uma vantagem.

O Estado são eles

A negritude de Obama é uma vitória fundamental dos negros americanos, certo?

Errado.

Sou obamista convicto, mas reconheço a melancólica verdade: Obama não representa o negro americano. Porque ele não é descendente de escravos. Seu pai é queniano; sua mãe, branca de leite. Durante a campanha, assessores empenharam-se para lhe traçar a árvore genealógica e tentar provar que, entre seus antepassados por parte de mãe, estava não apenas um escravo, mas o primeiro dos escravos americanos. Claro que poucos acreditam nisso. O que não importa mais: Obama já se elegeu.

Resta a questão: se ele de fato se soubesse descendente de escravos, demonstraria igual confiança e serenidade?

Duvido.

Descendentes de escravos têm história parecida com a de Malcolm X. O pai de Malcolm foi espancado brutalmente por homens brancos e jogado nos trilhos do trem para ser atropelado. Teve o corpo praticamente partido em dois. Sobreviveu por horas, sentindo dores atrozes até morrer. A mãe de Malcolm, empobrecida, acabou enlouquecendo. Ele foi separado dos irmãos e levado para um orfanato.

Existe chance de alguém, com um passado desses, não ser um revoltado?

Os negros americanos são revoltados. Não apenas por sua história privada, mas pela história de seu povo em geral.

São muitos os povos que formam os Estados Unidos, como já disse, e os negros foram colocados abaixo de todos eles.

A infância de um país é como a de um indivíduo: decisiva na formação da personalidade. O Brasil começou pelas capitanias hereditárias, cada qual com um dono. Depois, experimentou um longo período de monarquia. Então, o comum das pessoas estava posto sob os donatários das capitanias ou sob a nobreza que cercava o rei.

Nos Estados Unidos, os pioneiros fundadores das 13 colônias vieram com suas famílias e estabeleceram-se em pé de igualdade para criar uma nova nação. Nunca houve um rei ou um ditador nos Estados Unidos. Desde o início, alcançou-se consenso no que Rousseau chamava de "contrato social" – quem veio para cá, veio para viver sob a lei. Lei que os próprios colonos escreveram.

O objetivo dos homens que se mudaram para o norte da América era inventar um lugar em que se vivesse com liberdade e igualdade. O objetivo dos homens que se mudaram para o sul da América era ganhar dinheiro.

Os únicos homens aos quais foram negadas a liberdade e a igualdade, nos Estados Unidos, foram os negros. Só em 1865 eles conquistaram a liberdade. Só cem anos depois disso eles conquistaram a igualdade. Assim, os negros sentiam-se oprimidos por todos os brancos, nos Estados Unidos, e sentem-se ainda.

No Brasil, negros e brancos eram oprimidos primeiro pelos donatários das capitanias, depois pelos nobres e, por fim, por todos os que amealham relativa quantidade de dinheiro ou de poder, inclusive eventuais negros ricos e poderosos. No Brasil, não há diferenças significativas entre a miséria de um branco e a de um negro.

É claro que nos Estados Unidos as desigualdades existem e se acentuaram, mas os princípios fundadores do país continuam os mesmos: a mesma intenção dos pioneiros, de dar aos cidadãos garantias de oportunidades iguais e de preservação da individualidade. Os negros, que há apenas 50 anos ganharam os seus direitos civis, se ressentem da opressão dos brancos no sul do país, e os brancos, sentindo esse ressentimento, ressentem-se também.

Os negros pobres brasileiros, de certa forma, irmanaram-se aos brancos pobres brasileiros, e por isso a miscigenação é mais suave no Brasil.

Daí surge a importantíssima concepção que cada povo tem do Estado. Nos Estados Unidos, os cidadãos se sentem formadores do Estado, com exceção dos negros, que não participaram desse pacto. No Brasil, o Estado é uma entidade que está acima do cidadão. O Estado são "eles", e "eles" estão sempre prontos a nos sacanear. Há muito que falar disso. Mas é assunto para outro dia. Um dia qualquer.

O cachorro Vírgula

Quando Eva anunciou, entre dentes, "ou o cachorro, ou eu!", Eric não teve dúvidas: ficaria com o cachorro.

Amava aquele cachorro. Em sua companhia, sentia-se da melhor maneira que um homem pode sentir-se: sentia-se de novo um menino. Vírgula, esse o nome do cachorro, por causa do formato do rabo, Vírgula era um pastor alemão grande, leal e carinhoso, exatamente o contrário de Eva, uma mulher miúda, às vezes áspera, sempre crítica.

Vírgula adorava seus amigos. Eva os odiava.

Vírgula era popular entre os vizinhos. O menino que morava na casa ao lado, Tiaguinho, brincava com ele e o levava para passear de manhã, quando Eric estava trabalhando. Eva nem cumprimentava os vizinhos, e Tiaguinho sentia medo dela.

Vírgula estava sempre pronto para o que Eric quisesse fazer, fosse ficar em casa, fosse dar uma volta na quadra, fosse ir para Paris, se um dia pudessem ir a Paris. Não interessava, Vírgula gostava de tudo. Eva não gostava de nada.

Verdade que ele não fazia sexo com Vírgula, mas o sexo com Eva também já não era mais essas coisas. Além disso, para Eric, a humanidade superestimava o sexo. A maior parte dos sacrifícios e desatinos das pessoas, neste mundo, acontece por causa do sexo, que, ao fim e ao cabo, não passa de um prazer fugaz. Um jantar simples e bem feito, digamos, uma massa à bolonhesa coberta de queijo parmesão, acompanhada de um tinto honesto, esse prato barato pode fornecer mais satisfação, durante mais tempo, do que uma sessão de sexo acrobático com a Megan Fox. A diferença é que o sexo com a Megan você conta para os amigos; a massa, não.

Sim, o sexo é valorizado em demasia. Eric podia ficar longo tempo sem sexo. Mas não conseguia ficar uma semana longe de Vírgula. Quando estava trabalhando, Eric às vezes pensava na volta para casa, no momento de chegar e ser recebido por Vírgula. O cachorro expressava alegria genuína ao reencontrá-lo. Pelo abanar frenético do rabo e por seus olhos molhados, Eric via que Vírgula sentira sua falta. Eva, não. Eva esperava-o sentada diante da TV e, antes que ele pudesse falar Cucamonga, ela já estava vomitando os problemas do seu dia agitado e fundamental para os rumos da humanidade.

Eva era jornalista. Durante a convivência com ela, Eric havia aprendido a desprezar jornalistas. Não os odiava: eles apenas o aborreciam. Estavam sempre julgando tudo e todos. Mas isso nem era o pior. O pior era quando manifestavam seu amor por pobres e oprimidos e escreviam textos supostamente poéticos sobre isso no Facebook. Eric sentia vontade de vomitar.

Eric não passava de um funcionário público, não tinha feito faculdade, não se podia dizer que ganhasse um bom salário, mas isso não significava que se sentisse oprimido, que achasse que os bem-nascidos eram melhores do que ele ou privilegiados em relação a ele, ou que ele era vítima. Não. Eric estava contente com o que tinha, sua pequena casa, seu emprego, seu carro usado e, sobretudo, seu cachorro. Não sentia a mínima vontade de se manifestar contra ou a favor de nada, pouco se lixava para quem era o presidente, só votava porque era obrigado, não achava nem bom nem ruim que tivesse beijo gay na novela e ficava com sono quando ouvia os amigos jornalistas da sua mulher discursando em mesa de bar contra os preconceitos da sociedade hipócrita e conservadora. Um deles, um colunista, o irritava em especial, porque Eric tinha certeza de que era um gremista enrustido, e Eric era um colorado assumido.

Eric queria viver a sua vida sem ser incomodado. Por isso, considerou atraente a ideia de Eva ir embora e ficarem só

ele e Vírgula em casa. A paz! Sim, isso poderia significar a paz. Olhou para Eva, pronto para responder:
— Vou ficar com o cachorro.
Achou que tudo se arranjaria a contento com aquela resposta. Mas estava enganado. As coisas ficaram bem ruins para ele. E piores para Vírgula. Saiba como ficaram... a seguir...

2.

Lágrimas de mulher são criptonita derretida. Nem o Super-Homem pode com elas, que dirá um humilde funcionário público, como Eric. Quando ele disse, serenamente, que queria ficar com o cachorro, e não com ela, Eva desfolhou-se num pranto soluçante que o deixou em pânico. Lidar com uma mulher braba é fácil, lidar com uma mulher triste é impossível. Ao menos para ele, que não era um monstro. Ou achava que não era, porque Eva agora repetia sem parar, sentada no sofá da sala, com o rosto escondido entre as mãos:
— Um monstro, você é um monstro!
Eric abraçou-a, começou a balbuciar desculpas, a dizer que havia sido mal interpretado, que...
— Um cachorro! Você quer me trocar por um cachorro!
— Não! — gritou Eric. — Claro que não. Você me entendeu mal. Não é isso. Imagina...
Eva ergueu a cabeça e fincou-lhe os olhos úmidos, ciciando, entre snifs:
— Você não vai me trocar pelo cachorro?
— Claro que não... Claro que não... — Eric diria tudo para que ela parasse de chorar.
— Você vai se livrar do cachorro?
— Eu... Me livrar do Vírgula? É que...
— Um monstro! Um monstro! — e o choro recomeçou ainda mais galopante, gorgolejante, apavorante, até que Eric jurou que se livraria do cachorro.

Fez o juramento com o coração apertado, mas fez. Só queria que ela parasse de chorar, depois decidiria como resolver a situação. Agora precisava ir para o trabalho. Deixou-a fungando na sala e caminhou até o pátio, como fazia todos os dias. E, como todos os dias, Vírgula correu alegremente em sua direção e Eric de novo sentiu-se um menino e seu coração se aliviou e ele afagou a cabeça de seu amigo e suspirou. Olhou para o outro lado da cerca. Tiaguinho já estava no pátio da casa vizinha, ansioso para brincar com o cachorro. Eric abanou para ele, desanimado, recomendou-lhe que não desse porcaria para o Vírgula comer e saiu.

Como resolver o problema? Se pudesse, deixaria o Vírgula algum tempo com Tiaguinho, mas os pais do menino odiavam cachorro tanto quanto Eva. Além do mais, depois de passar algum tempo imaginando-se novamente solteiro, a ideia da separação parecia-lhe atraente como um chope cremoso. Mas como separar-se sem drama?

Foi essa a pergunta que Eric fez para sua colega Cris, no café da repartição, e o que ouviu em resposta não foi nada agradável. Foi o pior que poderia ouvir.

Não. Pensando bem, não foi o pior. O pior seria ouvir Eva dizer o que estava pensando naquele instante, na casa em que eles moravam, a oito quilômetros de distância. De dentes rilhados e punho cerrado, como um lutador de MMA, Eva terminara de se vestir e se preparava para sair em direção a uma ferragem. Ia comprar veneno para rato. Havia decidido matar Vírgula, atirando-lhe um bolo de carne recheada.

– Ele prefere o cachorro? – disse Eva para si mesma. – Ele vai ver o que vou fazer com esse cachorro! Nunca vou perder um homem para um cachorro!

E saiu, em busca do que, na sua cabeça, seria a reparação da dignidade da mulher. Enquanto isso, Eric ouvia aquela frase terrível da sua colega Cris. Que frase? Bem. Saiba... a seguir:

3.

Eva encheu o bolo de carne moída de veneno. Em seguida, parou, pensou por alguns segundos e examinou o bolo mais uma vez. Era tão grande que tinha de pegar com as duas mãos. Abriu-o de novo. Colocou mais veneno. E mais um pouco ainda, antes de fechá-lo em definitivo. Sorriu. Aquilo mataria um cavalo de circo. O vira-lata não tinha chance nenhuma. Não, ela não ia perder para o cachorro! Saiu para o pátio. Gritou:

– Vem cá, desgraçado! Tenho uma coisinha bem temperada pra te dar! Vem cá, pro teu último almoço, desgraçado!

Naquele exato instante, Cris dizia a penúltima palavra que Eric queria ouvir:

– Monstro! Você é um monstro! Como é que vai trocar sua mulher por um cachorro?

– Não é uma troca, Cris... É...

– Claro que é uma troca! Você não é um menino, Eric! É um homem! Olha aqui, eu vou te ajudar: vou pegar esse cachorro e levar para o meu sítio. Fica a uma hora daqui. Você pode ir lá todos os finais de semana, para matar a saudade do cachorro.

Eric sentiu a garganta se fechar.

– Mas eu não quero ficar longe do Vírgula...

– Por favor, Eric! Estou tentando salvar o teu casamento. Pega o telefone. Liga pra ela agora e diz que o problema está resolvido.

Eric fechou os olhos. Respirou fundo. Tirou o celular do bolso.

Quando o celular de Eva chamou, ela tinha acabado de atirar a bola de carne envenenada para Vírgula. O grande pastor alemão olhou a comida e entortou a cabeça para o lado, do jeito que os cachorros fazem quando estão em dúvida. Então, caminhou em direção à carne. Eva deu-lhe as costas e correu para dentro de casa, a fim de atender ao telefone, que havia deixado na cozinha.

– Eva... – disse Eric, do outro lado da linha.

– Oi...

– Eu... Eu quero que fique tudo bem... Eu... – pensou em Vírgula. Estava traindo Vírgula! Era um miserável, um pulha, mas Cris devia ter razão. Ele tinha de ser um homem. Um adulto. Disse, enfim, antes de desligar: – As coisas vão se ajeitar...

– Eu sei que vão – respondeu Eva, num tom de voz confiante.

Cris, que ouvia a conversa, pôs a mão em seu ombro, depois que ele desligou.

– Por que você não vai almoçar em casa, pra falar com ela antes de ela ir para o jornal? Seja homem. Seja adulto!

Eric balançou a cabeça afirmativamente.

– Vou fazer isso. Vou falar com ela.

No caminho para casa, Eric sentia vontade de chorar, pensando em Vírgula. Será que era normal gostar tanto assim de um cachorro? Será que ele nunca ia crescer? Alguma coisa devia estar errada com ele, porque, na verdade, o que o angustiava era o cachorro, e não a mulher.

Ao abrir o portão de casa, Eric em nenhum momento imaginou a reconciliação com Eva, só pensava que Vírgula viria correndo e feliz em sua direção. Mas Vírgula não veio. Eric estranhou. Caminhou até o pátio, confuso. Nada do cachorro. O que será que havia acontecido?

– Vírgula! – chamou Eric. – Vírgula!

Dentro de casa, Eva ouviu a voz de Eric e sorriu. Como será que ele reagiria ao encontrar o corpo do cachorro maldito? Ela mesma não sabia onde o bicho havia se metido. A última vez que o vira, ele estava se preparando para comer o bolo de carne. Devia ter ido morrer debaixo da casa ou no fundo do quintal, sabe-se lá.

— Vírgula! Vírgula! – chamava Eric, agora com angústia. E, de repente, ele parou de chamar. Eva esperou. Nada. Silêncio.

Esperou.

Então, saiu para o pátio, a fim de ver o que estava acontecendo. Abriu a porta. Ganhou a rua. E viu os três no meio do pátio: o cachorro, o homem e o menino, Vírgula, Eric e Tiaguinho, perfilados. O cachorro, sentado, com a língua para fora, olhava-a com inocência. O menino, com as mãos na cintura, olhava-a com raiva. O homem, com o bolo de carne envenenada nas mãos, olhava-a com desprezo. Naquele momento, Eva compreendeu tudo. Soube que, por causa do menino, havia perdido o homem para o cachorro.

Café da manhã

Tem uma coisa que eles falam aqui. Uma expressão. "Bring home the bacon." A tradução literal seria "trazer o bacon para casa". Quando um americano diz isso a respeito de si mesmo, está dizendo que ele é o arrimo da família. É ele quem sustenta o lar.

Para você ver como o bacon é um alimento importante para os americanos. Eles adoram bacon frito, servido em fatias bem finas, da espessura de uma capa de caderno de espiral. Estava dizendo isso na aula, outro dia, e os demais estrangeiros concordaram comigo, e todos nos espantamos de os americanos comerem bacon no café da manhã, e alguém, acho que a italiana, me perguntou como é o café da manhã no Brasil.

Sorri. O café da manhã no Brasil. Não pensem naquele café da manhã de hotel, disse-lhes. Não, não pensem em mamão, suco de laranja, cereais e bolos, não pensem em ovos duros, cozidos por dois minutos e meio, ou mexidos, temperados com salsinha. Não pensem nem na popular dupla queijo & presunto. Nada disso.

O café da manhã clássico do Brasil é simples, mas precioso. Consiste em uma xícara cheia com três quartos de leite e um quarto de café, acompanhada por uma fatia de pão com dois dedos de altura e um palmo de comprimento, com a superfície coberta por uma camada delicada de manteiga sem sal. A manteiga tem de estar em processo de derretimento devido ao calor do pão recém-saído do forno, e o café há de ser adoçado por duas colheradas de açúcar tirado de um açucareiro de louça branca.

Você pode tomar esse café lendo o jornal do dia, mas o ideal é deixar o jornal de lado, dobrado em forma de canudo, num canto da mesa, para que você possa conversar com as pessoas que ama, que estão com as caras ainda perplexas pelo sono há pouco quebrado. A conversa será amena, porque a manhã ainda tem o frescor da juventude e o ar é fino e talvez algum passarinho cante pela vizinhança.

Se o rádio estiver ligado, que não noticie nada de grave. O importante, nessa hora, é saber se você deve levar o guarda-chuva ao sair de casa, não muito mais do que isso.

Esse café da manhã pode ser tomado na cozinha quente de um apartamento no Centro, na sala de jantar de uma casa de subúrbio ou, quem sabe, num bangalô de praia, com o mar bem diante de seus olhos, e o seu ouvido relaxando ao rumorejar das ondas e às risadas leves dos bons amigos em torno da mesa. Você morderá o pão e beberá um gole do café e suspirará, sorrindo, porque tudo está bem.

Este é o café da manhã clássico do Brasil, contei para meus colegas estrangeiros, e eles sorriram para mim.

A lição do nosso primeiro inimigo

Nenhuma mulher paga conta com David Coimbra.
O repórter David Coimbra não fura pauta.
São emblemas que carrego pela longa e sinuosa estrada da vida, como diriam Lennon & McCartney.
As feministas mais aguerridas, aquelas que até dão sono, gostava de vê-las ronronarem, quando lhes pagava a conta. E da pauta, quando o editor me passava pauta ruim, mais feliz me sentia, porque meu orgulho era transformá-la em matéria boa.
Sim, senhor, tenho cá minhas vaidades.
Mas um dia furei pauta, confesso contrito. E não era ruim, era uma pauta transcontinental. Aproveitei uma viagem à Inglaterra, tomei um trem em Londres e fui a Exeter, no condado de Devon, a fim de conhecer o primeiro adversário da história da Seleção Brasileira.
Esse time, o Exeter City, foi fundado em 1904 e, 10 anos depois, aventurou-se numa excursão pela América do Sul. Para enfrentá-lo, a Seleção Brasileira foi convocada pela primeiríssima vez. O jogo se deu no bucólico Estádio das Laranjeiras, do Fluminense, e o Brasil venceu por 2 a 0.
Entrevistei vários habitantes da cidadezinha britânica, e o presidente do clube passou a manhã inteira me mostrando o estádio. Há camisas e fotos da Seleção Brasileira por toda parte. O Exeter City é da quarta divisão inglesa, não se pode afirmar que seja um time vencedor, mas sua torcida canta um desafio aos adversários que poucas torcidas podem cantar:

— Vocês já jogaram contra o Brasil? Já jogaram contra o Brasil?

Aquela partida histórica, uma derrota, é o grande orgulho do Exeter City. Levantei toda a história e, quando ia escrever, descobri que estava doente, tive de passar por cirurgia, afastei-me por semanas da Redação e... a matéria acabou não sendo publicada. Quer dizer: tecnicamente, furei a pauta.

É uma vergonha, mas pelo menos agora estou contando um pouco da saga do Exeter. Tinha de fazer isso, por vários motivos. O principal foi o que senti ao passar aquele belo dia em Devon.

O velho estádio do Exeter é considerado patrimônio do futebol britânico. Pavilhões de madeira são proibidos na Inglaterra, para evitar incêndios, mas para o Exeter foi aberta uma exceção, devido à beleza e à antiguidade da arquibancada. Em seus degraus, leem-se inscrições com a advertência: "Cuidado com a linguagem". Ou seja: nada de falar palavrão, que há damas na torcida. Os palavrões, suponho, ficam reservados para um bar especial que é frequentado apenas pelos conselheiros, um pub incrustado debaixo das arquibancadas, com torneiras de chope e tudo mais.

O Exeter mantém há quase 10 anos o mesmo técnico, Paul Tisdale, apesar de nunca ganhar título. Nem precisa. Como me disse o presidente, eles vão ao clube para se divertir.

O Exeter City me passou uma sensação muito peculiar, tratando-se de um time de futebol, e era isso que queria contar: foi aconchego. Estranho, não é? Mas é assim que definiria o Exeter: aconchegante.

Pois vou lhe dizer: é uma bela de uma qualidade para um time de futebol. Porque, me desculpe, não consigo levar o futebol tão a sério. Na verdade, não consigo levar nada tão a sério. Times de futebol não são importantes, partidos políticos não são importantes, ideologias não são importantes, opiniões não são importantes.

As pessoas são importantes.

Viver um bom dia em harmonia com quem você gosta é importante. Rir bebendo chope com os amigos num bistrô de Paris, num bar de Porto Alegre ou debaixo de uma arquibancada, isso é importante. Por isso, façamos como os bretões do Exeter: nada de nos angustiar com vitórias ou derrotas. Vamos nos divertir.

O melhor que foi feito foi o pior

Quando você faz coisas aparentemente boas, não significa que seguramente esteja fazendo coisas certas.
 Penso isso amiúde, em relação à criação do meu filho. Estou sendo duro demais? Frouxo demais? Exigente demais? Tolerante demais?
 É complexo.
 A coisa certa. A coisa boa. É muito mais fácil fazer a coisa boa. Qual foi a melhor coisa que o governo do PT fez, nesses anos todos? Certamente, foi a facilitação do acesso à educação de nível superior. Isso foi uma coisa boa para muita gente.
 Mas não foi a coisa certa.
 Um projeto sério de educação no Brasil teria de priorizar a educação básica, os velhos primeiro e segundo graus. Alguém dirá que essa tarefa é dos Estados. Não. Não é. Essa é tarefa para todos os brasileiros, para quem pretende planejar estruturalmente o país, de baixo para cima, de dentro para fora.
 Sempre estudei em escolas públicas. Nunca fiz cursinho. Quando cheguei ao vestibular, sentia-me em condições de disputar vaga com quem pagava escola particular e cursos caríssimos. Natural: havia várias escolas públicas excelentes no Rio Grande do Sul.
 Com boas escolas públicas, o país não precisa de cotas, porque negros e pobres terão as mesmas chances que brancos e ricos. Com boas escolas públicas, o acesso à educação superior não precisa ser "facilitado". Boas escolas públicas afastam as crianças da marginalidade e das drogas, e assim ajudam a melhorar a saúde e a segurança. Com boas escolas públicas, a discussão sobre a maioridade penal se torna supérflua até para a Bancada da Bala.

Todos os países que funcionam no mundo, todos, absolutamente todos, sem nenhuma exceção, estão baseados num sistema eficiente de escolas públicas.

O governo do PT fez uma coisa boa, mas errada. O governo errou ao canalizar energias e recursos para a educação superior. A melhor coisa do governo do PT foi uma das piores para o país, porque atrasou o Brasil em pelo menos uma geração.

Nesse tempo todo, com um governo inflado de popularidade, com a economia puxada para cima pelo crescimento chinês, nesse tempo todo o Brasil poderia ter tornado ereta a espinha dorsal da nação, e a espinha dorsal de qualquer nação justa é a educação das crianças.

Perdemos tempo, miseravelmente, porque o governo optou pelo caminho mais fácil. Um governo desenvolvimentista e populista, tanto quanto o foi o governo dos militares. Um governo que passou 12 anos investindo para se manter no poder e que, agora, faz o país pagar essa conta. E o pior de tudo: um governo que patrocina uma rançosa discussão ideológica e a transforma na pauta dos debates do país.

É uma grande falácia. É uma manobra diversionista sórdida. Essa balela de trabalhadores versus empresários, de pobres versus ricos, de brancos versus negros, de esquerda versus direita, de petistas versus tucanos, essa balela serve apenas para deixar o país patinando na mesmice, porque o Brasil necessita de todos, ricos, pobres, brancos, negros, empresários, trabalhadores, todos.

É preciso haver um projeto de país, e esse projeto começa e termina nas crianças. O Brasil tem de ter um sistema, e esse sistema tem de funcionar sempre. Ponto. E danem-se as ideologias. A partir daí, podem se revezar à vontade no poder. Sirvam-se. Saciem a vaidade. Encham os bolsos. Esquerda, direita, centro, PT, PSDB, PMDB, seja quem for. Não faz diferença.

Reeleger Dilma foi um erro

O Brasil errou ao reeleger Dilma. Não foi nosso primeiro erro eleitoral. Vide Jânio. Vide Collor.

Não quer dizer que Aécio seria bom presidente – provavelmente não seria. O problema é mais um mandato do PT.

Mas também não quer dizer que o PT seja um mal em si. Não é. As doenças do Brasil não começaram com o PT e nem se extinguem nele.

É mais complexo. Ainda não nos conhecemos o suficiente para compreender todas as razões por que sofremos.

Primeiro, temos de entender que o PT é um partido especial na história brasileira. Nunca houve outro igual. O que mais se aproximava em organicidade era o PCB, o velho partidão, mas o PCB não passava de uma quimera. Ninguém levou nem leva a sério o comunismo no Brasil.

Já o MDB e a Arena eram grandes, mas eram frentes sem forma. O PTB servia apenas como sustentação ao populismo de Getúlio, Jango e Brizola. A UDN nunca teve verdadeira penetração popular. E o PSDB simplesmente não consegue se comunicar com as pessoas. Ninguém sabe realmente o que quer o PSDB, além de ser oposição ao PT. Acredito que nem o PSDB saiba.

O PT, não. O PT tem uma inteligência, uma organização e um plano. O plano é manter-se no poder. A fim de atingir esse objetivo, o PT usou a inteligência para montar uma organização sólida e flexível ao mesmo tempo. Essa organização se infiltra na sociedade, valendo-se da estrutura do Estado para se fortalecer. É um processo de retroalimentação. Um moto-contínuo. O poder faz aumentar o poder.

Vou dar um exemplo fictício. Poderia citar uma universidade, uma associação de bairro, até uma igreja, mas fiquemos com uma ONG. Digamos, uma ONG que ajuda mulheres agredidas pelos maridos. Essa ONG é dirigida por pessoas vinculadas ao PT. O governo financia essa ONG. Logo, a sobrevivência da ONG depende da manutenção do PT no governo. Logo, a ONG trabalha para o PT. No entanto, a ONG realmente ajuda as mulheres agredidas pelos maridos. Ela é conduzida por pessoas que querem o bem dessas mulheres, seu trabalho é importante e faz a diferença na vida de muita gente.

Num país cheio de carências, o bem se confunde com a conveniência.

Não seria de todo ruim se a conveniência volta e meia não suplantasse o bem, caso que se dá em várias entidades, como os sindicatos – inúmeros sindicatos se transformaram em instrumentos políticos. Não servem à categoria que representam, servem ao partido. Existem só pela conveniência.

Nenhum país dá certo se depender da benevolência de um homem ou de um grupo. Todos os países que deram certo têm um sistema de funcionamento que independe de quem está no poder. O governo do PT, em diversos âmbitos, fez bem a milhões de pessoas, sem fazer bem ao país. Ao contrário: fez mais mal do que bem, porque o Brasil perdeu tempo, e está perdendo tempo ainda.

A não reeleição de Dilma seria importante porque suavizaria esse processo de entranhamento do PT na sociedade organizada e o uso do Estado em benefício próprio. Com Dilma reeleita, o governo e suas entidades-satélites passarão os próximos três anos e meio distraindo a população com cortinas de fumaça, como a reforma política. Não acredite neles. Tudo é mais sutil. Nada será fácil. Ainda temos muito a aprender sobre nós mesmos.

O chinês que só usa marrom

O pai do Li usa sempre a mesma roupa marrom. Toda marrom. O pai do Li é chinês. O Li é colega do meu filho na primeira série, um dos tantos estrangeiros com os quais ele convive.

Os Estados Unidos são um país de estrangeiros. Partes de todo o mundo moram aqui. Conheço ucranianos, russos, africanos, espanhóis, indianos, árabes, de tudo, inclusive chineses, como o Li e o pai dele.

É sempre o pai do Li que busca o Li na escola, nunca a mãe do Li. O pai do Li é muito tímido. É um chinês alto, magro e silencioso. Ele nunca fala nada, dentro daquela roupa marrom dele. Nem hello, bye, nada. Ele chega à escola e se esconde num canto entre os armários das crianças e uma porta de vidro. Aí o Li sai da sala e eles vão embora quietos.

Outro dia, ia buscar o meu filho e vi o pai do Li do outro lado da calçada, também a caminho da escola. Não havia mais ninguém na rua, só nós dois. Pensei: vou lá falar com o pai do Li. Tomei essa resolução, em primeiro lugar, para ser simpático, e, em segundo, por solidariedade. Somos dois estrangeiros aqui, ponderei. Moramos no mesmo bairro, nossos filhos estudam na mesma escola. Temos muito em comum. Se for falar com ele, pode ser que se abra. Pode ser que esteja precisando exatamente disso, do contato com outro adulto.

Sim, falarei com o pai do Li, decidi. E girei o corpo em sua direção. Então, vi que o pai do Li percebeu meu movimento e estremeceu. Tenho certeza de que estremeceu, e foi de medo de que me aproximasse. Por quê? Qual o problema?

Fiquei um pouco irritado com a hesitação do pai do Li. Que chinês mais arisco! Eu ia contar que já estive na China, e tudo mais. Seria uma conversinha bacana. Mas não, o pai do Li não podia trocar uma ideia com um brasileiro, ah, não!

Resolvi: agora sim que vou lá falar com esse pai do Li. E comecei a atravessar a rua. O pai do Li, obviamente, sentiu que me aproximava. Vi que entesou. Ficou nervoso. Acelerou o passo, para tentar escapar. Mas, lá na frente, teríamos de passar pelo mesmo portão. Se chegássemos juntos àquele ponto, ele não teria outra saída senão falar comigo. Apressei o passo também, para emparelhar com ele.

Comecei a preparar o meu melhor e mais sádico sorriso de hello. Aí, ele diminuiu a velocidade. Queria que eu chegasse antes. Só que fiz o mesmo, reduzi a passada. Chegaríamos juntos, afinal!

Ele ficou desconcertado, olhou para os lados, devia estar procurando uma saída, uma salvação. Tudo para não conversar comigo.

Fui me aproximando, me aproximando. Então identifiquei a aflição no rosto do pai do Li. Vi, reluzindo naqueles olhinhos amendoados, o horror ao desconhecido. O pai do Li estava em pânico.

Senti uma súbita compaixão. Calculei: é possível que ele não saiba falar inglês, por isso se retrai. Suspirei. E me agachei. Fiz de conta que amarrava as botinas. O pai do Li aproveitou para estugar o passo e se afastar. Mais tarde, o vi parado em seu canto, atrás da porta de vidro. Ao passar ao lado, procurei seus olhos. Talvez obtivesse um cumprimento, enfim, ou um pequeno agradecimento por meu ato compreensivo.

Qual o quê! Ele virou o rosto para a parede. Chinês bem xucro! Da próxima vez, vou encher esse cara de hello! Pode se preparar, pai do Li!

Todas as galinhas do mundo

Existem 25 bilhões de galinhas no mundo.

Como sei desse número assombroso? Cito a fonte: o ótimo livro *Sapiens*, de Yuval Noah Harari, lançado há pouco pela L&PM.

É muita galinha. Em geral, as galinhas fazem um filho por dia. O que significa que, se não comêssemos frango, coraçãozinho, omelete, gemada e ovo frito, em dois dias haveria 50 bilhões de galinhas, em três, 100 bilhões, e, em uma semana, mais de 1 trilhão de galinhas estariam cacarejando pelo planeta.

É assustador.

Não sei como ninguém jamais pensou em fazer um filme de terror: *GALINHA!* Porque, pense: com essa quantidade de galinhas no mundo, é óbvio que os mecanismos da evolução seriam postos em funcionamento – não há pé de milho suficiente na Terra para alimentar tanta galinha. Elas, então, buscariam fontes de alimentação mais nutritivas, como proteínas. Ou seja: carne. Ou seja: nós. Sim! Galinhas carnívoras e ferozes passariam a atacar os seres humanos e logo tomariam conta do planeta.

O que quero dizer com isso é que o abate de galinhas não é algo ruim. Ao contrário: pode ser preventivo. Portanto, não sou contra o sacrifício de galinhas, sobretudo as pretas, nos rituais das igrejas de matriz africana, desde que elas não sofram no processo.

* * *

Isso, a morte de uma galinha sem sofrimento, isso é possível. Sou testemunha. Minha avó matava galinha com destreza e frieza de assassina profissional. O que, de certa forma, ela era. Escolhia uma galinha mais gorda e de aparência tenra, caçava-a pelo pátio da sua casa nos Navegantes, colocava-a debaixo do braço direito e, com o esquerdo, ela que era canhota, torcia o pescoço do bicho. Era uma torção só, crec!, e a galinha morria sem um único có. Um fim misericordioso.

* * *

Um domingo, ela queria fazer a tradicional galinha com arroz, chamou meu pai, apontou para uma que ciscava perto das hortênsias e pediu:

– Tu podes matar aquela lá, para eu preparar agora?

Meu pai se chamava Gaudêncio. Era do Alegrete. Usava bigode. Ou seja: macho. Não ia hesitar em matar uma mísera galinha.

Minha avó trouxe a penosa e a depositou em seus braços. Era uma galinha branca, muito calma, diria até doce. Meu pai ficou olhando em seus pequenos olhos de ave. Ela piscou. Fez com a garganta aquele som rouco e preguiçoso que as galinhas fazem. Meu pai estremeceu. Houve algo, naquela insignificante galinha, que lhe tocou o coração. Terá ele pensado nos pintinhos que ficariam órfãos? Terá ele pensado no galo que ficaria viúvo? Terá ele cogitado a possibilidade de a galinha também acalentar sonhos e projetos, como acalentam os humanos? Não sei. Só sei que seus braços poderosos, que na estância do tio pegavam touros pelas guampas e os submetiam no solo, só sei que aqueles braços tremeram.

Todos olhavam para o meu pai. Minha mãe, minha avó, minha madrinha, meu avô, todos, e ele não podia falhar.

Fechou a mão em torno do pescoço da galinha. Preparou-se para quebrá-lo. Encheu os pulmões de ar. Mas a galinha, então, o encarou com tanta ternura aviária que ele deixou cair os ombros, suspirou e apertou os lábios. Não conseguia. Simplesmente não conseguia! Ao que minha avó, tomando-lhe a galinha das mãos, resmungou:

– Mas é um fresco mesmo!

E, crec!, partiu-lhe o pescoço de um golpe.

No almoço, a galinha com arroz estava ótima, mas meu pai comeu em silêncio.

O Rio

Às vezes, quando fecho os olhos, pouco antes de dormir, às vezes penso que o mundo inteiro está dormindo naquele momento, e isso... há algo de importante nisso.

Por mundo inteiro refiro-me ao meu mundo, claro. Ao mundo que me interessa, que são as pessoas que conheço.

Imaginar que todas as pessoas estão dormindo é reconfortante. O sono é algo que nos iguala em nossa condição básica, que é a condição animal. Durante essas horas, não existem poderosos nem oprimidos, não existem ideologias, dogmas, crenças ou moral. Ninguém pode fazer mal a ninguém, ninguém faz um comentário ácido na internet, ninguém tenta convencer ninguém de que algo está errado, até porque erros não são cometidos durante o sono. Durante o sono, dorme-se, tão somente.

Hitler, se vivo estivesse, estaria dormindo também, e seu sono seria tão inocente quanto o de um nenê que nasceu ontem.

É tão bom pensar isso. Pensar que o mundo está em repouso.

Noite dessas, alta madrugada, acordei. Continuei deitado na cama, imóvel sob as cobertas, ouvindo o murmurar do silêncio. Nenhum cachorro latia, nenhum carro passava ao longe, eu mal ouvia o ressonar da minha mulher, ao meu lado. Então, baixinho, porém nítido, assomou um assobio. Era um assobio masculino, tenho certeza, e ele vinha à distância, talvez lá da outra ponta da quadra, além da esquina.

O que aquele homem fazia na rua àquela hora? Devia caminhar sozinho e sem pressa. Ninguém assobia de madrugada, se está acompanhado ou apressado. Imaginei que caminhasse de mão no bolso, olhando para o céu azul-escuro, admirando alguma estrela mais vaidosa.

Prestei atenção para identificar a melodia. Era "Moon River", que a gloriosa Audrey Hepburn cantou sentada à janela do seu apartamento em *Bonequinha de Luxo*. É uma música linda e nostálgica. Uma música triste.

Fiquei ouvindo. Ele assobiava bem. O som veio crescendo à medida que se aproximava. "Moon River". Ele assobiava para si mesmo, nem desconfiava que havia alguém acordado, deitado, ouvindo. A melodia preencheu o quarto e o meu coração. Era como o rio da música, lento e eterno, sempre o mesmo e mudando sempre.

Ele continuou assobiando enquanto se afastava, e a melodia foi se esvanecendo aos poucos e, naquele instante, por algum motivo, pensei em todas as pessoas que amo, que estavam quietas no escuro de seus quartos, dormindo, sem saber que, em certa parte do mundo, alguém assobiava de madrugada e que outro alguém ouvia em segredo. E, então, senti a emoção aquecer-me o peito, e fiz uma pequena oração para que, quando a luz retornasse e o rio dos dias voltasse a correr, tudo ficasse igual como nas horas de sono. Tudo ficasse em paz.

Sobre meninos e cães

Um menino tem de ter um cachorro?
Cachorros são especiais, bem sei. A relação entre seres humanos e cães é atávica. Acusam-nos pela extinção de centenas de espécies animais do planeta, nesses últimos 200 mil anos. E é verdade. Nós, *Homo sapiens*, somos eficientes exterminadores. E os mais ferozes dentre nós não são os contemporâneos, como acreditam os idealistas da ecologia. Não. Os nômades, que aparentemente convivem em harmonia com a natureza, podem ser classificados como os maiores responsáveis pelas raças dizimadas. Os índios, por exemplo, aclamados amantes do ecossistema, o são apenas agora, porque antes eles destruíram tudo que era bicho que os incomodava. Ou você acha que os tigres dente-de-sabre morreram a tiro?

O homem moderno é responsável pela salvação de muitos animais, isso sim. Palmas para nós.

Agora, o que ia dizendo é que nós, *Homo sapiens*, extinguimos muitas espécies, mas inventamos uma: o cachorro. Todos os cachorros são descendentes dos lobos, até o aviltante pinscher. Os lobos foram domesticados por nós e, no processo evolutivo, se transformaram em cães. Os cães só sobrevivem se estiverem conosco.

O que aconteceria se nos recusássemos a conviver com cachorros? A maioria se extinguiria, e alguns, os mais nobres, como os pastores alemães, fariam o caminho de volta e se tornariam, outra vez, ferozes e independentes lobos. Talvez passassem mais trabalho caçando coelhos e gnus, mas ao menos não se submeteriam à indignidade de abanar o rabinho para animais sem pelo.

Seja. O que quero dizer é que reconheço o caráter único da nossa relação com os cães, o que me faz suspeitar que, sim, um menino tem de ter um cachorro.

É o debate que se instaurou aqui em casa, porque meu filho reivindica um bicho de estimação. Só que ter cachorro aqui, nessa esquina dos Estados Unidos, não é tão casual. Outro dia, recebi uma carta do conselho municipal que fazia, exatamente, o censo dos cães. O município exige saber se você terá um cachorro e se cuidará bem dele. Nunca vi um cachorro na rua por aqui. Cachorro desacompanhado, digo. Além do mais, não temos espaço para cachorro grande, e cachorros pequenos, francamente, um homem adulto, criado no IAPI, não pode ser visto pela rua passeando com um cachorro do tamanho de um esquilo. É muita delicadeza. Simplesmente não consigo entender as razões evolutivas para um magnífico lobo ter virado algo como um chiuaua. Qual a alternativa?

Meu filho cogitou adotar uma tartaruga, mas argumentei que tartarugas não são animadas. Peixes, menos ainda. Sobre peixes, aliás, li que possuem maior poder de concentração do que as novíssimas gerações humanas, acostumadas à velocidade da internet. Será verdade? Ainda que seja, peixes são menos divertidos do que internautas. Passarinhos? Gosto deles, mas não de mantê-los atrás das grades. Gatos foram vetados pela minha mulher, que desconfia da soberba felina.

E agora?

Decidi fazer uma pesquisa por lojas de animais. Adivinhe que bicho encontrei em várias, a bom preço. Você não vai acreditar: cobra. Os americanos têm serpentes de estimação em casa. E ficam fazendo censo de cachorro! Certo: entre uma cobra e um pitbull, vou de cobra. É menos perigosa. Mas animais sem pernas me dão arrepios. Talvez tenha de optar mesmo pelo cachorro pequeno. Maldição. Se você me vir passeando com um bicho menor do que uma caixa de sapatos, não vá pensar coisas. Estou apenas me rendendo aos truques da evolução. Continuo com a alma do IAPI.

Tudo está no seu lugar

Será que o Fabrício é petralha ou coxinha? Os petralhas falam que os coxinhas sentem ódio. Então talvez ele seja coxinha. Todo aquele ódio da torcida, da camisa e tal. Mas a brabeza dele parece uma brabeza de Maria do Rosário. Petralha, portanto. Ou seria uma brabeza de Bolsonaro? Ou o Bolsonaro é mais chato do que brabo?

Agora: é certo que o Fabrício é gremista. Disso não há dúvidas. Aliás, o Grêmio é coxinha ou petralha? E o Inter? O Inter usa camisa vermelha, a Dilma disse que é colorada e, inclusive, ajudou na reforma do Beira-Rio. Acho que o Inter é petralha. Assim, o Grêmio só pode ser coxa branca.

Mas tenho uma dúvida: o Lula, o que ele é? Corintiano, certo, mas nós sabemos muito bem que todas as pessoas têm de se definir entre gremistas ou coloradas, coxinhas ou petralhas. Logo, o Lula, rei dos petralhas, tem de ser uma coisa ou outra, gremista ou colorado. Ele usava um calção do Inter naqueles churrascos da Granja do Torto, eis um indício. Mas você se lembra de 2010? Em 2010, ele atravessou a pé o túnel de Maquiné e depois declarou, orgulhoso com seu desempenho físico:

– Dei um banho nos meus amigos gaúchos. Eu não pipoquei que nem o Inter contra o Mazembe.

Quem cita o Mazembe só pode ser gremista. O que significa que o Grêmio poderia ser petralha.

Já champanhe é coxinha, óbvio. Cerveja é petralha, a não ser essas cervejas artesanais novas.

São Paulo, todo mundo sabe, é muito coxinha, enquanto o Rio é petralhíssimo. Mas o curioso é que São Paulo é trabalhador, e o Rio nem tanto, o Rio é praia e chope e camarãozinho frito. Estranho.

Outro dia, acordei me sentindo extremamente coxinha. Comi scrambles no café da manhã e saí por aí privatizando.
Mas, no dia seguinte, estava irritado. Chovia, fazia frio e cheguei atrasado à aula. Aí dei um soco na mesa e rosnei:
– Maldita mídia!
Quer dizer: petralhei.
Beatles são coxinhas, Stones são petralhas. Aquele vocalista xarope do U2 é petralha, mas a loira Taylor Swift é coxinha. Rap é petralha, bossa nova é coxinha. Funk é petralha, jazz é coxinha. Miami é a cidade mais coxinha do mundo e Detroit é petralha. Londres é um pouco petralha, embora a Inglaterra seja coxinha, e Paris é totalmente coxinha, embora a França seja petralha. A Alemanha também é coxinha, mas Berlim, sobretudo no antigo lado oriental, é petralha. Sanduíche de mortadela é petralha, Big Mac é coxinha. Bacalhau na Sexta-Feira Santa é coxinha, principalmente se for à Gomes de Sá. Massa com sardinha é petralha. Coxinha de galinha, claro, é coxinha, e croquete é petralha. O ponto de exclamação é petralha, ó: ! Mas o ponto e vírgula, veja: ; Coxinha! John Steinbeck, mesmo americano, era petralha. Dostoiévski, mesmo russo, era coxinha. Papai Noel é petralha e o coelhinho da Páscoa, que vem chegando aos saltos, é coxinha. É um alívio ter tudo bem classificado no mundo. A vida fica tão mais fácil assim...

A segunda rua mais bonita do mundo

A segunda rua mais bonita do mundo fica em Lucerna, na Suíça. Isso quem me disse foram suíços que encontrei na Copa de 2006. É mesmo uma rua linda, e é mais do que rua, porque dela se estica uma ponte de madeira, a Chapel Bridge, antiga de sete séculos.

Curiosamente, quando estive em Edimburgo, os escoceses me garantiram que a Princes Street é a segunda rua mais bonita do mundo. E essa também é belíssima, de suas calçadas avista-se o imponente castelo da cidade.

Interessante: nem suíços, nem escoceses contaram qual é a rua mais bonita do mundo. Qual será?

Muitos juram ser a Champs-Élysées, de Paris. Pode ser. Ela é elegante como uma Catherine Deneuve. Foi lá que Napoleão e Joséphine cevaram seu amor. Joséphine recebia cartas de Napoleão em que ele pedia: "Estou voltando da batalha. Não se lave". Os franceses não têm preconceito contra cheiros.

Tempos atrás, uma eleição via internet escolheu como rua mais linda da Terra a Gonçalo de Carvalho, de Porto Alegre. É encantadora, sem dúvida. As copas das árvores se fecham sobre o leito, transformando-a em um corredor verde. Mas não sei se confio em eleições pela internet.

Aqui, num canto de Boston, há uma rua das mais graciosas. Chama-se Beals Street. Foi ali que nasceu o Kennedy. Da pequena casa da família fizeram um museu que abre na primavera e fecha no outono. É uma residencial, margeada por altas árvores, muito bucólica. Um mês antes da festa do Halloween, os moradores reformam e pintam suas casas e as decoram com coisas assustadoras, como aranhas e morcegos de plástico. No Halloween, a Beals é fechada às cinco da tarde, e logo se enche de crianças e adultos fantasiados de tudo que você possa imaginar, de bruxas a Batmans. Eles vão de casa em casa e ganham doces. Às oito e meia, um policial avisa de um carro: "Todos nas calçadas!". E abrem a rua, e a festa acabou. É uma comemoração comovedoramente familiar.

 Agora, para mim, a rua mais linda do mundo não é nenhuma dessas. Para mim, é uma da qual não sei nem o nome. Fica empoleirada em cima do morro do Alim Pedro, no IAPI. Começa na Amovi, a Associação dos Moradores, que tinha uma cancha de cimento que roeu pedaços dos joelhos de todos nós. Ao lado, ainda existe o coleginho onde uma freira muito braba me ensinou a datilografar. Mais adiante, serpenteia uma escadinha. Lá, a Alice e a Ariadne, duas das gurias mais bonitas da turma, escondiam uma carteira de cigarro e um isqueiro. Elas nos levaram, eu, o Plisnou e o Barnabé, para fumar escondido. Foi uma humilhação, porque não sei fumar.

 Se você continuar subindo, verá, à esquerda, o bar onde o pessoal da vila canta samba aos sábados. Sempre em frente, e estará pisando nos paralelepípedos à sombra dos cinamomos. Era para lá que o Bira ia com a sua Mobilete, sempre com uma menina na garupa, e dizem que ele lhes dava beijo de língua, a audácia. À direita está o Becker. As alunas do Becker encurtavam as saias antes da aula. Era legal. Ali, enveredávamos para jogar bola no Dom Bosco. Nosso time era imbatível. Passamos um ano sem perder, por Deus. E descendo até a Industriários você chega à casa de Elis Regina, para a qual não dávamos muita bola na época, mas agora dou.

 Aquela rua tem sua importância. E é linda de verdade. Dê uma passeada por lá num fim de semana desses. Talvez você nem tenha mais vontade de ver a Champs-Élysées.

O que falta a Maria Casadevall

Podem me insultar, podem me vaiar, pouco se me dá, mas o que acho mesmo é que a Casadevall ganha de 10 a 0 da Marquezine.
 Dez a zero, não deixo por menos.
 A Casadevall tem classe sem perder a sensualidade. Da Marquezine, você dirá que é mais opulenta, tudo bem, admito que seja, mas a Marquezine parece, sei lá, brejeira em demasia.
 A Marquezine perderá o encanto quando perder o viço. A Casadevall ainda é menina, mas vê-se que será mulher, está quase lá. O que lhe faltará? Tenho de descobrir.
 A Marquezine é o Rio, a Casadevall é Paris. A Marquezine é Nietzsche, a Casadevall é Kant. A Marquezine é Dumas Pai, a Casadevall é Balzac.
 A Casadevall tem uma beleza mais versátil. Da Casadevall, pode-se dizer o que disse Capote sobre a arte de escrever:
 — Meu objetivo é construir uma frase tão resistente e flexível quanto uma rede de pescar.
 Que bela definição do que é um bom texto. Dostoiévski, outro grande texto, para dizer o mínimo, porque Dostoiévski era mais do que um bom texto, ocorre que Dostoiévski, ao ser perguntado acerca de escrever bem, respondeu:
 — Se você quer escrever bem, você tem de sofrer, sofrer, sofrer.
 Dostoiévski sofreu. Com os credores, que o perseguiam, e com a política, que quase o matou. O curioso é que Dostoiévski não era um revolucionário, como um Bakunin, como um Górki. Não. Dostoiévski gostava do czar. Era um coxinha. Mas se envolveu com uns amigos que queriam derrubar o governo, participou de reuniões subversivas mais por

curiosidade do que por convicção, e foi aí que a polícia czarista o prendeu.

Dostoiévski foi condenado à morte.

Levaram-no para a frente do pelotão de fuzilamento.

Vendaram-lhe os olhos, as mãos amarradas às costas.

O comandante gritou "preparar... apontar...". Na hora do "fogo", um cavaleiro entrou a galope no pátio e anunciou que o czar havia concedido o perdão ao escritor. Tudo montado para dar um susto em Dostoiévski, que saiu de lá agradecido ao soberano, mas deportado para a Sibéria.

O sofrimento burilou o verbo de Dostoiévski, cevou a misoginia genial de Schopenhauer, que só tinha mulher a soldo, fermentou a rebeldia de Marx, que dizia que os capitalistas lamentariam até a morte por seus furúnculos, encorpou a coragem de Churchill, que chamava a depressão de seu "cão negro", tornou sublime a arte de Leonardo, que foi preso por homossexualismo em Florença.

O sofrimento agiganta quem é grande.

Garrincha, porque sofreu, foi mais amado do que Pelé. Garrincha era torto, era o drible; Pelé era reto, era o gol. As pessoas admiravam Pelé e adoravam Garrincha. E é assim: o futebol é o esporte mais apaixonante do mundo porque faz sofrer.

A dor.

O que pode ser mais humano do que a dor?

Aí está! Achei! É só o que falta a Casadevall. Um pouco de dor. Nada pode ser mais comovedor do que a tristeza serena de uma bela mulher. Uma gota de tristeza no olhar negro de Casadevall e o Brasil rastejará abaixo de seus tornozelos macios. Sofra, Casadevall. Sofra.

Coisas a fazer

Preciso aprender a meditar. Ouvi dizer que é muito importante. Vinte minutos por dia fazendo o "om" e você se torna outra pessoa. Uma pessoa oriental, mais calma, mais paciente. Você olha tudo com condescendência superior.

Legal. Quero ser outra pessoa.

Quando era guri, lia Hermann Hesse, e ele dizia que fazia o "om". Já tentei fazer o "om" à noite, na cama. Sempre acabo dormindo, não medito nada e não me torno outra pessoa. Assim que abrir um curso de meditação, me inscrevo, isso é certo.

Outro curso que é certo que vou fazer é de História Universal, em Harvard ou na Boston University. Decidi fazer esse curso antes de fazer outra coisa que preciso fazer, que é o segundo tomo do meu livro *Uma história do mundo*.

Também é certo que vou voltar a praticar exercícios físicos pelo menos três vezes por semana. Houve época em que nadava todos os dias, sabia? Nado forte, no mínimo 2 mil metros, volta e meia com calção e camiseta e puxando dois pequenos paraquedas que o feroz professor Fábio Noel amarrava à nossa cintura, nós, esfalfados alunos da Raia Sul.

Outra tarefa premente da minha lista é ver uma exposição de obras do Leonardo da Vinci que está acontecendo aqui no museu Fine Arts. Há muitos museus importantes na região, tenho de estabelecer um cronograma de visitas.

Tantas coisas...

Ainda não aprendi a cozinhar o verdadeiro bacalhau à Gomes de Sá. Se existe um prato de que gosto é o bacalhau à Gomes de Sá. Alguém algum dia haverá de me ensinar a cozinhá-lo da forma como os velhos lusitanos cozinham na Pátria-Mãe.

Tem ainda o *Sopranos*. O Guilherme, da Beco dos Livros, jurou que *Sopranos* é melhor do que *Breaking Bad* e *Roma*. Disse que tenho de ver. Tenho. Então, verei.

No setor de filmes, não estou mal. Conferi a lista dos cem melhores de Hollywood e falta só um para assistir: *Amor, sublime amor*. Francamente, não me entusiasmo com um filme com esse título melequento, mas vi os outros 99, então, é como se fosse uma obrigação vê-lo. Vai para a lista.

Urge, também, que aprenda a me movimentar nas novas redes sociais, sob pena de ficar fora do mundo virtual, algo que ninguém quer. E atenção, doutor Xavier: preciso de lentes de contato e óculos novos. E, doutor Ramão: necessito ir urgente ao dentista. Além disso, faz três ou quatro anos que não compro calças jeans, hei de comprar pelo menos uma, qualquer dia desses, embora tenha preguiça de experimentar.

Mas nenhuma pendência talvez seja maior do que *Ulisses*.

Sim, *Ulisses*, de James Joyce. Tinha lá meus 17, 18 anos de idade e economizei para comprar esse livro. "É um divisor de águas da literatura", os críticos escreviam. Dostoiévskis me mordam, tenho de ler esse romance!, pensei.

Lembro do dia em que finalmente o comprei, na Sulina da Borges. Era um cartapácio da espessura de um tijolo. Não li no ônibus, como estava acostumado com livros mais casuais. Aquela obra requeria alguma solenidade. Uma boa poltrona. Talvez um tinto, se o tivesse.

Acho que não tinha o tinto. Tinha a poltrona. Instalei-me nela e avancei com bravura por dezenas de páginas. A leitura me cansou. Voltei. Reli. Refiz o caminho. Cansei-me outra vez. Em três dias, resolvi que iria ler o *Ulisses* quando ficasse mais inteligente. Quando me tornasse outra pessoa. Quer dizer: tenho mesmo de aprender a meditar. Enquanto não aparecer um curso, vou tentando na cama, à noite. Hoje mesmo farei o "om". Quem sabe amanhã não serei outra pessoa?

O dia do anjo

Fiquei sabendo que ontem foi o Dia do Anjo da Guarda. Contaram-me pelo WhatsApp. Recebi uma mensagem que dizia assim:
"Hoje é o Dia do Anjo da Guarda!
Dou a você oito anjos pra te iluminar. Você deve passar os oito anjos para oito amigos, inclusive eu, e em oito minutos terás uma ótima notícia.
Tenha fé!"
Mensagem tão alvissareira deixou-me excitado. Havia recebido oito anjos de uma única vez. Em geral, as pessoas têm um anjo só. É o anjo da guarda, exatamente o homenageado com a data de ontem. Trata-se de um tipo de anjo que fica cuidando da gente o tempo todo. Ou pelo menos deveria. Querubins e serafins, ao que me consta, não exercem essas funções.
Lembro daquele chatíssimo filme do Wim Wenders sobre anjos da guarda. Eles ficam bem pertinho, ouvindo os nossos pensamentos e tudo mais. Será? Tem um anjo aqui ao lado, escutando tudo que penso? Hm... É preciso tomar cuidado até com os pensamentos.
Nesse filme, que você só deve ver se quiser se aborrecer, um anjo se apaixona por uma mulher, uma trapezista, o que resolveria aquele antigo debate bizantino sobre o sexo dos anjos.
Ou não?
De qualquer forma, é certo que os anjos são muito atuantes em questões humanas. A Bíblia o prova. Jacó lutou com um deles durante uma noite inteira, até o amanhecer, e, por isso, passou a ser chamado de Israel, ou seja, "aquele

que luta com Deus". Isso é extraordinário. O cara lutou com Deus. Ou com um emissário Dele. E empatou!

    Não deve ter sido o famoso arcanjo Gabriel. Até porque um arcanjo não é um anjo comum, é uma espécie de chefe dos anjos, e ele, o arcanjo Gabriel, é brabo, está sempre armado com uma espada de fogo. Não. Jacó não teria chance contra Gabriel.

    Anjos podem ser bastante agressivos, mesmo que não pareçam. Uma noite, Deus enviou dois belos anjos para destruir Sodoma. Por algum motivo, eles tinham de esperar até o amanhecer para fazer o serviço. Assim, decidiram dormir na praça. Um bom sujeito chamado Ló os encontrou e convidou-os para pernoitar em sua casa. Imagina dormir na praça, ainda mais em Sodoma, cidade que devia ser quase tão perigosa quanto Porto Alegre. Os anjos aceitaram, foram para a casa de Ló, jantaram e já iam se recolher quando os homens da cidade, todos eles, jovens e velhos, bateram à porta. Os sodomitas queriam sodomizar os anjos! Ló rogou que não fizessem nada, já que os anjos estavam debaixo de seu teto. Chegou a oferecer suas duas filhas aos homens, que, segundo ele, eram virgens. Mas os homens responderam: "Ah, é? Pois vamos te fazer algo pior do que a eles!".

    O que será que os sodomitas pretendiam fazer a Ló? Não tenho ideia, porque a Bíblia não conta, e logo os anjos entraram em ação, cegaram os assaltantes com um encantamento e, horas depois, destruíram Sodoma como habitualmente anjos destroem cidades: com fogo e enxofre.

    O próprio Satanás é um anjo, você sabe: Lúcifer, o anjo da luz, a estrela da manhã, que caiu do Céu por querer ser maior do que Deus. A pretensão!

    Portanto, faz sentido os anjos se importarem com recados trocados entre seres humanos, como anunciou o texto que recebi. Deveria eu, por essa razão, mandar a mensagem para oito amigos e esperar oito minutos por uma ótima notícia? Pensei. Pensei. E decidi fazer melhor do que isso. Se os anjos se envaidecem com uma pequena publicidade via WhatsApp, imagine a felicidade deles saindo no jornal em papel e no virtual, alcançando um milhão de leitores? Pois bem. Aí está, amigos anjos! Agora estou esperando minha ótima notícia.

O chapéu negro de Heisenberg

Demos um chapéu para a Marcinha no Dia das Mães, eu e o Bernardo. Ideia dele, dólares meus.

Sábado de manhã, tomamos um trem e fomos a uma loja que só vende chapéus na sofisticada Newbury Street, a Padre Chagas de Boston. Às vezes, essa loja contrata uns músicos e oferece coquetéis para os clientes. As pessoas ficam lá apreciando o bom jazz, todos devidamente debaixo de seus chapéus, comendo canapés de lagosta, que a lagosta da cidade é famosa, e bebericando champanhe. Como diria minha amiga arquiteta Cris Camps, "a cara da riqueza!".

Mas não fui lá para convescotes. Fui lá para comprar um belo chapéu para uma bela mamãe.

Aliás, isso de Dia das Mães foi criado nos Estados Unidos pelo presidente Wilson, um dos melhores presidentes americanos, que há cem anos reformou o país internamente e, externamente, propôs a Liga das Nações, precursora da ONU. Se as outras lideranças mundiais tivessem aceito as ideias de Wilson depois da Primeira Guerra, talvez a Segunda não tivesse ocorrido.

Wilson instituiu a data inspirado por uma senhora que nem mãe era, mas que promovia dias de mães com objetivos beneficentes. Ela não aprovava o uso comercial da efeméride, dizem. Curiosamente, parece-me que o Dia das Mães nos Estados Unidos é menos explorado pelo comércio do que no Brasil, não vi tanto furor publicitário e... Mas estou tergiversando. Voltemos ao chapéu.

* * *

Compramos um lindo chapéu e, antes de ir embora, perguntei ao gerente da loja que modelo tinha mais saída. Ele respondeu que é o "chapéu de Heisenberg". Vendeu todos, pediu mais para a fábrica e está aguardando ansiosamente nova remessa.

Sorri. O chapéu de Heisenberg.

Ocorre que, no dia anterior, havia assistido ao derradeiro capítulo de *Breaking Bad*, espetacular série da TV americana. Estou atrasado um ano, bem sei, mas, essas séries, prefiro vê-las depois de prontas, no ritmo que melhor me convier.

Heisenberg é o pseudônimo que o protagonista assume quando se torna mau, nome que ele, obviamente, tomou do grande físico alemão ganhador do Prêmio Nobel Werner Heisenberg. Quando o personagem se transforma em Heisenberg, ele se põe sob um chapéu preto de aba estreita, muito estiloso.

* * *

Breaking Bad talvez só não tenha sido melhor do que *Roma*, outra obra-prima da TV. Ambas, *Roma* e *Breaking Bad*, estão cheias de referências, citações e pequenas correlações que as enriquecem e as tornam intrigantes.

Breaking Bad açula a inteligência do telespectador até pelo título. Seria, segundo li, uma gíria do sul dos Estados Unidos que definiria a pessoa que "se desencaminha", como diria minha avó.

Eu, aqui, faço outra interpretação. Digo que é um trocadilho com sentido profundo para todos nós, seres humanos. Breaking "bread" significa "repartindo o pão". É o nome do livro de orações de igrejas católicas dos Estados Unidos. Breaking bad, portanto, seria "repartir o Mal".

Jesus, enquanto repartia o pão e transformava cinco côdeas em 5 mil, alertava:

– O Mal é o que sai da boca do homem. Cada um julga os outros com sua própria medida.

Não é exatamente assim? Você pode ver o lado bom ou o lado mau de qualquer coisa. Depende de você, que olha, não do que é olhado. E, quando você vê o Mal e o manifesta, é o seu Mal que lhe sai da boca. Você reparte o Mal, seja pessoalmente, seja pelas redes sociais da vida, seja destratando alguém no trânsito. E o Mal se espalha e se torna maior e contamina a todos e a tudo.

Breaking bad. Repartindo o Mal. Muitos passam os dias se ocupando disso, mesmo sem estar debaixo do chapéu negro de Heisenberg.

Pelo Facebook

"Oi, David. Acho que vc não se lembra de mim. Estudei com vc no Piratini no 1º ano do 2º grau. Turma 115, uma turma cheia de bagunceiros. Eu vivia dormindo em aula, porque trabalhava à noite."

"Mas é claro que lembro! Vc dormia mesmo. Roncava!"

"Menos nas aulas de história. Eu gostava da professora Gilda."

"Eu também. E da Maria Antonieta, que me ensinou muito de português. Uma vez eu fiz a redação pro Ivan, aquele chileno, e o Edson, que era de Gramado. Ela leu e disse em aula: 'Um aluno escreveu a redação pra outros dois. Eu conheço o estilo dele'. Ficamos apavorados. Quando ela entregou as provas, deu zero pra eles e 10 pra mim. Outro dia, encontrei o Ivan e ele lembrou disso. Ele toca num daqueles grupos folclóricos chilenos, sabe? Carnavalito e tal."

"Não lembro dele. Lembro da Íria, de matemática, que era muito braba. E da Paula, de química."

"Ah, a Paula... Tinha olhos azuis."

"E usava calça branca."

"Ah, a calça branca da Paula..."

"Nossa turma ganhou o campeonato daquele ano. O time tinha eu, vc, o Paulo Gordo, o Bagé..."

"Timaço! Jogava também o italiano, o Rabollini. Era bom de bola, aquele italiano."

"Não. O Rabollini jogou no 2º ano. Ele era craque. E só tirava 10. E as gurias gostavam dele. Era bom em tudo, o Rabollini."

"Era. Achei que o Rabollini ia ser presidente do Brasil. Hoje ele é proctologista, parece."

"Proctologista?"

"É."

"Que coisa. Como é a vida. Aquela nossa turma tinha todas aquelas meninas bonitas. A Neneca…"

"Neneca?"

"Uma loirinha. Baixinha. Toda direitinha. Toda empinadinha."

"Eu gostava da Janice. Magra. Perna comprida. Cabelo crespo. Sempre séria. Um dia eu estava conversando com o João Raul na escadaria do pátio e ela veio falar com ele e subiu os degraus e parou a um palmo de mim. Um palmo! Não olhava pra mim, só olhava pra ele e falava com ele, mas eu sentia o cheiro de hortelã do hálito dela e o cheiro de chocolate branco da pele dela. Cristo! Ela acabou comigo naquele dia."

"Janice. Era bonita. Mas ninguém ganhava da Silvia Capaverde. Eu era apaixonado por ela."

"Era a mais bonita do colégio. Fui ao aniversário de 15 anos dela, na Casa de Portugal. Lembro que um cara mais velho dizia que namorava ela. Começou a tocar uma música do Peter Frampton. Uh, baby, I love your way, e o cara, olhando ela de longe, me disse: 'Essa é a nossa música: minha e da Silvia. É só nossa. Sei que ela tá pensando em mim agora'. Foi ele dizer isso e a Silvia levantou e foi dançar com outro cara. Ele tomou um porre naquela noite, coitado. Não foi vc quem dançou com ela, foi?"

"Infelizmente, não. A Silvia era demais. Linda e simpática. Estava sempre rindo. Tratava todo mundo bem. Que tal fazermos uma festa da turma? Vc vai? Queria ver a Silvia de novo."

"Ela morreu, não sabia?"

"Não! Morreu??? A Silvia??? De quê???"

"Não sei. Só sei que morreu."

"Mas não pode. Não pode. Eu era apaixonado por ela."

"É. Não podia mesmo. Pra mim, ela era a vida que se deve ter aos 15 anos de idade."

"A Silvia. Eu era apaixonado por ela. Como fazer a festa sem a Silvia? Como é a vida."

"Pois é. Bom. Vou ter que sair. Tchau."

"Como é a vida."

"É. Como é a vida."

A bolinha de gude

Tenho um plano para ficar rico. Depende só de observar o japonês do quinto andar.

É que há 25 anos houve um cinematográfico roubo de obras de arte aqui em Boston. Homens disfarçados de policiais entraram num pequeno museu chamado Isabella Stewart Gardner e levaram quadros de Rembrandt, Manet, Vermeer e Flinck. O valor estimado das obras roubadas é de meio bilhão de dólares. Imagine o que dá para comprar de governistas com esse dinheiro.

Pois ocorre que o museu oferece recompensa de 5 milhões de dólares a quem der pistas sólidas para recuperar os quadros, e suspeito do japonês do quinto. Sei que ele é interessado em arte, tem um comportamento estranho e mora na cidade há exatos 25 anos. Pode ser ele. Investigarei. Se for, entrego o japonês para o FBI, pego meus cinco pacotes e aí, garota, eu vou pra Califórnia, viver a vida sobre as ondas.

* * *

Cada vez que olho para aquele suspeitíssimo japonês no elevador, fico pensando no que motiva esses colecionadores de arte que compram quadros roubados. É algo que diz muito da natureza do ser humano.

Raciocine comigo: esse japonês que roubou os quadros, ele podia vê-los todos os dias, se quisesse, e quase de graça. Bastaria ir ao museu. Mas, não. Ele preferiu arquitetar um roubo espetacular, correr o risco de ser preso e gastar uma fortuna pagando seus asseclas, tudo para ter os quadros só para ele. E o "só" a que me refiro é "só" mesmo. Ele não pode mostrá-los para ninguém, ou admitirá o roubo.

O que é isso, se não o vil sentimento de posse? Aquela beleza é apenas sua e apenas você sabe disso. Nenhuma outra pessoa tem ideia de que você a possui, você não pode nem se gabar de tê-la.

Idêntico raciocínio faz o homem que mata a mulher que o abandonou. Ele diz:

– Se você não vai ser minha, não vai ser de mais ninguém!

Que sentimento mesquinho. Tenho, cá para mim, que devia ser o contrário. Queria que as pessoas que amo tivessem visto comigo as belezas que vi sozinho.

Um dia vi um gato caçando no terreno baldio que ficava ao lado da minha casa, no Parque Minuano. Não lembro o que ele caçava, mas lembro da elegância macia com que rastejava pela grama, totalmente atento aos movimentos da vítima. Era um gato amarelo, esguio, flexível como têm de ser os gatos. Já vi, também, uma curva morena de ombro de mulher. Ela estava de costas para mim, bem na minha frente, e a visão daquela omoplata reluzente ao sol do verão brasileiro me absorveu tanto que não ouvi mais o que as outras pessoas falavam em volta. E, à noite, todas as noites, vejo meu filho dormindo. É comovente ver uma criança dormindo.

Quando tinha talvez a idade dele, do meu filho, tive nas mãos uma bolinha de gude que o meu amigo Nique ganhou. Ele veio correndo me mostrar. Tomei-a entre o indicador e o polegar. Era leitosa e brilhante, era azul, branca, amarela e vermelha, as cores se contorciam dentro dela e se misturavam feito serpentes e explodiam na superfície. Admirei-a por algum tempo e disse para o meu amigo:

– Como é bonita!

E ele olhou sorrindo para mim e respondeu:

– É tua também.

A bolinha de gude era linda, mas a frase do meu amigo foi muito mais. A vida fica mais bonita quando a beleza é dividida.

Depois da feijoada de sábado

Era sábado. Fazia um sol morno, dava para sair à rua com uma camisa jogada sobre a camiseta, e foi assim que saí. Fui caminhando devagar até a praça e, por algum motivo, pensei que o Próspera tinha um ponta-esquerda japonês.

Não sei por que me intrigava tanto o fato de o ponta--esquerda do Próspera ser japonês, mas achava isso curioso e, por achar curioso, gostava de vê-lo jogar. Júlio César, o nome dele. Não era bom ponta. Nem ruim. Era... japonês.

O Próspera é o segundo time de Criciúma, onde eu morava. Ia à praça todos os sábados, encontrava os amigos, tomava uns chopes, beliscava piriris antes do almoço e ouvia notícias de façanhas da noite de sexta.

Naquele dia, encontrei o meu amigo Ricardo Fabris, e ele me convidou, justamente, para ver um jogo do Próspera, depois da feijoada no Costelão.

No Costelão, a gente sentava e os amigos iam chegando e se acomodando. Eram formadas pontes de conversa entre as mesas, e, em meio a cervejas e teses, o perigo era o almoço se estender até o jantar. Mas, naquele dia, não. Naquele dia, eu e o Ricardo saímos cedo, três e meia da tarde. Para ver o Próspera.

Quanta gente cabe no estadinho do Próspera? Uns 5, 6 mil. Time de mineiros. Time aguerrido. Camisa cor de sangue, mais vermelha do que a do Inter. O ponta-esquerda era japonês; o centroavante, craque. Laerte, o Urso, de quem muito já escrevi. Laerte, o Urso, foi melhor do que Romário, melhor do que Ronaldo, melhor do que Tostão, melhor do que Van Basten. Não virou herói do Brasil porque, por algum encantamento, só conseguia marcar gol quando jogava em Criciúma. Um mistério, isso.

Laerte. O Urso.

O ponta-direita tinha vindo do Inter: Mica. Um médio. Lembro que, certa feita, um narrador gritou: "Mica! Gooooool". O cacófato se tornou célebre na cidade.

Na zaga-central jogava Ozíris, que havia sido titular do Cruzeiro de Minas, onde até ganhara campeonato. O quarto--zagueiro, Nivaldo, o Churrasco, assim chamado pelo que fazia com o centroavante inimigo.

Nivaldo só não era mais respeitado do que o técnico, Acyoli Sanchez. O velho índio Acyoli podia ser considerado um caso parecido com o de Laerte. Conhecia tudo de futebol. Tudo. Ganhava o jogo na hora em que queria. Mas, quando estava prestes a ser campeão, fazia o time perder de propósito. Ele não podia aparecer na imprensa nacional: se aparecesse, prendiam-no. É que, na juventude, Acyoli atropelou quatro freiras, quando dirigia um caminhão de gás em Porto Alegre. Vendo pelo retrovisor as quatro freiras voarem dentro de seus quatro hábitos pretos como quatro grandes corvos, Acyoli zuniu até a BR, chegou a Criciúma, escondeu o caminhão dentro de uma mina abandonada e construiu vida nova.

Está bem, talvez ele tenha exagerado um pouco ao contar essa história, mas ela combina bem com sua personalidade. Nenhum técnico jamais foi tão durão quanto o Acyoli. Uma vez, quebrou todo o vestiário do Criciúma ao se desentender com um dirigente. Todos o temiam. Até o Churrasco.

Nesse jogo do sábado, Acyoli deve ter feito alguma mágica tática, mas não lembro qual. Laerte certamente marcou gol, mas não tenho certeza. O Churrasco atirou o centroavante adversário no alambrado com uma ombrada, isso é certo, mesmo que não recorde da ombrada, nem do centroavante, nem do time dele. Mas lembro da arquibancada de madeira em que estava sentado, de comer bergamota ao sol, da conversa agradável com meu amigo Ricardo Fabris e das jogadas engraçadas daquele ponta-esquerda japonês. Um sábado ameno, bons amigos e um futebolzinho sem compromisso. Precisa mais?

O avião de papel

Ontem, da porta da minha sacada, vi uma coisa estranha.

É que agora, passado o duro inverno, adquiri o hábito de tomar chimarrão na sacada. Faço isso de manhã cedo. Sento-me numa cadeirinha, os pés enfiados nas minhas chinelas de Rosário do Sul, e fico olhando para as árvores que reverdejaram entre uma noite e outra, para os esquilos que saltam pelos galhos com agilidade que gato nenhum tem, para o dia que nasce devagar atrás dos telhados dos sobrados.

Pois ontem tinha preparado meu mate, o morrinho reto, bem alisado, como gosto. Tomei o bojo da cuia com a mão direita. Botei a garrafa térmica debaixo do braço esquerdo. Estava atravessando a sala, quando vi aquilo.

Era um avião de papel.

Quero dizer que sou bom em fazer avião de papel. Tenho técnica. Meus aviões sempre planaram com elegância e sempre tiveram grande autonomia de voo. Mas nunca fiz um avião como aquele. Ele zuniu pelo ar da minha sacada com muita estabilidade, sumiu atrás da parede e, antes que eu chegasse à porta, voltou, cruzou outra vez pela sacada e se foi. Corri para ver aonde ia. Cheguei à porta, abri-a, pisei na sacada com medo de tê-lo perdido, mas não: ele retornou. Veio num voo suave, porém decidido, horizontal, firme, bem na minha direção. Se esticasse a mão, pegava-o. Mas não fiz isso. Queria vê-lo voar.

Como o aviãozinho fazia tantas volutas? Nem havia tanto vento. Soprava uma brisa, nada mais. Mas o aviãozinho seguia sem dar sinais de que preparava aterrissagem. Afastou-se mais um pouco, uns 10 ou 12 metros, e só então fez uma curva ampla e começou os procedimentos de descida. Foi descendo, descendo, enquanto o observava da sacada. Pensei em sair de casa para ir buscá-lo, mas, antes que o aviãozinho chegasse ao solo, surgiu, de algum lugar, um velhinho. Um senhor de cabelos brancos e andar vacilante. Mesmo assim, mostrou muita agilidade ao erguer o braço e pegar o avião no ar, como se estivesse esperando por ele. Em seguida, levantou o queixo, olhou para mim, sorriu e, com o aviãozinho na mão, deu-me as costas e foi-se embora. Continuei de pé por algum tempo, fitando o lugar em que estiveram o velhinho e o avião de papel. Depois me sentei. Sorvi o primeiro gole de mate. E pensei que é primavera, afinal.

A calçada de plástico

Há exatos 20 anos, em maio de 1995, acompanhei uma delegação de empresários catarinenses em missão pela bela Itália. Era uma viagem de trabalho, mas acabou sendo das mais prazerosas que fiz na vida. Um dia, conto mais a respeito. Por ora, quero falar de um episódio ocorrido numa cidade industrial do norte da Bota. Não lembro que cidade era. Lembro que os empresários italianos apresentavam aos brasileiros uma máquina de reciclar plástico. O plástico velho entrava por uma ponta e saía por outra transformado em calçadas novas. Isso mesmo: lajotas de plástico furadinho, que seriam encaixadas no chão a fim de serem usadas como calçadas baratas e de fácil instalação.

Os italianos mostravam-nos com orgulho uma das calçadas montadas. Caminhamos sobre ela. Então, me agachei, enfiei o indicador no orifício de uma das placas e a levantei.

– Elas não ficam presas? – perguntei.

– Não. É assim mesmo – respondeu um dos italianos.

Balancei a cabeça:

– Não vai dar certo no Brasil.

Eles se espantaram:

– Por quê?

– Porque a turma vai arrancar isso e levar embora.

Os italianos ficaram embasbacados. Queriam saber por que catzo os brasileiros fariam uma coisa dessas com a calçada em que eles próprios pisavam. Ninguém soube explicar muito bem, mas os brasileiros concordaram comigo, disseram "é, no Brasil não vai funcionar", e o negócio não foi fechado.

Bem.

Você sabe por que no Brasil esse tipo de iniciativa não funciona? Sabe por que orelhões são depredados e tampas de lixeira roubadas? Por que as pessoas sujam as ruas? Por que picham os monumentos?

Porque, para elas, nada daquilo a elas pertence. Para os brasileiros, tudo que é público pertence a uma entidade chamada vagamente de "eles".

"Eles" ninguém explica o que seja, mas é o Estado. Os brasileiros sentem-se fora do Estado, abaixo dele. Por isso, culpam o Estado por todas as suas vicissitudes. Afinal, aquela entidade superior teria poder para resolver os problemas. Não os resolve porque não quer.

Na França, Luís XIV, o Rei Sol, dizia: "O Estado sou eu". E era mesmo. Mas, dois Luíses depois, os franceses fizeram a revolução, separaram o corpo do rei de sua cabeça e disseram: "O Estado é nosso". Hoje, esse é um dos maiores dramas franceses. Como o Estado é deles, eles exigem o usufruto do Estado, e sangram o Estado, e o Estado não aguenta mais.

Na Rússia, o Estado também era do czar. Mas os bolcheviques fizeram sua revolução e avisaram ao povo: "Agora, vocês são do Estado".

Nos Estados Unidos, os pioneiros chegaram à Costa Atlântica e decidiram começar tudo de novo, juntos e em harmonia, sem ninguém acima deles. Assim, todos concordam em cumprir o acordo social, que é o seguinte: todos têm de cumprir a lei.

Seria o ideal, mas os americanos do Sul trouxeram homens negros da África e os escravizaram. Como a proclamada terra da liberdade suportaria a contradição da escravidão? Não suportou. Dilacerou-se na maior guerra civil do planeta, em que morreram mais de 600 mil pessoas. Os negros foram postos abaixo do Estado, e é assim que ainda percebem a realidade. Os negros americanos não se sentem parte do Estado. Exatamente como nós, brasileiros. Mas a melhor fórmula é a dos velhos colonos ingleses. É dizer: "O Estado somos nós".

O lado selvagem

Fazia um sábado azul, amarelo e verde-claro e a brisa soprava macia e cheguei para meu filho e disse:
– Hey, man! Que tal sairmos por aí sem destino, rodando pelas estradas de New England?
Ele sorriu um sorriso de sete anos de idade.
– Boa ideia, papai!
Ganhamos a rua.
Não tenho carro. Faço quase tudo que tenho de fazer a pé, ou uso trem, ou o Uber, que sei que já existe no Brasil. Quando quero um carro, como no sábado, valho-me de um sistema parecido com esse de empréstimo de bicicletas, que tem em Porto Alegre: o Zipcar. Há milhares de carros espalhados pelas ruas. Escolho um pela internet, marco por quanto tempo quero e vou até o lugar em que está estacionado, geralmente bem próximo. Passo um cartão no para-brisa e as portas se abrem. A chave está no console. Não precisa nem pagar gasolina, porque eles deixam um cartão de crédito para isso no porta-luvas. São sempre carros ótimos e novos. Mostrei as fotos para o Bernardo escolher em qual iríamos passar o dia. Ele apontou para uma BMW.
Agora fui eu que sorri um velho sorriso.
– Grande escolha, man!
Entramos no carro. Conferi o painel, para ver se entendia como funcionava. Dei a partida. E o motor ronronou. Enquanto rodávamos devagar, liguei o rádio, sintonizei na WROR e Lou Reed começou a cantar: "Hey honey! Take a walk on the wild side!".
O Bernardo apurou o ouvido:

– O lado selvagem, papai? Ele está falando dos bichos, como os tigres?

– Não – respondi, enquanto pegava a estrada. – Ele está falando do lado selvagem da vida. Às vezes, a gente tem de andar pelo lado selvagem da vida, entende?

– Mas não é perigoso?

– Não tem de ser perigoso.

Nem para nós, nem para ninguém. Mas às vezes você tem de simplesmente fazer o que não está acostumado a fazer, entende? Pode ser algo pequeno e singelo, como ver filme na TV até de manhã, tomar champanhe na segunda-feira, preparar uma massa à bolonhesa às duas da madrugada, pegar um trem para Nova York só para ver a grande cidade, comprar um carrinho de bombeiros novo para o seu filho sem motivo algum, levar rosas para a sua mulher no fim da tarde de quinta-feira, mandar um cartão-postal para um amigo dizendo que ele é um grande cara ou sair por aí sem destino, como nós estamos fazendo agora. O lado selvagem da vida pode ser doce!

Meu filho ficou pensando.

Nesse momento, rolava outra velha canção na WROR. "Please, tell me who I am", pedia o Supertramp. Por favor, me diga quem eu sou. Combinava com o dia. Que importa quem eu sou?, pensei.

O que importa é viver este sábado azul, amarelo e verde-claro e poder sair por aí com meu filho e ouvir um rock'n'roll suave e ver esse mar imenso que vejo agora pela janela do carro e saber que está tudo bem e...

– Papai... – meu filho interrompeu o devaneio.

– O que é?

– Eu vou ganhar aquele carrinho de bombeiros mesmo?

– Por que não, garoto?

E lá fomos nós, pelo lado mais ou menos selvagem da vida.

Seja assassinado corretamente

Os Titãs estavam errados. Pobrezas são mais diferentes do que riquezas. Ser pobre na Alemanha é uma coisa. Vá ser pobre no interior da Síria, quero ver se você é macho.

No Brasil, o pobre tem sua quota de sofrimento, como sói acontecer com pobres, mas pelo menos ela vem cercada por uma aragem de santidade. O pobre, no Brasil, é pobrezinho, fica em geral entre a vítima e o herói. É por isso que Mujica, por levar uma vida simples, sem ambições materiais, gera tanta louvação entre brasileiros.

As pessoas se encantam: oh, ele anda de Fusca. Ei! Eu não tenho carro, não tenho relógio, nunca tive máquina fotográfica, meu celular foi o Juninho quem me deu, praticamente não compro roupa, mas quem diz que, por essa razão, posso ser presidente do Uruguai?

Não, eu não teria capacidade para ser presidente do Uruguai, nem de nada além. Aí está uma coisa que nunca serei: um presidente. Fico triste. Queria ser um presidente.

O Mujica, sim, ele foi presidente, e parece ter sido bom. Então, é por isso que admiro o Mujica, não por ele andar de Fusca. Qualquer David pode andar de Fusca, mas você terá de ser um Mujica para ser presidente.

No Brasil, a pobreza tem certa beleza, o que até rende rima. Ao rico está reservada profunda antipatia, mas quem diz que o rico se importa com isso? Ele não está nem aí. Ele está no Caribe.

Agora, a classe média, sim. A classe média, no Brasil, é um caso diferente das outras classes médias. Porque, no Brasil, a classe média tem os ônus das outras classes médias, sem usufruir dos bônus. Em todos os países do mundo, é a classe média quem sustenta a economia, paga os impostos, consome e produz. Você mede a justiça social de um país pelo tamanho da sua classe média. No Brasil, também. Mas, no Brasil, a classe média, chamada com desdém de "pequena burguesia", é desprezada. Intelectuais do governo, como aquela professora da USP, proclamam: "Eu odeio a classe média!", e um ex-presidente da República ri à grande ao ouvir isso.

A classe média paga impostos para a educação, a saúde e a segurança, e também escolas particulares, planos de saúde e vigilância privada. A classe média gasta em dobro, mas não deve reclamar, porque, supostamente, ela está se sacrificando em nome da felicidade dos pobres. É o que o governo alega. O governo é dos pobres, os pobres agora rodam em carros melhores do que o Fusca do Mujica, viajam de avião e fazem faculdade. Os pobres brasileiros são felizes. E a classe média, se não está contente, é egoísta.

A classe média não aprende a se resignar nem quando morre. Outro dia, um médico foi esfaqueado na Lagoa Rodrigo de Freitas porque um sujeito precisava da bicicleta que ele pedalava. Um latrocínio na Lagoa, à luz do sol, equivale a um na Times Square, na Fontana di Trevi, no Portão de Brandemburgo ou no pátio do Palácio de Buckingham. Como reagiriam os Estados Unidos, a Itália, a Alemanha e a Inglaterra se isso ocorresse? Com escândalo, obviamente. Seria um absurdo impensável. Manchetes. Revolta. Afinal, se não existe segurança num lugar turístico desses, imagine no Harlem, na Suburra, no Mitte ou em Stratford? Um assassinato como o da Lagoa, em outros países, traumatizaria a população não pela vítima, mas pelo local em que ocorreu.

No Brasil, não. No Brasil, os intelectuais gritaram: "Por que não falam tanto assim dos mortos pobres dos morros?".

É preciso ter cuidado, neste nosso país de paladinos intelectuais. No Brasil, você tem de ser assassinado na classe social certa.

O campeão dos campeões

Eu tinha uma raiva daquele Sergio Napp. Ele sempre ganhava o Prêmio Habitasul de Literatura. De mim, quero dizer – ele ganhava de mim. E de todos os outros também, diga-se a verdade. Inscrevia-me no concurso de contos, centenas de sôfregos candidatos a escritor se inscreviam, e, no fim, quem vencia? Sergio Napp.

Sergio Napp, Sergio Napp, Sergio Napp.

Me dava uma raiva. Mas quem é esse Sergio Napp?, perguntava. Descobri ao ouvir "Desgarrados", que ele compôs em parceria com Mário Barbará. É uma canção belíssima, campeã (é claro) da Califórnia da Canção de 1981.

Que música linda. Que melodia docemente nostálgica. Que poesia tão cheia de significado e tão cheia de emoção. Esse Sergio Napp é bom demais, pensei. E admiti ser muita pretensão um pirralho de 15 anos de idade querer vencê-lo num concurso de contos.

"Desgarrados". Até hoje aperta-me o peito quando a ouço. A história daqueles homens altivos do campo que se transformam em pingentes na Capital.

"Faziam planos e nem sabiam que eram felizes
Olhos abertos, o longe é perto, o que vale é o sonho."

Tempos depois, passados tragos, muitos estragos, por todas as noites, meio que perdi Sergio Napp de vista. Acabei por reencontrá-lo após mais de 12 anos, também numa, por assim dizer, ocasião literária: lançava meu primeiro livro na Feira de Porto Alegre. Havia, sei lá, umas 10 pessoas na minha fila de autógrafos. Já a fila do autor sentado ao meu lado era imensa, cinco vezes maior, o cara não parava de fazer dedicatórias, era tanta gente em volta dele que não conseguia vê-lo.

A certa altura da noite, curioso, aproveitei uma oportunidade, estiquei o pescoço e o vi. Ele. Sergio Napp! Não é possível, rosnei, esse cara está de sacanagem comigo!

E sopraram os ventos, e mais tempo passou, e me desgarrei de Porto Alegre, e agarrei-me à minha cidade outra vez, e não sabia mais de Sergio Napp, até que um dia, depois de publicar uma crônica no jornal, recebi um e-mail dele. Era um caloroso elogio ao meu texto. Que felicidade! Sergio Napp, o campeão dos campeões, dizia gostar do que eu escrevia, eu, que, na arrogância da pré-adolescência, tive a audácia de competir com ele! Aquilo era um título para mim.

Não resisti. Respondi ao e-mail contando a história do prêmio de literatura. Ele riu muito e, a partir daquele dia, sempre enviava gentis considerações aos meus textos, enchendo-me de orgulho, ou então comentando algo sobre a cultura gaúcha ou sobre as amenidades do futebol. Tornou-se um agradável amigo virtual.

Sergio Napp morreu na quinta-feira. A morte de um amigo é um pedaço do mundo que deixa de existir. O mundo era de um jeito, agora é de outro. A gente se sente como que desgarrado, porque, o que foi, nunca mais será.

O jardim de Helene

Aí vem o sol, como cantou George. Por isso, resolvemos ir à praia. Tinha de, pelo menos, molhar as canelas nas águas do Atlântico Norte. Tinha de!
Bem.
Indicaram-me um lugar a nordeste de Boston que, todos garantiram, é belíssimo: Rockport.
Consultei nosso amigo Google Maps, tracei o caminho e... vamos lá, molhar as canelas! O Atlântico Norte nos espera!
Chegar é fácil. Boas estradas, bem sinalizadas e tudo mais. A cidadezinha, de fato, é linda. Um povoado de 7 mil habitantes, que moram em casas de madeira parecendo casas de avós, de tão... mimosas. Sei que esse não é um adjetivo usado no IAPI, mas as casinhas são exatamente isso, mimosas.
Uma das pontas da praia é chamada de Pele do Pescoço do Urso. É que, em 1700, os colonos ingleses mataram um grande urso pardo que apareceu por lá. É o lado mais bonito do lugarejo. Suas ruazinhas são margeadas por pequenas galerias de arte, bares discretos, restaurantes de frutos do mar, sorveterias diversas e lojas de roupas de verão. Num sebo, encontrei velhos gibis do Capitão Marvel e um livro que conta histórias sangrentas e verdadeiras da Guerra Civil.
No século XIX, uma gangue formada por 200 homens com a cabeça cheia de rum passou a noite quebrando tudo que havia em Rockport. Desde então, o consumo de álcool foi proibido na cidade, e proibido continuou até depois da abolição da Lei Seca, nos anos 1930. Só permitiram a venda de bebidas alcoólicas em 1995, imagine! E apenas em bares e restaurantes – lá não existem as lojas de bebidas que são encontradas em todas as partes dos Estados Unidos.

Tive vontade de tomar um drinque e brindar aos legisladores de 1995, mas me contive no almoço, porque estava dirigindo. À tarde, por fim, fomos à praia propriamente dita. À areia. "Vamos molhar nossas canelas desbotadas pelo furioso inverno da Nova Inglaterra!", gritei.

Certo. Tirei os tênis, que estava de tênis. Caminhei com alguma dificuldade entre os pedregulhos. Olhei para o mar muito limpo, sem ondas, como uma imensa piscina. E afundei os tornozelos na água. Aí...

... JESUS CRISTO!

Nunca havia sentido nada parecido. Trata-se, de longe, do pedaço de água mais gelado que já toquei na minha vida. Meus tornozelos doíam, por Deus. Tentei ficar por cerca de um minuto na água, só para dizer que havia molhado as canelas no Atlântico Norte, mas foi impossível, minhas pernas iam gangrenar, sei lá. Saí apavorado para a segurança da areia meio seca. Meu filho ria, e todos os demais praianos riam também. Então percebi: não havia ninguém na água. Ninguém. E os gaúchos falando mal da temperatura do mar de Capão!

Sequei os pés, coloquei as meias e os tênis de volta e decidi me homiziar na tal Pele do Pescoço do Urso. Andei a esmo por uma ruazinha lateral, feita de casas coloridas. Numa delas, atraiu-me o pequeno jardim, uma nesga de terra não maior do que um sofá, mas cuidada com evidente esmero. Fiquei admirando aquela mínima obra realizada em parceria da natureza com a mão humana e, num canto, avistei uma pequena placa do tamanho de um caderno escolar. Li o que estava escrito:

"Este jardim é dedicado a minha mãe, Helene, que acreditava que as flores trazem sorrisos a todas as faces".

Naquele momento, esqueci o gelado da água, o urso morto no século XVIII, as gangues de homens bêbados e as mazelas do Brasil. Naquele momento, pensei que dona Helene deve ter sido feliz vivendo naquela casinha mimosa, com seu filho carinhoso e com suas belas flores. Cheguei a ver dona Helene em meio ao seu jardim, respirei profundamente o aroma daquelas flores e, como ela acreditava que aconteceria, sorri.

O Brasil que não existe mais

É bonito ser Botafogo. Acho que vou virar Botafogo. Se me tornar mesmo Botafogo, criticarei com veemência o processo que o clube está movendo contra o *Porta dos Fundos*. O Botafogo está pedindo R$ 10 milhões ao *Porta dos Fundos* por causa de um vídeo que brinca com os patrocínios da camisa do time.

Isso não é Botafogo. O Botafogo é um time do Brasil antigo, o Brasil pelo qual os estrangeiros suspiram sem saber que não existe mais, o Brasil dos brasileiros que não se levavam a sério. Só no Brasil antigo um Garrincha seria possível, por exemplo.

Garrincha, o jogador-símbolo do Botafogo, era o que no Brasil antigo se chamava de "aleijado". Hoje essa palavra motiva processo, mas no Brasil antigo viveu até um grande artista plástico que era chamado, imagine, "Aleijadinho". Fico pensando como chamariam o Aleijadinho hoje. "Deficiente-fisicozinho?" Não pode ser... De qualquer forma, Garrincha não era deficiente físico. Era... aleijado. Na velha concepção, é claro, algo difícil de explicar em 2015.

Garrincha bebia antes dos jogos, fugia da concentração e não voltava para ajudar na marcação. Em tudo, um ser do passado, que vivia uma vida extinta, algo como Luis XIV, o Rei Sol, como Sócrates, Buda, professores da datilografia e vendedores de fita cassete.

Depois de Garrincha, o Botafogo montou um time que era conhecido como "Time do Bagaço". Era sensacional: Paulo César Caju, que foi campeão do mundo pelo Grêmio, um cracaço que falava francês, usava cabelo black power e vestia pantalonas com a boca de sino do tamanho de um cone;

Zequinha, que também jogou no Grêmio, autor de três gols num Gre-Nal de 1975, ponta clássico que jogava só de um jeito, driblando para a linha de fundo e cruzando, só; mais Jairzinho, o Furacão; e Gérson, o Canhotinha de Ouro, que fumava três carteiras de cigarro por dia. Bonito de ver aquele time jogar. Time impossível num tempo de campeonato de (argh) pontos corridos.

Naquele Brasil, daquele Botafogo, ninguém se preocupava em processar ninguém. Como as pessoas não se levavam tão a sério, elas viviam suas vidas, pronto. Está certo que às vezes dava algum problema. Até no Botafogo: uma vez, o técnico-jornalista-comunista João Saldanha sacou de um revólver e saiu atrás do goleiro Manga, a quem acusava de ter se vendido para outro time em extinção, o Bangu. Manga, para se salvar, pulou um muro de três metros de altura, demonstrando toda a agilidade que resplandeceria no Inter, oito anos depois.

João Saldanha era um tipo do Brasil antigo, inviável no atual. João Saldanha dizia verdades com coragem e mentiras com graça, parecido com Vinicius de Moraes, outro que não sobreviveria agora. Bem como Tom, Elis, Lupicínio, Iberê, João Gilberto, Dorival Caymmi. A música e o futebol brasileiros não sobreviveriam no Brasil de hoje, nem o verdadeiro Rio de Janeiro, que esse de agora é falso.

O Botafogo só não é campeão de nada porque é um Botafogo de um Brasil que não existe mais. Se quiser ser campeão, terá de mudar. Terá de deixar de ser Botafogo. Mas aí eu não serei Botafogo também. Só serei Botafogo antigo, do Brasil antigo. Acho que sou um antigo, afinal. Nós, antigos, não somos campeões no século XXI.

O milagre

Uma árvore é um milagre. Estava olhando uma árvore que se ergue aqui perto de casa. É um grande e escuro carvalho. Suas raízes emergem do solo como jiboias e se transformam no tronco poderoso que dois homens juntos não conseguiriam abraçar. Ela se eleva para o céu, frondosa, orgulhosa, amenizando o clima à sua volta e abrigando uma pequena fauna, entre formigas, esquilos e passarinhos. Como é linda. Tamanha perfeição e imponência têm de ser um milagre.

Gosto de árvores. Tenho planos de visitar o Parque das Sequoias, na Califórnia, talvez ainda neste verão. Lá vive a rainha de todas as árvores da Terra, uma sequoia que já existia quando Alexandre, o Grande, usou mais a inteligência do que a força para domar o indomável garanhão Bucéfalo. Estou falando de uma árvore de 2 mil e 500 anos de idade e 82 metros de altura, tão alta quanto um prédio de 30 andares. Essa sequoia tem nome de homem: General Sherman. Deste nome não gosto. O general Sherman foi um matador de índios. Foi ele quem disse que "índio bom é índio morto".

Os índios sabiam que as árvores são milagres.

Uma mulher grávida também é um milagre. Sempre fico encantado ao ver uma mulher grávida. Ela está "preparando outra pessoa", como diria Caetano. Como isso é possível, um ser independente e individual se originar das entranhas de outro?

Uma mulher grávida, uma árvore, um gato se espreguiçando, uma tempestade no horizonte, o troar do trovão, o cheiro que se desprende da terra no começo da chuva de verão, o sol que se levanta todos os dias atrás do Monte Fuji, tudo isso é um milagre porque é apenas o que é. Verdade que a mulher grávida, ao contrário de todos os demais exemplos que citei, tem consciência de existir e da sua gravidez. Ela bem pode estar se preocupando com o futuro da pessoa que está dentro dela, mas o que está acontecendo com seu corpo, a formação do feto até a transformação em criança, aquele processo inteiro se dá independentemente da sua consciência. É uma atividade da natureza, como o ir e vir das ondas do mar. É um milagre.

O homem deixa de ser um milagre quando se inquieta com o que virá. Ele é o único elemento da natureza que tem a concepção do futuro. Na verdade, o homem inventou o futuro. Nem as formigas e os esquilos que acumulam mantimentos no carvalho perto da minha casa se angustiam com o futuro. Sua atividade faz parte do movimento da sua existência, como o dia que sucede a noite.

Tenho a convicção nada mística, mas completamente cerebral, de que nosso maior problema é pensar nos problemas. A cada dia basta o seu cuidado, disse Jesus. Mas aprender a viver bem o dia, sabendo que os problemas do dia seguinte só importam ao dia seguinte, isso também seria um milagre.

Filhos, melhor tê-los

Caetano Veloso, certa feita, observou sobre a paternidade:
"Se eu disser que ter filho é a melhor coisa do mundo, vou parecer essas moças que dão entrevista à tarde, na TV. Mas é verdade: ter filho é a melhor coisa do mundo".

Caetano estava certo: declarações desse tipo são feitas por moças que dão entrevista à tarde, na TV. E também por mães e pais do Facebook ao narrarem historinhas de seus rebentos que eles anunciam como engraçadas, mas que na verdade acham geniais. E outros tantos pais sempre deslumbrados com as reações de seus pequenos às contingências da vida. Afinal, façanhas cotidianas de crianças sempre são graciosas e rendem comentários elogiosos.

Só que há o seguinte: ter filho é, realmente, a melhor coisa do mundo.

Tornar-se pai é como viajar. As coisas entram em outra perspectiva. Tudo aquilo que parecia importante vira secundário. Até as outras pessoas. Até você mesmo.

* * *

Minha amiga Marianne Scholze tem uma filhinha com meu amigo Leandrão Behs, ambos jornalistas dos bons. Outro dia, ela escreveu o seguinte no Facebook:

"Que mal há de afligir a pessoa que ouve 'Tu é a melhor mãe do mundo', apenas por ter servido um prato de sucrilhos?".

É isso! É isso! Venham todos! Não gostam de mim? Querem me importunar? Venham! Porque, olhe aqui, tenho cá comigo, pronto para me defender, o sorriso do meu filho e, quiçá, a crença dele de que sou o melhor pai do mundo.

Não preciso de mais nada. Nem eu, nem a Mari e o Leandrão, nem o Caetano. Um sorriso é o que nos basta para inflar o peito e arrostar a vida.

* * *

Escrevi um livro acerca do meu filho e da gravidez da minha mulher. *Meu Guri*, o título. Meu amigo Piangers vai lançar um livro sobre suas filhas. *Papai é Pop*, o título. Veja como somos todos pais embevecidos. E não há novidade nisso. Podemos ser pop com nossos guris e gurias, mas sentimos o mesmo que sentiram pais zelosos de todos os tempos. Acreditamos, sempre, que nossos filhos são especiais. O meu é. Ele faz algo que nenhum outro menino faz: come brócolis. E adora.

E, há cerca de um ano, esse menino enfrentou uma circunstância mais pedregosa do que hortifrutigranjeiros hostis, em seus seis anos de idade: mudou-se para outro país, em que se fala uma língua completamente diferente da sua língua materna. Eram um país novo, uma cidade nova e uma escola nova. Ao deixá-lo na sala de aula, me sentia como se o deixasse nos degraus do cadafalso. Nos primeiros dias, contaram-me depois as professoras, ele tentava conversar com as outras crianças. Mas ninguém o entendia, e ele não entendia ninguém. Nem as professoras. Meu menino ficou triste, chorava à porta da sala de aula. Mas foi em frente, com coragem.

Agora está cheio de amigos americanos, chineses, japoneses, israelitas, argentinos, franceses, meninos de todo o mundo. Pois era exatamente sobre alguns de seus amigos multinacionais que conversávamos, ontem mesmo, ele e eu, seu velho pai brasileiro. Falávamos em inglês, e fui pronunciar uma palavra trivial, boca, "mouth". Ele riu:

– Não é assim que se fala, papai!

E me corrigiu, mostrou como era, a língua entre os dentes, até eu aprender. Depois do que, foi brincar, feliz, enquanto eu pensava que Caetano e as moças das tardes da TV sabem das coisas: ter filho é a melhor coisa do mundo.

Como é realmente o Brasil

"Como é, realmente, o Brasil?", pergunta-me Richard, americano que uma só vez afundou os tornozelos pálidos na areia de Copacabana e, desde então, passou a interessar-se por tudo o que se relaciona com o Patropi de Ben Jor e Bündchen. O Brasil vive a desconcertá-lo, suspira.

Penso um pouco antes de responder. Como é, realmente, o Brasil?

Rick diz não saber, por exemplo, se o brasileiro é alegre ou agressivo.

Bem. Decerto que o brasileiro é povo alegre. O que não significa que não seja, também, violento. Curioso isso, porque o Brasil não é um país guerreiro. Os Estados Unidos, sim. Um soldado é olhado com admiração, nos Estados Unidos. As pessoas não deixam que um soldado entre numa fila e, nos restaurantes, não raro ele é dispensado de pagar a conta do jantar. Porque, afinal, os Estados Unidos estão sempre envolvidos em alguma guerra. O Brasil, quase nunca. Mesmo assim, o brasileiro mata, sobretudo outros brasileiros. Em um ano, morrem mais brasileiros assassinados do que todos os americanos mortos em mais de uma década de guerra no Vietnã.

É que é muito fácil arrumar uma arma de fogo no Brasil, conto a Rick, e ele balança a cabeça em sinal de compreensão e lembra que em vários Estados americanos as armas também são livres – no Oregon, você vê um pai com um nenê no colo e uma pistola na cintura. Mas aí quem balança a cabeça sou eu, só que em negativa, para contar que, não, não é o que ele está pensando, não existe essa liberdade de posse de armas no Brasil, só que as pessoas têm armas. O problema é a lei, observo. Não que as leis não sejam boas. São. A Constituição do Brasil é avançada e tudo mais. Mas as leis não são cumpridas. Quer dizer: são cumpridas, mas apenas por quem está dentro da lei. Os descumpridores da lei, quando apanhados e condenados, o que acontece é que a pena deles é muito branda. O que não quer dizer que as cadeias não estejam cheias. Estão. Prende-se bastante, no Brasil, só que muitos que são presos de manhã são soltos à tarde, nem vão para os presídios, e os que vão para os presídios às vezes cumprem penas leves para crimes pesados, embora vários nem tenham sido julgados ainda e continuem presos. Então, a condenação, no Brasil, é terrível e suave ao mesmo tempo, porque muitos pobres que são presos não têm condições de pagar uma defesa decente. Lembre-se, Rick: o Brasil é um país de pobres, mesmo que seja a oitava economia do mundo. Na verdade, o Brasil é rico e o povo é pobre, o Estado arrecada fortunas, mas está sempre quebrado, o que não significa que seja um Estado pequeno, ao contrário, é um Estado gigantesco, porém fraco, ele está em toda parte e se mete em tudo, sem de fato fazer nada, e assim as pessoas ficam esperando muito do Estado e o Estado até concede muito, só que não o que deveria conceder, como educação, segurança e saúde, que ele até concede, mas não como tinha de ser. Aliás, o nosso sistema de saúde é melhor do que o americano, ainda que o americano funcione e o brasileiro, não. Isto é, trata-se de um excelente sistema, pena que não tenha dado certo, como todo o resto, entende?

Richard me olha, piscando. E repete:

– Mas como é, realmente, o Brasil?

Fecho os olhos. Abro.

– Alegre – respondo, suspirando. – Pode dizer pra todo mundo que o Brasil é alegre.

O verdadeiro amor

Um dia, uma jovem mulher me perguntou:
— Você acredita no amor?

Ri. Hoje não rio. Era uma pergunta procedente. Será que existe o amor? Ou terá sido o amor criado pela literatura, a música e o cinema? Há 3 mil anos, Salomão declamava, no *Cântico dos Cânticos*:

"Teus lábios, minha esposa, são favo que destila o mel;
Sob tua língua há mel e leite,
E o perfume de tuas vestes
É como o perfume do Líbano".

É o amor, sem dúvida, como diria Zezé di Camargo. Mas Salomão teve 600 mulheres, ainda que se suspeite de ele ter se afeiçoado mais à Rainha de Sabá. Seria amor ou luxúria?

De qualquer forma, o sentimento do amor escorre pelo *Cântico dos Cânticos*, bem como da história do pai de Salomão e meu xará, o Rei David, que mandou o general Urias para a frente de batalha e a morte a fim de possuir sua mulher, Betsabá, que de santa não tinha nada, pois que tomava banho nua no terraço em frente ao palácio real, às vistas de David, que, como todos os Davids, era um sentimental.

David matou por amor. Por amor, Troia teria sido incendiada, e seus habitantes passados no fio da espada dos gregos. E Troia é 500 anos mais velha do que o Rei David.

O amor não é recente, portanto. Mas será que esse sentimento que faz matar e morrer, que motiva livros de 400 páginas e quase todas as canções do planeta, será que esse sentimento não é apenas o fogo da paixão?

Aí é que está. Talvez seja. E assim retornamos à história de Stefanie e Stephano, que comecei a contar ontem.

Não foi a atração física que os uniu, nem as afinidades, nem o desejo ou qualquer outro sentimento que um dia tenha se derramado pelas páginas de literatura da história. Foi apenas a vontade que sentia Stefanie de se unir a alguém com nome parecido. E eles estão juntos e juntos terão um filho. Quer dizer: deu certo.

Sem conhecer Stefanie e Stephano, apenas conhecendo-lhes a história, ouso dizer que se amam, e talvez seja um amor mais profundo do que os amores ardentes de Camões ou de Vinicius, do Rei Salomão ou do príncipe Páris. Por quê? Porque o amor não lhes explodiu no coração. Porque eles construíram um amor.

É por isso que os amores antigos, de casais unidos pelas famílias dos noivos, ou até os modernos casais indianos, por exemplo, que se formam por contrato, quando o menino e a menina nascem, é por isso que esses relacionamentos, muitas vezes, funcionam e, como pede o padre, duram até que a morte os separe. Porque a paixão e o desejo não são bons conselheiros. Ao contrário, eles turvam a razão e embaçam a sensatez.

O amor que salta obstáculos, que vence dificuldades, que enfrenta a rotina dos dias, que janta junto e acorda sorrindo, que entende os erros, conhece as fraquezas, enterra ressentimentos, perdoa sorrindo, comemora chorando e segue em frente, sempre e sempre, esse é o verdadeiro amor.

Sim, garota, eu diria para aquela menina que me fez essa pergunta há muitos anos, sim, eu acredito no amor.

O Cleo não usa guarda-chuva

Ouvi o Cleo Kuhn dizer na Gaúcha que não usa guarda-chuva. Fiquei chocado. O homem do tempo TEM que usar guarda-chuva. Porque nenhum outro objeto representa mais a suscetibilidade do ser humano às condições climáticas. Previsão do tempo é igual a: "Preciso ou não levar o guarda-chuva?".

Roupas podem servir apenas como adereço ou para a prática de esportes ou até para serem despidas. O guarda-chuva, não. O guarda-chuva, por belo, requintado ou valioso que seja, serve para proteger uma pessoa da chuva. Ponto.

Se bem que entendo um pouco o Cleo Kuhn. O guarda-chuva é muito coxinha. O guarda-chuva é o símbolo da cautela, e a cautela é o oposto da juventude. A juventude é imortal, desafiadora, arrogante, flexível. A juventude não se importa de se molhar. Ao contrário, se molha com gosto. Lá fora está chovendo, mas assim mesmo eu vou correndo, só pra ver o meu amor.

Confesso: tinha vergonha de sair com guarda-chuva. Pensava: a gripe ou a dignidade? Impossível manter uma imagem de rebeldia debaixo de um guarda-chuva ou, pior, com um pendurado no braço. Então, vezes sem conta saí sem guarda-chuva, e vezes sem conta me gripei.

Verdade, também, que o guarda-chuva tem sua parcela de culpa. O guarda-chuva é um objeto que exige exclusividade. Você pensa em qualquer outra coisa, ele some. Para onde vão os guarda-chuvas trânsfugas? De onde surgem os guarda-chuvas dos vendedores ambulantes de Porto Alegre, que, ao primeiro pingo, aparecem com um buquê deles, oferecendo cada um por R$ 5?

Alguém um dia responderá a essas prementes questões. Já tive muitos guarda-chuvas e sempre me intriguei com seu plural. Guardas-chuva? Guardas-chuvas? De todas as chuvas ele me guardará.

Lembro-me de um em especial. Sei qual foi o ano exato em que o possuí e o dia exato em que dele me separei. Estávamos no meio de 1982. Fazia um inverno úmido em Porto Alegre. O Brasil disputava a Copa da Espanha e ia jogar no estádio do Sarriá. Era aquele time mágico de Falcão, Éder, Sócrates, Zico e Júnior. Saí da Livraria Sulina, onde trabalhava com meu amigo Sérgio Lüdtke, e fui ver a partida com meus velhos camaradas do IAPI, comendo pipoca, tomando quentão, que dava sorte. Tinha de voltar para o serviço no período da tarde.

Bem, você sabe o que aconteceu.

Paolo Rossi. Paolo Rossi três vezes.

Foi um choque. Aquele time era campeão, tinha de ser. Meus amigos, duros bagaceiras do IAPI, não se contiveram. Choraram abraçados. Não abracei ninguém. Olhei para fora, e o tempo combinava com o que havia ocorrido do lado de lá do Atlântico: o céu enegrecera. Ia chover.

Peguei meu guarda-chuva. Saí. Tomei o lotação na Plínio e segui até o Centro. No trajeto, nenhum passageiro falou. Vi um menino de olhos vermelhos no banco ao lado e senti pena e meus olhos arderam, mas não chorei. Quando desci do lotação, o céu desabou sobre minha cabeça. Chovia e ventava. Chovia e ventava tanto que meu guarda-chuva virou do avesso meia dúzia de vezes, me deixando encharcado. Se quisesse chorar, podia. Ninguém saberia se era lágrima ou gota da chuva.

Continuei caminhando, lidando como podia com aquelas varetas, até que, a uma quadra da Sulina, me irritei e atirei o guarda-chuva no lixo, não sem antes insultá-lo:

– Paolo Rossi!

Cheguei à Sulina completamente ensopado. Entrei na sala, o Sérgio levantou a cabeça e, ao me ver naquele estado, perguntou:

– Não conhece guarda-chuva?

Ergui o queixo. Respondi, com orgulho:

– Não sou homem de usar guarda-chuva. Nem de chorar por jogo de futebol.

Os patos na calçada

Havia uma família de patos na calçada em que eu caminhava, dias atrás. Eles se preparavam para fazer algo perigoso: atravessar a movimentada avenida que os separava do parque do outro lado da rua.

Eu também queria ir até o parque, mas, ao contrário dos patos, vacilava. Não havia faixa de segurança por perto, a avenida é de fluxo rápido, três pistas para cá, três pistas para lá. Ruim de atravessar. Os patos, porém, avançaram sem medo.

Esses patos intimoratos eram uns 30: a mamãe pata, com suas asas cinzentas e seu longo pescoço de um preto lustroso; o papai pato, um pouco maior do que ela, mas da mesma coloração; e um punhado de patinhos de cor ocre.

Famílias de patos são comuns em Boston. A cidade tem vários parques, com patos às dezenas em quase todos. Num deles, o Public Garden, o primeiro jardim botânico da América, há uma popular escultura que os homenageia. É uma pata seguida por oito filhotes de bronze. No inverno, os bostonianos amarram cachecóis nos pescoços dos patinhos. Muito simpático.

Outra ave que se vê facilmente pelas ruas, vivendo com curiosa independência, é o peru. Os pioneiros, quando chegaram da Inglaterra, no começo do século XVII, enfrentaram invernos terríveis, passaram necessidades e aprenderam com os índios massachusetts a matar a fome com a carne escura do peru. Assim que obtiveram sua primeira grande safra, comemoraram comendo, exatamente, peru assado, e assim surgiu o Dia de Ação de Graças, que goza de mais prestígio entre os americanos do que o Natal. Os perus continuam por aí, passeando tranquilos pelas ruas de Boston. Os índios, não – mas o Estado leva o nome do povo deles, se é que é consolo. O peru é um bicho solitário. O pato, não. Patos são muito ligados à família. Essa que encontrei na calçada foi das maiores que já vi. Talvez fossem até duas mães, duas famílias, e não um pai e uma mãe. De qualquer forma, o que interessa foi o que eles fizeram: a mamãe pata simplesmente desceu o cordão da calçada e foi para o leito de asfalto. Estremeci. Os carros zuniam a uns 80 por hora. Seria impossível um único pato percorrer todas aquelas pistas sem ser atingido, imagine 30!

Pois a pata não quis saber: foi em frente. Patinhos, por algum motivo, andam em fila indiana atrás da mãe. Se andassem ao lado, teriam mais chances de sobrevivência, mas uma tripa de três dezenas de patos se estende por muitos metros, pode ser atingida por muitos carros ao mesmo tempo.

Pensei em correr em direção aos patos e espantá-los, ou gritar para os motoristas, sei lá, fazer alguma coisa, mas, antes de qualquer reação minha, um carro reduziu a velocidade e parou. Ao lado dele, encostou outro carro. E mais um na pista contígua. E outro ainda. E, atrás, dezenas de carros se detiveram, enquanto a grande família de patos atravessava a avenida calmamente, as caudas balançando, os bicos erguidos, como se sentissem orgulho por terem se imposto às máquinas do *Homo sapiens*. Era a mamãe pata na frente, o papai pato por último e, entre eles, os pequenos, todos serenos, sem pressa, firmes, até o verde do parque.

Dentro dos carros, os motoristas esperavam sem demonstrar irritação. Alguns até sorriam. Quando o último pato estava em segurança, na calçada, o trânsito voltou ao normal. Segui meu caminho, também, e segui satisfeito. Aquela cena trivial não havia sido uma vitória dos patos. Havia sido uma vitória da civilização.

Como viver cem anos

Dê uma olhada nessas pessoas que vivem 100 anos: elas são pequenas. E não são glutonas. "Jamais te arrependerás de comer pouco", ensinam os chineses, acavalados em seus 5 mil anos de história.

Bem.

A minha mãe, quando ela faz massa com molho vermelho e lombinho de porco, sempre saio da casa dela pensando: "Por que não comi mais daquela massa com molho vermelho e lombinho de porco?". Quer dizer: me arrependo de comer pouco, o que significa que a minha jovem tolice supera a sabedoria chinesa de 5 mil anos. Normal: jovens tolices sempre ganham de velhas sabedorias.

Os chineses dizem outra coisa acerca de hábitos saudáveis. Algo que ouvi muito quando estive na China e que me causava espanto: "Você deve beber água morna todos os dias". Eles juram que é fundamental para a boa saúde. "Quem sabe chá?", cogitava eu. "Ou chimarrão? Água morna é meio sem gosto..." Os chineses insistiam: tinha de ser água morna. "Por quê?", perguntei, intrigado. E um chinês me respondeu com uma citação de, sei lá, alguém como Lao-Tsé, como se eu fosse o gafanhoto, e ele, o mestre:

– O barco só navega se houver água para navegar.

Que bela metáfora para as funções intestinais!

Então, se você quiser viver bastante, beba água morna, coma pouco e seja pequeno.

É importante ser uma pessoa pequena. Pessoas pequenas parecem ter mais energia, e acho que têm mesmo. Talvez a energia fique concentrada em pouco espaço e, ao ser liberada, acontece como numa explosão. Além disso, há todo um ingrediente psíquico que faz com que os baixinhos queiram ser grandes em outros aspectos.

Homens pequenos anseiam por grande poder. Hitler usava saltos falsos nos sapatos para lhe aumentar a altura. O Rolls-Royce que conduzia Getúlio tinha um estofo extra no banco para ele parecer maior. Napoleão, quando na escola militar, era alvo de piadas dos outros cadetes, que o consideravam ridículo dentro das botas de cano alto do exército francês. E Charles Chaplin não se exibia por ser o maior comediante do mundo, mas pelo tamanho de seu pênis, que ele chamava de "a oitava maravilha do mundo". Uma vez, Chaplin ficou com medo de ter contraído sífilis ao se repoltrear com certa atriz americana. Nada mais aterrorizante para ele: a sífilis fora a causa da loucura de sua mãe. Assustadíssimo, Chaplin passou a tomar 10 banhos por dia e a lavar a oitava maravilha do mundo com iodo. Devia arder.

Mas o que eu dizia é que a energia concentrada das pessoas pequenas faz com que elas vivam muito mais do que as grandes.

No entanto, conheço alguns homens grandes que são longevos. E sabe o que eles fazem? Direi o que eles fazem. Mas não hoje, que acabou o espaço. Amanhã falarei da causa da longevidade de homens grandes, em especial de um homem grande, que se tornou o maior de todos.

Como ler essa página até o fim

Li que a capacidade de concentração dos jovens humanos de hoje é menor do que a de um peixe de aquário. Achei sensacional, porque, veja: os cientistas conseguiram medir a capacidade de concentração de um peixe de aquário. Deve ter sido bem difícil.

Pois, afinal, quais são os interesses de um peixe de aquário? O que pode lhe capturar a concentração e mantê-la detida por mais tempo do que um adolescente *Homo sapiens* leva, por exemplo, para ler um texto de jornal?

Bem, todos os seres vivos temos, basicamente, três interesses, que Freud definiu como "casa, comida e sexo". Por "casa", entenda "segurança", e, por comida e sexo, entenda comida e sexo. Então, um peixe de aquário se interessa por aquela ração que as pessoas jogam na água para eles, por alguma pedrinha onde ele vá se recolher na hora de dormir e, é claro, por peixas.

As pessoas subestimam os peixes, achando que eles não fazem sexo. Pois fazem. E digo mais: foram os peixes que inventaram o sexo, há pouco menos de 400 milhões de anos. Mais especificamente, foi um peixe lá da Escócia que começou a fazer sexo. Por que um peixe escocês? Por que ele decidiu investir nessa mudança radical de hábitos? São perguntas que os cientistas, tão espertos, haverão de responder.

Tais questões são fundamentais. Pense: antes do peixe escocês, os bichos largavam esperma na água, não havia o acasalamento propriamente dito. Menos divertido, sim, mas muitíssimo menos complicado. Se não precisássemos fazer sexo, 95% dos nossos problemas estariam resolvidos. Passaríamos os dias bebendo chope com os amigos, jogaríamos futebolzinho, veríamos as partidas do Brasileirão e, o mais importante, não existiram comédias românticas, nem música sertaneja, você não teria de saber dançar, não teria de ir à balada, não teria de se casar, não teria sogra, não teria de comprar presentes no Dia dos Namorados, você só precisaria largar seu esperma por aí, a fêmea recolheria, reproduziria a espécie, e pronto. Vamos nos divertir!

Não sei por que aquele peixe escocês resolveu engrouvinhar tudo.

De qualquer forma, o fato é que aderimos a essa história de sexo e, pelo sexo, formamos famílias, aceitamos nos estabelecer, construímos a civilização e, com ela, adquirimos novas necessidades. Não podíamos mais apenas coletar ou caçar para comer, tínhamos de plantar e, assim, inventamos arados e, depois, colheitadeiras. Não podíamos mais depender só das pernas para nos deslocarmos e, assim, inventamos a roda e, depois, carros e, depois, aviões. Não podíamos só falar pessoalmente para nos comunicarmos e, assim, inventamos telégrafos e, depois, telefones e, depois, celulares e, depois, celulares com internet, até que, agora, por causa dos celulares com internet e da rapidez com que as informações chegam a eles, os jovens humanos não conseguem ficar concentrados por mais tempo do que um peixinho dourado fica observando o nadar rebolado daquela peixinha dourada serelepe.

Como resolver isso? Como fazer com que um jovem leia uma crônica de 40 linhas até o fim? Não adianta lutar contra o Facebook, o Instagram e o Whats. Melhor acabar de uma vez por todas com o sexo.

O piano

Tem alguém que toca piano aqui perto de casa. Essa pessoa mora num apartamento térreo, com uma janela que dá para a calçada. As cortinas ficam fechadas e, atrás delas, esse homem (ou mulher, sei lá) se distrai ao piano a cada fim de tarde. Não é um exercício, não é um músico estudando, porque detrás daquelas cortinas não voam pedaços de melodia, o que vem de lá são composições inteiras, sempre melancólicas, sempre levemente adocicadas, sempre ao entardecer.

Quem será essa pessoa que toca piano quando os dias vão embora, aqui perto de casa? Já imaginei que talvez seja um velhinho. Ele nunca abre as cortinas, nunca deixa o sol entrar na sua casa porque ainda ceva o luto do amor perdido na juventude. À noitinha, hora da nostalgia, ele pensa nela e repete chorando as músicas que marcaram seus dias de paixão.

Depois achei que isso era uma idiotice romântica. Poderia ser bem o contrário. Poderia ser um homem maduro, um solteiro profissional, de hábitos sólidos e caros. Todos os dias, depois do trabalho como executivo, ele chega em casa, fuma um cubano, senta-se ao piano e derrama a melodia lânguida no ouvido de uma beldade que está aninhada como um angorá no sofá, aos suspiros. Algo como *O pecado mora ao lado*, o clássico de Billy Wilder em que ninguém senão Marilyn Monroe ouve Tom Ewell interpretar Rachmaninoff ao piano.

Rachmaninoff. Cada vez que o cito lembro que ele, além de compositor de obras poderosas, tinha mãos enormes, capazes de alcançar notas separadas por 30 centímetros no teclado do piano.

Não sei se alguma vez esse homem misterioso tocou Rachmaninoff para suas conquistas, mas talvez ele nem seja um homem, talvez seja uma mulher. Isso! Conheci, muito tempo atrás, uma mulher belíssima que tinha por hábito tocar piano completamente nua. Por que não haveria uma semelhante no Hemisfério Norte?

Ah, ela é uma ruiva de pernas longas e olhar esverdeado e, antes de se acomodar à banqueta, livra-se de todas as roupas, de tudo o que se interpõe entre ela e sua música e, em seguida, nua em pelo, natural como um bicho, começa a produzir sua melodia, e se deixa envolver pelo som, e todo o seu corpo sente a harmonia, e a mulher e a música tornam-se uma coisa só, até o clímax, a pequena morte do gozo, que vem com a última nota, e ela cai ao chão, exausta, soluçando, feliz...

Ou pode não ser nada disso. Pode ser um adolescente espinhento que é obrigado a tocar para os amigos dos pais que lhe pagam a faculdade de música. Quem sabe? Nunca vi ninguém naquele apartamento. Mas, uma tarde, ao passar por ali, ouvi a música e parei. Era tão bonito. Encostei-me à caixa coletora dos correios e fiquei ouvindo. Ouvi por um minuto ou dois. E aí a música cessou. Foi interrompida bruscamente, entre duas notas. Achei estranho. Esperei um pouco. Olhei para a cortina. Pensei tê-la visto se mexer. Pensei que uma fresta havia sido aberta e que um olho, um único olho, me espiava da escuridão. Estremeci. Decidi ir em frente. Dei dois passos vacilantes e, então, de lá, da sala escura, brotou um som mais contundente do que ouço todas as tardes. Um conjunto de notas que não consegui distinguir, mas senti que eram robustas. Seria algo agressivo, um Beethoven revoltado com a surdez? Seria um Wagner venerado pelos nazistas? Ou seria, o mais ameaçador de todos, Chopin, com sua *Marcha fúnebre*? Não esperei para descobrir. Fui embora rápido, sem olhar para trás. Porque a música, quando quer, também pode ferir.

Batman x Super-Homem

Batman e Super-Homem vão se enfrentar em um filme do ano que vem. Isso acabaria acontecendo algum dia. Qual menino não se perguntou quem venceria, numa luta entre eles? E qual não respondeu que seria o Super-Homem? Afinal, o Super-Homem voa, e o Batman no máximo salta longe; o Super-Homem tem aquela visão de raio X que corta uma porta de aço ao meio, e o Batman vai precisar de óculos quando chegar aos 50; o Super-Homem detém uma locomotiva com os braços, e o Batman não seguraria o carro do Pato Donald. O Super-Homem tem mais poderes. Óbvio.

Mas existe a criptonita.

Ah! Você não se lembrou da criptonita! E o Batman é um cientista, é bem inteligente, pode derrotar o Super-Homem na astúcia.

Não leve livre, portanto. Clássicos são imprevisíveis.

Durante muito tempo, no Brasil, foi disputado o clássico Chico x Caetano. O Caetano canta melhor; o Chico sempre encantou as mulheres com os olhos verdes e o ar tímido. O Caetano faz uma poesia mais inquieta, mais rebelde, às vezes experimental; o Chico é mais regular. O Chico, como intelectual, toma posição sem muito comprometimento; o Caetano é contestador, atuante e provocador por natureza.

O Caetano ainda está vivo, como os Stones; o Chico nem tanto, como os Beatles. Só que, entre Stones e Beatles, sou Beatles. Beatles são Mozart, Stones são Beethoven. Beatles são Pelé, Stones são Garrincha. Reconheço a grandeza incomparável de Pelé, mas simpatizo mais com a genialidade brejeira de Garrincha, com sua alegria em iludir o adversário, mais do que ganhar o jogo, porque a vida não é ganhar o jogo, a vida é aproveitar o jogo. O brasileiro sempre foi mais Garrincha do que Pelé, sempre preferiu sorver o jogo a vencê-lo, mas a dor das derrotas seguidas foi tornando-o ansioso pela vitória. De uns tempos para cá, o brasileiro quis ser Pelé, e não é, nunca será. Aí a ansiedade tornou-se amargura, e o brasileiro deixou de ser Garrincha, sem virar Pelé; transformou-se em Dunga.

Ah, suaves os tempos em que todos éramos meninos nos empolgando com duelos de ficção. Ou nem tanto de ficção e nem tanto duelos de meninos. Loiras ou morenas? Vinho ou cerveja? Verão ou inverno? Azul ou vermelho? Você faz suas escolhas, mas não significa que não as trairá. Podemos mudar de ideia, embora tenhamos nossas convicções pétreas. É evidente que *O Poderoso Chefão* é o melhor filme de todos os tempos. É evidente que Paris tem a mais bela arquitetura, e o Rio, a mais bela paisagem. É evidente que Marilyn Monroe é o Pelé das atrizes de cinema, mas tenho uma queda por Jacqueline Bisset, uma mulher discreta, elegante, vaporosa e superior, como tem de ser uma grande mulher. Jacqueline Bisset não grita, Jacqueline Bisset não se altera, Jacqueline Bisset mal ri. Jacqueline Bisset não vai, os outros vêm a ela. Ela não é um Pelé, nem um Garrincha, muito menos um Maradona; é um Zinedine Zidane que não dá cabeçada no peito do zagueiro, um Beckenbauer que não conhece a cor da grama por nunca ter olhado para baixo para jogar, um Didi que se orgulha de jamais ter pisado na bola. Quem poderia enfrentar Bisset? Talvez Deneuve. Talvez. Mas Deneuve é mais prosa e Bisset é mais poesia, embora eu prefira a prosa à poesia, prefira a história bem narrada à ficção elaborada, prefira um Durant a um Fitzgerald, um Ceram a um Grass, se bem que dos alemães sou mais Remarque, que mistura as duas, realidade e ficção, que foi de onde parti, da ficção: Batman versus Super-Homem. Quem vencerá? Isso não nos inquieta mais, a nós, brasileiros. Não somos mais meninos. Eram bons os nossos tempos de meninos.

Houve uma vez um verão

É verão no Hemisfério Norte. O leitor brasileiro perguntará: "E o que é que tem?". Pois tem. As mudanças de estação, no norte do mundo, são, mais que marcantes, quase violentas. Você não vive numa cidade, vive em quatro, uma por trimestre.
    Não por acaso, os americanos medem o tempo pelas estações. Eles começam frases assim: "No outono de 2011…". Ora, brasileiros não se lembram de outonos passados. No máximo, verões.
    Tenho um vizinho, no andar térreo, que vive para os verões. Ele é um senhor de seus 70 anos ou mais. É magro, alto e muito encurvado, como um ponto de interrogação. Mora sozinho num apartamento com uma grande varanda que dá para a rua. A gente passa pela calçada e enxerga o interior da sala. As paredes estão cobertas com pôsteres de bandas de rock.
    Quando nos mudamos para cá, ele parecia meio casmurro. Nos cumprimentava com um rosnado. Depois, tornou-se a simpatia em inglês. Passou a lançar ao ar good mornings vivazes, e sempre comenta sobre a qualidade do tempo. Agora, nos dias quentes, suspira de prazer:
– Beautiful, beautiful, beautiful day…
    Sei por que tanto entusiasmo. Mal a primavera se esvai por uma curva do Charles River, ele leva para a varanda a sua churrasqueira portátil. Faz churrasco todas as tardes. Todas, sem falta. E sempre convida umas velhinhas para partilharem da refeição. As velhinhas mudam. Vão se revezando. Às vezes é uma só, noutras são duas ou três. Ele assa seu churrasco e conta histórias e todos riem à grande.
    Esse velhinho roqueiro deve ter boas histórias para contar. Na certa, casos de velhos verões. Imagino que ele e

as amigas fiquem na varanda recordando loucuras pretéritas, ou, quem sabe, momentos suaves em que um mero toque ou um olhar bastavam para emocionar.

São de turmas diferentes, as velhinhas que visitam meu vizinho. Certamente as lembranças da varanda são diferentes também.

É assim que a vida faz. Os momentos com um grupo de amigos simplesmente passam. De repente, por algum movimento dos dias, você começa a ver menos um amigo que via sempre. Depois, deixa de vê-lo por semanas, meses e até anos. De vez em quando, você pensa: saudade daquele meu amigo...

Já tive vários grupos de amigos que se desfizeram. Em meados dos anos 90, montamos uma turma que saía todas as noites, de segunda a segunda. Íamos sempre ao mesmo bar, o Lilliput. Recordo em especial o verão de 1998. Foi um verão em que casais improváveis se formaram e casamentos eternos se desfizeram, um verão em que houve dores e amores e que, em uma única noite, bebemos 600 chopes, exatos e redondos. Lembro sempre de uma madrugada, já nos últimos dias de março, quando ergui meu copo e declarei:

– Nunca se esqueçam do verão de 98! Esse verão que se vai. Porque nós e os verões jamais seremos os mesmos!

A despeito da gravidade do meu discurso, ninguém deu muita bola. Mas, de fato, nada restou como era. Os verões mudaram, nós mudamos, aquela turma não existe mais. Hoje, vendo meu vizinho feliz com suas antigas companheiras, penso que isso deve ser maravilhoso: rever pessoas que foram tão importantes em certo tempo da vida. Pois, na verdade, elas continuam sendo. Os anos se sucedem, as turmas se desmontam, mas os amigos ficam, os afetos não se encerram. Porque o verdadeiro amigo é assim: cada vez que você o reencontra é como se vocês estivessem vivendo, ainda, o mesmo verão.

Tudo acabou

Quando você acha que tudo acabou, é porque você está acabando. Por isso, fico apreensivo ao pensar que a música brasileira, por exemplo, acabou. Entenda: não estou preocupado com a música, estou preocupado comigo. Porque tenho, de fato, a incômoda impressão de que a música brasileira acabou.

Setenta por cento dos brasileiros gostam do estilo sertanejo. Não são palpite, esses 70%: foi uma pesquisa que saiu outro dia. Bem. Gosto de duas músicas sertanejas: "Nuvem de lágrimas", que canto todinha, inclusive com os solfejos, e aquela das luzes da cidade acesa, embora a cidade estar acesa, e não as luzes, me irrite um pouco. Todas as outras milhares, quiçá milhões de músicas sertanejas, me deixam levemente mareado.

O segundo tipo de música mais amado por esse povo inzoneiro é o pagode. E eu? Do Zeca Pagodinho, gosto. Quando preparo uma caipirinha, por alguma razão, dá-me ganas de cantar: "Se eu quiser fumar eu fumo, se eu quiser beber eu bebo, pago tudo que consumo com o suor do meu emprego". Mas Zeca Pagodinho não é pagodinho: é sambão. O samba, deixaram o samba morrer, deixaram o samba acabar.

O futebol brasileiro também acabou. Foi assassinado a mando dos piratas europeus pela Lei Pelé e pelo campeonato de pontos corridos, no começo do século. Não por acaso, a última Seleção Brasileira digna de ser chamada de Seleção Brasileira foi a de 2002. Jogadores como Pato e Anderson, símbolos dessa falência, são arrancados do Brasil aos 17 anos de idade, ou antes disso, quando ainda estão em formação. Na Europa, seu jeito de jogar é mutilado. Eles perdem a brasilidade. Não são mais jogadores brasileiros, nem se tornam jogadores europeus. Donde, a falta de talentos no Brasil. Por que nosso único craque é Neymar? Agradeçam ao Santos, que o segurou até que amadurecesse. Hoje, o maior atacante do Brasileirão é um peruano, que na quarta-feira desmontou sozinho o Inter, no Beira-Rio. Um peruano, imagine.

Finalmente, da política brasileira só restaram trevas. No caso horripilante do governo federal, até a corrupção seria aceitável, desde que não houvesse ridicularias como a presidente comparar delação premiada, voluntária e constitucional com delação feita sob tortura, ou o destrambelhado discurso de saudação à mandioca. Quem escreve os discursos da Dilma? Por favor! Um presidente da República, quando vira objeto de mofa, torna também o país objeto de mofa.

É tão trágica a política brasileira, que, dia desses, me peguei decidindo: "Nunca mais voto no PT, nem no PSDB, no PP também não dá, nesses exageros à esquerda, como PSOL e PSTU, é impossível, o PC do B é coisa da Coreia do Norte, o PTB é uma piada, o…".

Então, parei. Percebi que, realmente, a política brasileira acabou.

Fico aqui, cevando minhas nostalgias. Ah, aqueles tempos de Zico e Ulysses, de Caetano e Romário, de Brizola e Tom, de Simonsen e Garrincha na direita e Prestes e Rivellino na esquerda, ah, aqueles tempos em que o Brasil ria de si mesmo, para onde foram? Para onde foram todos? Eu mesmo, o que será de mim? Será que acabei e não sei? Será?

O que fazer depois de morto

É certo que as pessoas ficam mais espertas depois de mortas. Mais poderosas, também. Aquela menina que morreu aos 14 anos de idade em Palmitinho, por exemplo. Parece que ela anda fazendo milagres agora. Há quem diga, inclusive, que se vingou do seu suposto assassino, matando-o de doença.

Quer dizer: viva, a menina nada podia fazer contra seu agressor; morta, acabou com ele.

É que, morto, o ser humano fica privado de corpo, mas enche-se de habilidades. Alguns mortos conseguem prever o futuro e contam o que vai acontecer para médiuns vivos com quem se relacionam. Mas não acredito que seja a decomposição física que os transforme em adivinhões. Suponho que tenham acesso a informação privilegiada. Todos aqueles santos e anjos e demais entidades devem saber das coisas.

O que mais me intriga são os mortos que viram fantasmas. As chamadas almas penadas. O espírito de Ana Bolena é um que continua vagando por aí, mais precisamente em volta da Torre de Londres, onde ela passou seus últimos dias como viva. Repare que faz quase 500 anos que Ana Bolena foi decapitada, e os turistas vez em quando a encontram nas cercanias da Torre, caminhando com sua cabeça debaixo do braço. Isso é curioso, porque, aparentemente, Ana se conformou com a morte. Ao subir no cadafalso, ela estava muito digna. Encarou a multidão como a rainha que foi e deu um discurso elegante, elogiando o ex-marido, o rei Henrique VIII, que havia mandado matá-la. Depois, olhou para o carrasco, alisou o próprio pescoço, que seria cortado, e comentou:

– É fino, não é?

Sensual até o último minuto. Por que, então, a revolta de seu espírito descarnado?

Outro fantasma interessante é o de Abigail Adams, considerada pioneira do feminismo, mulher do segundo presidente dos Estados Unidos, John Adams, e mãe de Quincy Adams, que também seria presidente da República. Tinha, portanto, intimidade com a Casa Branca. E na Casa Branca ela continua, pelo menos em espírito. Várias pessoas disseram ter visto o espectro de Abigail carregando roupas para lavar numa ala do palácio, atividade que ela exercia enquanto viva. Uma feminista que passa a eternidade lavando roupa, que crueldade...

A Casa Branca é cheia de fantasmas. Uma vez, Churchill estava hospedado lá, saiu do banho completamente pelado e deparou com ninguém senão Abraham Lincoln, que fora assassinado havia mais de cem anos. Churchill ficou apavorado, cobriu o corpo volumoso e branco o mais rápido que pôde e exigiu trocar de suíte.

Essas aparições me levam a concluir que fantasmas residem em locais aos quais se apegaram quando vivos. Eu, se me tornasse fantasma, para onde iria? Não gostaria de assombrar ninguém. Não. Seria decerto um espírito preguiçoso: passaria a sempiternidade sentado numa cadeira, à mesa do bar, junto com meus amigos. Com meus poderes sobrenaturais, faria murchar batatinhas fritas e mofar sanduíches abertos, até que um deles pedisse um chope para mim. Aí, sim, minha alma sedenta descansaria em paz, e eu ficaria só ouvindo os camaradas a dizer besteiras e a contar vantagens, a falar de mulheres difíceis e de gols fáceis, para todo o sempre. Amém.

Quem é a elite perversa de Lula

Lula acha que os governos do PT são criticados e que a popularidade de Dilma é de apenas 7% porque graças a ele, Lula, os pobres agora viajam de avião e comem em restaurantes.
Sério, ele pensa isso.
Sua frase, durante um discurso para 200 pessoas no ABC paulista, no fim de semana, foi a seguinte:
"Eu ando de saco cheio. Tudo que é conquista social incomoda uma elite perversa neste país".
É estranho. Jurava que a elite amava Lula. Afinal, vejamos:
1. Nunca na história deste país os banqueiros obtiveram tantos lucros como nos governos do PT;
2. A elite política, representada por Maluf, Sarney, Calheiros, Temer, entre outros, sempre esteve fechada com Lula. Um de seus aliados, Fernando Collor, inclusive, pôde montar uma linda coleção de carros de playboy durante as administrações petistas;
3. Empresários emergentes, como Eike Batista, emergiram de vez graças a generosos empréstimos do BNDES, mesmo que depois tenham submergido;
4. Há vários amigos próximos de Lula morando atualmente no Paraná, todos com sobrenomes famosos, como Odebrecht, Camargo Corrêa e Andrade Gutierrez. Um deles até o apelidou, carinhosamente, de "Brahma".
Esses é que são a elite do Brasil. A elite do Brasil mora em tríplex, como Lula. Roda em Maseratis, como Collor. Tem contas na Suíça, como Odebrecht. Assalariados, como eu e a maioria dos meus amigos, não pertencemos à elite. Mas Lula quer dizer que sim. Quer dizer que eu, filho de professora

primária e neto de sapateiro, que sustento minha família com meu salário, amigo de aposentados que ganham mil reais por mês, de funcionários públicos que pagam aluguel, de jornalistas que andam de ônibus, Lula quer dizer que eu e toda essa gente que sofre com o desconto do Imposto de Renda, com a falta de água e de luz a cada chuva, com as ruas esburacadas, com os assaltos, com a educação deficiente, com os hospitais lotados e com o preço do tomate, Lula quer dizer que nós somos da elite?

 Não somos, Lula. E tampouco nos importamos, eu e todas, absolutamente todas as pessoas que conheço, com pobres que frequentem restaurantes ou aeroportos. Nos importamos é com um país em que os assalariados pagam imposto para ter segurança, saúde e educação públicas e, ao mesmo tempo, pagam por segurança, saúde e educação privadas. Nos importamos é com um país que coloca presos em masmorras medievais, um país em que 60 mil pessoas são assassinadas e outras 50 mil morrem em acidentes de trânsito a cada ano, um país em que são gastos bilhões para construção de estádios em lugares onde praticamente não existe futebol, um país que tem sua principal estatal sangrada em bilhões de dólares pela navalha da corrupção. É com isso que nos importamos, nós, que você chama de elite perversa. Nós, elite perversa? Não. Elite perversa são seus amigos magnatas que o levam para passear de jato fretado, são seus intelectuais apaniguados, seus jornalistas financiados, seus donos de blogs comprados, seus parlamentares cooptados. Você, Lula, e os parasitas dos trabalhadores do Brasil, vocês são a elite perversa.

Uma conversa com Jorge Furtado

"Pesada é a pedra, pesada é a areia,
Mais pesada ainda é a cólera do tolo."
Isso é sabedoria antiga, velha de vinte séculos. Arranquei o poema do Livro dos Provérbios, que a ficção hebraica atribui a Salomão, mas que, na verdade, é uma compilação de pequenos textos de uma miríade de autores, muitos deles egípcios ou de outras extintas nações orientais.

Realmente, a cólera, em si, já é pesada; a cólera do tolo é insuportável.

O Brasil, hoje, vive em meio a cóleras. A dos tolos você precisa ignorar, ou ela o amassará com seu peso. A dos sábios pode ser suportada, porque é mais leve.

Travei ontem uma conversa eletrônica com um brasileiro que julgo sábio, o cineasta Jorge Furtado. Falamos, exatamente, sobre a cólera que faz rugir o país, nestes dias tormentosos. As pessoas tomaram suas posições, assumiram os seus lados e não saem mais de trás das suas trincheiras. É pena, porque o debate faz evoluir.

Não concordo com todas as opiniões do Jorge Furtado, ele não concorda com todas as minhas, mas tivemos uma conversa saudável. Natural: ele não é um tolo. O desagradável, no inviável debate com os tolos, é que eles partem de pressupostos: como você não está no "time" deles, você não está errado, você é desonesto. Isso é muito rasteiro. E muito cansativo.

Vou entrar no conteúdo: não gosto do governo do PT; o Jorge Furtado, o Luis Fernando Verissimo e o Moisés Mendes gostam. Temos opiniões diferentes, mas, ainda assim, admiro os três e os respeito. Não espero admiração de nenhum deles. Respeito, sim. Porque minhas críticas ao governo do

PT não são feitas porque defendo "as elites", porque meus patrões assim o exigem, porque me vendi para o sistema ou porque apoio um golpe para derrubar o governo eleito. Não. As críticas que faço são produto de minhas reflexões, de minhas ideias e de minhas crenças. Se são tolices, são tolices honestas.

Agora: se sou tolo, não sou um tolo colérico. A cólera dos tolos (e dos sábios) brasileiros levou o país a raciocínios superficiais, do tipo:

Bolsonaro é contra o governo do PT; logo, quem é contra o governo do PT é a favor do Bolsonaro.

Não gosto das opiniões e das atitudes de Bolsonaro. E também não gosto do governo do PT. Não porque o governo é do PT, partido no qual outrora votei; porque é um governo ruim. Todas as supostas conquistas econômicas do PT, todos os índices positivos de hoje poderiam ser apresentados ontem pelo governo militar. Pegue o Brasil de 1964 e compare com o de 1985: o Brasil terá melhorado em quase tudo. Como o de 2002 comparado ao de 2015. Mas nem num período, nem no outro, houve melhora estrutural que pudesse construir uma nação de verdade. Você não faz uma nação de verdade permitindo ao trabalhador que compre um automóvel; você a faz permitindo que o filho dele tenha uma educação de qualidade, tão boa que ele possa competir com o filho do rico para entrar numa universidade. Você não faz uma nação de verdade dando ao operário condições de ele viajar de avião; você a faz ao dar a ele condições de passear à noite em sua própria cidade, sem medo de ser assassinado.

O PT podia ter feito isso. Tinha prestígio, força e condições econômicas para fazê-lo. Não fez. Essa é minha crítica, amarga crítica ao PT. O que não me ombreia com Bolsonaro, Cunha, Feliciano e tucanos em geral, o que não me torna golpista, o que não é fruto de interesses. Entendo que sábios eventualmente não concordem comigo. Não aceito que eles não entendam que a minha tolice cabe apenas a mim.

Pesadelo vivo

Ela estava parada do outro lado da rua, à sombra de uma árvore. Quando Eric a viu, a sensação de horror fechou-lhe a garganta, cortou-lhe a respiração. O coração começou a ribombar no peito, e ele teve vontade de correr. Mas não correu. Continuou com a cortina na mão, olhando pela janela da sala, quase sem acreditar. Estava vendo o seu pesadelo.

Pesadelo mesmo. Eric já havia sonhado com aquela cena. Era um sonho recorrente: uma mulher dentro de um longo vestido preto, debaixo de um chapéu também preto, observava-o do outro lado da calçada, de pé, em silêncio, apenas olhando para sua casa, para ele, durante horas. Ele não conseguia ver-lhe o rosto, mas sabia que ela o fitava.

Por alguma razão, Eric sentia pânico ao sonhar com aquilo. Quando estava casado com Eva, para sua vergonha, por duas vezes protagonizou o drama clássico: acordou gritando. Nas duas vezes, a ex-mulher fez a sugestão que todo jornalista faria:

– Que tal procurar um psicanalista?

Psicanalista! Por essas coisas que Eric havia se separado dela. Por essas e porque ela tentara matar seu cachorro, o Vírgula, por puro ciúme, imagina! Bastava pensar nisso, e Eric sentia raiva dela. Como podia ser tão má? Aquele relacionamento não terminara bem, de jeito nenhum. Eric a expulsara de casa, e ela saíra batendo porta e jurando vingança.

De certa forma, dera-se a vingança. Logo depois que eles se separaram, Eric se envolveu com uma amiga de Eva, uma mulher jovem e atraente, mas que era... socióloga. Eric descobriu que sociólogos conseguiam ser mais pretensiosos do que jornalistas. E mais inúteis. Para que serve um sociólogo?, ele se perguntava em silêncio, enquanto a namorada ficava analisando o machismo das propagandas de cerveja. E para si mesmo respondia: para formar outros sociólogos. E para encher o saco de pessoas como ele, que estavam pouco ligando para a mensagem subliminar das propagandas de cerveja ou para os preconceitos da sociedade conservadora ou para o que o Bolsonaro acha imoral.

Não, ele definitivamente não queria mais se envolver com jornalistas ou sociólogas. Infelizmente, havia sido fraco. Como sempre. Deixara-se seduzir pelo corpo flexível daquela Salomé, esse o nome dela, Salomé, nome de uma cortadora de cabeças, pois deixara-se seduzir por um par de pernas compridas e um sorriso de promessas, levara-a ao cinema, jantara com ela e, agora, pronto, estava metido em mais um namoro no qual não sabia como entrara e do qual não sabia como sair. Só não queria que fosse pela guerra, como ocorreu com Eva.

Se bem que, agora, o que o preocupava de verdade não era a ex-esposa ou a atual namorada, mas a outra mulher, o fantasma parado na calçada. Só podia ser um fantasma. Como aquela criatura podia ter saído do seu sonho para se materializar na vida real? Eram 2h da madrugada, ninguém ficava estático na rua, debaixo de uma árvore, daquele jeito assustador, àquela hora. Todas as pessoas deviam estar dormindo. Eric também pretendera dormir. Havia desligado a TV depois de assistir a um filme na Netflix e, no momento de puxar a cortina, deparara com a aparição. O que era aquilo? A mulher não desviava o olhar. Ele não conseguia ver seus olhos, mas sabia que estavam cravados na sua janela. Nele. Eric se arrepiou. O que devia fazer? Ir lá? Não... Isso é que não... Já estava tremendo. Decidiu ir à cozinha, tomar um copo d'água, para se acalmar. Fechou a cortina. Deu as costas à janela. Começou a atravessar a sala. Então, algo o deteve. O que foi? Saiba seguir, na segunda parte de... "Pesadelo vivo".

2.

Eric não via filme de terror. Tinha medo. Não se envergonhava de admitir que tinha medo. Mas é claro que assistira a alguns filmes apavorantes, e, neles, o ataque do Mal sempre acontecia quando alguém fazia aquilo que ele estava prestes a fazer: havia tirado os olhos da aparição e lhe dera as costas para ir à cozinha tomar um copo d'água. Nos filmes, era esse o momento de alguma coisa terrível acontecer. Foi o que o deteve: a sensação de que não devia ter deixado de olhar para a mulher lá fora, de que a distração era um erro.

Voltou correndo até a janela.

Abriu a cortina, temendo que a mulher do pesadelo estivesse mais perto, talvez sobre a grama do jardim.

Mas ela não estava mais lá.

Havia sumido.

Eric ficou algum tempo olhando para a rua deserta. Então suspirou, fechou a cortina e, por fim, caminhou até a cozinha. Abriu a porta da geladeira, pensativo. Tomou um copo d'água. Largou o copo na pia. E decidiu se recolher.

Ao chegar ao corredor, hesitou. O corredor escuro parecia ameaçador. Eric suspirou. Lembrou-se da mãe, que dizia sempre, quando ele era menino:

– Enfrente o medo!

Encheu os pulmões de ar e avançou escuridão adentro. O corredor lhe parecia mais comprido do que o normal. Parecia um corredor de pesadelo, interminável.

Mas terminou. Eric chegou ao quarto, escovou os dentes rapidamente, deitou-se na cama e apagou a luz do abajur.

Quem diz que conseguia dormir? O pavor cresceu. Eric ouvia ruídos. A madeira das paredes estalando. Passos na calçada. O vento balançando as folhas. Tudo lhe parecia fantasmagórico e ameaçador. A madrugada já ia alta quando ele fez o que há muito tempo não fazia: rezou. Rezou com concentração, força e fé. Rezou, rezou, desfiou Pais Nossos e Aves Marias, rezou sem parar, até cansar e, finalmente, adormecer.

Quando o sol raiou, Eric acordou cansado, mas o medo havia se derretido com a claridade. Mesmo assim, passou o dia irritado com a falta de sono e tenso com a lembrança da noite. Salomé ligou, queria beber algo na Cidade Baixa, mas ele disse que não havia dormido bem, que estava exausto e que queria ir para casa. O que era verdade, mas ela agiu como se não acreditasse nele e desligou agastada. Dane-se!

Ao voltar para casa, Eric passou algum tempo conversando com o filho dos seus vizinhos, o menino Tiaguinho, e brincando com seu pastor alemão, o Vírgula. Isso o deixou relaxado. Jantou no sofá, em frente à TV ligada, com Vírgula deitado ao seu lado. Depois, levou-o ao quintal, fechou a casa e preparou-se para dormir um pouco mais cedo. Tentava não pensar no assunto, mas a lembrança do pesadelo ainda o inquietava. Será que... O pensamento apertava-lhe o peito. Será que... Caminhou, então, até a janela da sala. Levou uma mão vacilante até a cortina. Abriu-a.

E lá estava ela.

A mulher do seu pesadelo, debaixo da árvore, na escuridão, olhando para ele.

Medo. Sente-se medo de algo que pode acontecer, não do que está acontecendo. Quando está acontecendo, em geral, não se sente mais medo. Mas aquilo estava acontecendo e era exatamente do que Eric tinha mais medo na vida, e ele ainda assim continuava sentindo medo. O medo denso, pesado, pastoso injetou-se em seu coração e o fez inflar até tomar conta do peito inteiro, da garganta, da boca. Eric mal conseguia respirar, vendo o seu pesadelo materializado do outro lado da rua. O que fazer? O que fazer?

3.

Rezar. Eric rezou e o fez com fé:
– Livra-nos do Mal. Livra-nos do Mal!

Mas o Mal continuava lá, exatamente como no pesadelo. A mulher com o rosto nas sombras, olhando para ele. Ele sabia que ela estava olhando para ele. As pernas de Eric fraquejaram e ele teve vontade de vomitar. Mas não vomitou. Fechou a cortina, respirou fundo e pensou:

— Tenho de enfrentar o medo!

Abriu de novo a cortina, decidido a não tirar mais os olhos da aparição.

E ela não estava mais lá.

Eric ficou desnorteado. Caminhou pela sala, indeciso. Deu a volta na mesinha de centro, foi até a cozinha, acendeu a luz, voltou... Tinha de falar com alguém! Pegou o celular. Ligou para Salomé. E despejou toda a história. Tudo. O pesadelo recorrente. Como acordava assustado. E, agora, o fantasma do outro lado da rua. Salomé ouviu até o fim e, então, falou exatamente o que ele não queria ouvir:

— Já pensou em procurar um psicanalista?

Naquele momento, a raiva tomou o lugar do medo. Eric precisou se conter para não gritar um palavrão e desligar. Despediram-se, enfim, e ele ficou rosnando:

— Sociólogas! Jornalistas!

E assim se fez a luz.

A verdade abriu-se diante dele. Ou, pelo menos, o que ele achava ser a verdade.

Eric, subitamente, surpreendentemente, traçou um plano. Foi algo quase automático em sua cabeça.

E, naquela noite, ele conseguiu dormir. No dia seguinte, estava alerta e ansioso para colocar seu plano em funcionamento.

Salomé ligou, preocupada, sugerindo o nome de um analista, convidando-o para jantar na casa dela, mas ele recusou com educação. Tinha algo importante a fazer, respondeu. E era verdade.

Ao chegar em casa, tomou duas providências: deixou o portão da frente aberto e trouxe Vírgula para a sala. E esperou.

Vírgula, conhecendo o dono, esperou também, apreensivo, deitado no tapete, mas sempre olhando para o rosto de Eric.

A hora, enfim, chegou.

Com o coração palpitando forte, Eric chamou Vírgula e esgueirou-se até a janela. Abriu uma fresta da cortina, o suficiente para espiar com um só olho.

Ela estava lá. A mulher do pesadelo. Eric gritou:

– Vem, Vírgula!

E saiu correndo. O grande pastor alemão foi atrás dele, a toda velocidade. Saíram pela porta da frente. Em um segundo, estavam na calçada. Eric apontou para a mulher de preto:

– Pega, Vírgula!

E então percebeu nela o pânico que nenhum espírito maligno sentiria. Quando a mulher viu o cachorro correndo em sua direção, soltou um grito de pavor, virou-se e correu. O chapéu preto caiu no chão e Eric riu, riu e gritou:

– Pega, Vírgula!

Nem precisava. Vírgula já a encurralara. E ela gritava, desesperada:

– Socorro! Tira esse cachorro de cima de mim!

Eric, sentindo-se realizado:

– Parado, Vírgula!

Vírgula estacou, rosnando. A mulher-fantasma estava encostada no muro de uma casa, completamente em pânico, um pânico que mulheres-fantasmas não sentem.

– Diz pra ele ficar longe de mim! – implorava, olhando fixamente para os dentes que o pastor alemão lhe apresentava como advertência.

– Foi a Eva? – perguntou Eric, embora já soubesse a resposta.

– Foi! Foi! Era só pra ser um susto! Só uma brincadeira!

– Não... – disse Eric. – Não era brincadeira. Era vingança...

Chamou Vírgula e deixou a mulher ir embora, correndo. Voltou para casa balançando a cabeça. Mulheres!

Quando Salomé deu a ideia de procurar um psicanalista, ele lembrou-se de Eva e compreendeu: Eva sabia do pesadelo, podia ter armado tudo. Como, de fato, armou.

    Ao chegar em casa, Eric estava decidido. Ligou para ela. Para Salomé, não para Eva. Terminou o namoro por telefone mesmo. Nem deu muita explicação. Queria ficar sozinho, pronto. Sociólogas, jornalistas, mulheres que ficam indignadas com propaganda de cerveja, nunca mais!

O Gre-Nal de dois séculos

O auge de Porto Alegre se deu nos anos 40. *Os Ratos*, de Dyonelio Machado, se passa um pouco antes disso, em meados da década de 30, mas dá ideia do que era a cidade. Por esse tempo, Porto Alegre inventou o cafezinho servido com um copo d'água gelada, dizem que em adaptação de hábitos portenhos. Pode ser, mas, de qualquer forma, acho o cafezinho com copo d'água gelada uma marca porto-alegrense.

    Nos anos 40, a vida de Porto Alegre acontecia no Centro. Faz toda a diferença, porque é aí que está a alma da cidade. Desta cidade. Sucessivos administradores bem-intencionados e bem equivocados foram arrancando pedaços das características do Centro, até que muito pouco restasse. É a ideia equivocada de que o empobrecimento é bom para o pobre. Em certo momento, os camelôs privatizaram a Rua da Praia; antes disso, as paradas de ônibus primeiro enfearam, depois inviabilizaram o bulevar que era a Salgado Filho. Assim se sucederam medidas que pareciam populares e que, na verdade, eram vulgares. E foi isso que ocorreu com nosso belo Centro: se vulgarizou.

    Nos anos 40, o grande comércio de Porto Alegre palpitava no Centro. Havia a Casa Masson, com seu robusto relógio em forma de cubo pelo qual as pessoas conferiam a hora mais certa; havia a Livraria do Globo, onde Quintana fazia a tradução de *Em busca do tempo perdido*; havia o Grande Hotel, onde Oswaldo Aranha tramou com Getúlio a sabotagem da democracia brasileira; havia os cines Cacique e Imperial; havia o Restaurante Dona Maria, onde nasceu o Grêmio. O próprio Grêmio instalara sua sede num prédio da Rua da Praia e, no prédio contíguo, parede com parede, era a sede do Inter – de uma sacada era possível pular-se para a outra, imagine.

Vicente Rao, maior Rei Momo da cidade, criador da primeira torcida organizada do Inter, trabalhava no Centro e, no Centro, cometia as melhores brincadeiras do seu bloco de Carnaval, "Tira o Dedo do Pudim". Uma vez, Rao se meteu numa fralda gigante, botou um bico entre os lábios e deitou num carrinho de bebê do tamanho de um fogão, que ele podia dirigir e frear internamente. Outro amigo se fantasiou de babá e foi levando o carrinho pelo alto da Rua da Praia. Lá de cima, o amigo babá simulou ter deixado o carrinho escapar e Rao desceu Rua da Praia abaixo gritando "socorro, saiam da frente!", para desespero dos passantes que não sabiam que ele podia controlar a coisa.

O cordial inimigo de Rao era Salim Nigri, que, exatamente na Rua da Praia, pintou um dia uma faixa para levar no jogo do Grêmio com a seguinte frase: "Com o Grêmio, onde estiver o Grêmio". Lupicínio inverteu a frase e a imortalizou no Hino do Clube.

Naqueles anos 40, o futebol gaúcho era quase amador. O maior jogador da história do Inter, Tesourinha, ganhava um quilo de carne e dois litros de leite por dia, como complemento do salário, para ficar "mais forte". O Inter era dono do famoso "Rolo Compressor". Em 48, a direção do Grêmio, irritada com um juiz, decidiu desistir do campeonato. Antes de um Gre-Nal, viajou com o time para Curitiba, para jogar um amistoso. Os reservas dos reservas encararam Tesourinha, Carlitos e Ávila. Foram amassados: 7 a 0. Desde aquele domingo, nunca mais houve um clássico com cinco gols de diferença, até o domingo passado. Quantos gaúchos nasceram e morreram entre 1948 e 2015? Quantas verdades se esfacelaram? Quantas mentiras foram descobertas? Nem Porto Alegre é mais a mesma. Tanto de tudo mudou... Sim, senhores, esse Gre-Nal é um Gre-Nal de dois séculos.

IMPRESSÃO:

Pallotti
GRÁFICA EDITORA
IMAGEM DE QUALIDADE

Santa Maria - RS - Fone/Fax: (55) 3220.4500
www.pallotti.com.br